Yola Entz

YOLA

Ein Leben in Berlin, Hollywood
und anderswo

BRUNNEN
VERLAG GIESSEN · BASEL

Für Katherine, Jacob, Andrew,
Alex, Nathan, meine Enkel –
damit ihre Zukunft mit unserer Vergangenheit
verbunden bleibt.

Lektorat: Petra Lütjen
Umschlagfoto: privat
Umschlaggestaltung: Ralf Simon
Satz: DTP Brunnen
Herstellung: Ebner Ulm
ISBN 3-7655-1667-8

VORWORT

Momentaufnahmen – ohne Blitz

Die Mappe des Meister-Fotografen liegt vor mir. Ich blättere sie durch, während er wie abwesend auf der Couch mir gegenübersitzt. Wohl kalkulierte Ausschnitte, kaleidoskopische Einblicke, stimmungsvolle Augenblicke. Dann wieder aufrüttelnde, erschütternde Bilder, die sein geschultes Auge genau auf der Höhe des Crescendos auf den Film gebannt hat. Plötzlich hält mich ein Bild fest. Ohne Pathos oder besondere Schönheit spiegelt es eine Bahnhofszene. Es ist dunkel, und auf dem Bahnsteig sitzt ein einsamer Mensch, der auf seinen Zug wartet.

Der Fotograf bemerkt meine Aufmerksamkeit. Er beugt sich nach vorn. „Gefällt dir das Bild?“ Seine Augen forschen in meinen.

„Es drückt in seiner Einfachheit eine besondere Stimmung aus, die mich anspricht“, antworte ich.

„Du hast ein gutes Auge“, sagt er und fügt wie nebenbei hinzu: „Das Bild hat einen ersten Preis gewonnen.“ Ich sehe es mir genauer an. Rechts oben die Bahnhofsuhr, die die nächtliche Stunde angibt, ein schemenhaft vorbeirauschender Zug auf einem hinteren Gleis, die zusammengefaltete Zeitung neben dem Mann.

„Wie hast du die Dunkelheit und Einsamkeit so fühlbar gemacht?“, frage ich.

„Ich habe hier trotz der Dunkelheit ohne Blitz gearbeitet. Keine künstliche Aufhellung, keine scharfen Konturen. Echtheit, ohne Zugabe von Licht.“ Er lehnt sich wieder zurück und erklärt: „Im Englischen heißt Blitzlicht ‚flash'. Aber ‚flash, flashy' hat auch eine andere Bedeutung. Es bezeichnet einen Menschen, der in aufdringlich prahlerischer Weise oberflächlich prunkend sich darstellt. Meine Bilder sollen das Wesentliche aussagen, den Kern der Dinge spiegeln. Deshalb arbeite ich oft ohne Blitz, um die Echtheit nicht der Gefälligkeit zu opfern.“ Er sieht mich an und sagt mit Nachdruck: „Leben will so wiedergegeben werden, wie es ist. Dann spricht es den Betrachter an.“

Ich überlege. Kann man das Leben denn wirklich so wiedergeben, wie es ist? Treffe ich nicht immer eine subjektive Auswahl, wie der Fotograf, der aus einem bestimmten Winkel das Motiv angeht? Was hat er ausgelassen, was durch seine Perspektive vergrößert oder verkleinert? Ich denke an meine Ausdrucksmöglichkeiten beim Schreiben. Auch Worte spiegeln das Leben wider, erwecken innere Bilder. Was hat er gesagt? Echtheit – ohne Zugabe von künstlichem Licht. Ohne es zu wissen, hat er mir die Richtung angegeben. Ich werde Bilder aus der Erinnerung hervorholen – Momentaufnahmen. Momentaufnahmen ohne Blitz.

I

„Was kannst du überhaupt nicht leiden?“

„Ungerechtigkeit!“ Die Frage bedarf keines Nachdenkens. „Und Grausamkeit“, fällt mir weiter ein, „Grausamkeit gegen Tiere. Das konnte ich noch nie leiden. Als ich ganz klein war, haben die Nachbarskinder einmal eine Katze gequält, und ich habe sie ihnen weggerissen und habe sie laufen lassen.“

„Aber wie ist es mit Grausamkeit gegen Menschen?“ Eri dreht sich um, und ein Spritzer Wasser von ihrem Paddel trifft mich ins Gesicht. Ich überlege kurz. „Das wäre genauso schlimm.“

„Nicht schlimmer?“ Eri gibt sich mit der Antwort nicht zufrieden.

„Nein, ich glaube, Menschen können sich wehren“, entgegne ich. „Aber Tiere, ich meine die Haustiere, können außer Beißen, Kratzen und Ausschlagen nichts tun.“

„Ich weiß nicht, ob Menschen sich immer wehren können.“

Das stimmt auch wieder. Ich denke an den kalten Gruselschauer, den ich empfand, als ich die so genannte Eiserne Jungfrau und anderer Folterwerkzeuge in der Folterkammer der Nürnberger Burg anschaute. „Du hast Recht“, sage ich, „Menschen können ganz schön grausam sein gegen wehrlose Opfer.“

Die Paddel schlagen regelmäßig in das dunkle Havelwasser. Beim Eintauchen hinterlassen sie Spuren, die sich ausbreiten. Trotz der Gummiringe an den Paddeln treffen mich immer wieder kalte Wassertropfen. Der Wind kommt von vorne. Es ist gutes Segelwetter, und einige Boote sind schon draußen, trotz des noch kühlen Aprilwetters. Die Segel leuchten wie weiße Flecken gegen den dunklen Hintergrund der Kiefernwälder, die die Havel begrenzen.

„Und du?“ Ich gebe die Frage zurück. Eris Rücken scheint mir so kahl zu sein ohne die haselnussbraunen ordentlich geflochtenen Zöpfe, die sonst darauf herumtanzten. Jetzt trägt sie eine Innenrolle und sieht wie eine junge Dame aus mit ihren fünfzehn Jahren. Meine Innenrolle ist schon etwas älter. Eri hatte so lange gebettelt, bis ihre Eltern ihr erlaubten, die Zöpfe abzuschneiden. Ich hatte nie lange Haare gehabt.

„Ich kann's nicht haben, wenn man ausgegrenzt wird oder einfach abgelehnt oder ignoriert wird", antwortet sie nach einigem Nachdenken. Ich nicke. Ich kenne das Gefühl zu gut. Schmerzhafte Erinnerungen schießen hoch. Auch Eri hat ihre Erfahrungen, die wehtun. Sie verdrängt sie, indem sie die Richtung des Spiels ändert.

„Und du? Was wünschst du dir am meisten?" Die Frage weckt Erwartungen. Ich denke nach. Meine Augen schweifen über das in der Sonne glitzernde Wasser. Rechts von uns fährt ein Pärchen in einem braunen Paddelboot. Die beiden haben die Paddel niedergelegt und lassen sich treiben. Vorne sitzt ein Mädchen. Sie lacht und dreht ihren Kopf dem Jungen zu, der hinter ihr sitzt. Er streckt sich nach vorne und streichelt ihr Haar. Nur kurz. Ein Austausch von fröhlicher Gemeinsamkeit. Ich folge ihnen mit meinen Augen.

„Sollen wir auf Schilthorn zusteuern?" Eri reißt mich aus meinen sehnsüchtigen Gedanken.

„Ja, wenn du willst."

„Na, warum dauert deine Antwort so lange?" Sie dreht den Kopf zu mir, und ich sehe ihr Profil, die kleine Stupsnase mit den Sommersprossen, die nach oben geschwungenen Mundwinkel und die Kurve des schlanken Halses.

„Ich muss überlegen." Wie kann ich sagen, dass ich mir nichts sehnlicher wünsche als einen Freund, der so liebevoll mit mir umgeht wie dieser junge Mann mit seiner Freundin? Aber das sind ja nur alles Wunschträume, die sich wahrscheinlich nie erfüllen werden. Überall sieht man nur Paare auf den Booten, und ich bin immer nur mit meiner Freundin zusammen. Warum muss es immer eine Freundin sein, auch wenn es die beste ist?

„Ich wünsche mir am meisten, dass wir bald wieder mit meinem Vater zusammen sein können." Es ist ein unverfänglicher Wunsch, und Eri akzeptiert ihn. Gut, dass sie nicht meine

Gedanken lesen kann, obwohl ihre klaren blauen Augen einen oft so durchdringend ansehen, als ob sie bis auf den Grund schauen könnten.

„Und du?“ Ich richte die Frage an sie. „Was möchtest du am meisten?“ Ich weiß die Antwort schon, bevor ich sie höre.

„Ich möchte eine große Geigerin werden. Vielleicht in einem berühmten Orchester spielen. Durch die Welt reisen, viele Länder und Menschen kennen lernen.“

„Auch so ein Wunschtraum“, murmele ich vor mich hin.

„Was hast du gesagt?“ Eri wendet sich zu mir um.

„Ich wusste, was du sagen würdest.“

„Du kennst mich ja auch.“

Ja, wir kennen uns gut. Eben wie beste Freundinnen, die alles miteinander teilen. Schulweg, Hausaufgaben, Freizeit. Augenblicklich ist Schauspielern dran. Weil wir beide den selben Schauspieler verehren. Ach was – innig, inbrünstig lieben. Horst Caspar heißt unser Held, und er tritt im Schiller-Theater auf. Hoch gewachsen mit dunklen Haaren, brennendem Blick und feuriger Stimme. Kein Stück, in dem er den jugendlichen Liebhaber spielt wie Schillers „Kabale und Liebe“, haben wir ausgelassen. Dagestanden und geklatscht haben wir, bis unsere Hände schmerzten und rot waren. Bis der Vorhang gefallen war und wir als Letzte aus dem Theater heraus mussten. Dann das Suchen und Rennen nach dem Bühnenausgang, durch den die Akteure herauskamen. Endloses Warten und Hoffen. Dann die Enttäuschung. Unser Held musste wohl durch einen anderen Ausgang entflohen sein. Die nächtlichen Träume, in denen er mir seine Liebe gesteht. „Nur für dich spiele ich“, sagt er mir, als ich in seinen Armen liege, „ohne dich kann ich nicht leben.“

Die Schauspiel-Leidenschaft hat uns ergriffen. Endlos deklamieren wir Schillers Dramen mit dem Rollenbüchlein der „Maria Stuart“ in der Hand. Ich bin die stolze Königin Elisabeth und Eri die benachteiligte Maria von Schottland. Einige Passagen kann ich schon auswendig. Am liebsten würde ich Schauspielerin werden!

„Paddel mal ein bisschen schneller!“ Eri reißt mich in die Wirklichkeit zurück. Mechanisch folge ich ihrem Rhythmus. Der Gegenwind wird stärker, und die Trainingshosen werden nass von den versprühenden Tropfen. Unser Boot, die Musch, tanzt über die kleinen Wellen wie ein lustiges Fohlen.

„Hast du das gesehen?“ Eri lacht.

„Was denn?“

„Da vorne, das Segelboot!“

„Wieso? Was ist mit dem?“

„Eben kam eine Windböe, und das Boot legte sich ganz schräg, und als ich schon dachte, die kippen gleich um, da sehe ich auf dem Kiel plötzlich das Wort: Denkste!“

„Die haben Humor“, sage ich und folge dem Boot mit meinen Augen. Da wieder! Jetzt sehe ich es auch. Langsam richtet sich das Boot wieder auf, und nun steuert es auf uns zu. Das haben sie doch absichtlich gemacht! Sie haben uns im Visier. Als sie näher kommen, sehe ich drei junge Männer. Sie umkreisen uns, rufen etwas über das Wasser. Dann winken sie. „Was wollen die denn von uns?“, fragt Eri.

„Ich hab's nicht verstanden“, sage ich, obwohl ich es schon verstehe. Wieder kreist das Boot um uns herum. Der junge Mann, der hinten sitzt, reißt das Steuer herum. Das Boot dreht in den Wind, und die Segel flattern mit einem knatternden Geräusch.

„Habt ihr Lust zum Segeln?“, ruft der junge Mann mit dem rötlichen Haar herüber.

„Was sollen wir sagen?“ Eri überlässt schnelle Entscheidungen meistens mir. Sie braucht immer etwas länger.

„Hast *du* Lust?“, frage ich zurück.

„Aber wir kennen die ja gar nicht.“ Eri ist vorsichtig, sie hat ihre Bedenken. Ich verdränge meine. „Aber die sehen doch nett aus.“ Ich rufe zurück. „Was machen wir denn mit unserem Boot?“

„Das nehmen wir ins Schlepptau. Paddelt mal hier an die Steuerbordseite.“

„Hast du 'ne Ahnung, wo Steuerbord ist?“, fragt Eri.

„Ich nehme an, wo der Große steht. Der soll uns wahrscheinlich ins Boot helfen." Die Lust am Abenteuer ergreift mich. „Komm, wir paddeln hin."

Es geht alles schnell und reibungslos, und wir sitzen auf Lederkissen in dem Boot. Hinter uns folgt die brave Musch.

Die Jungen stellen sich vor. Gerhard heißt der am Steuer. Er ist der Kleinste mit einer rötlichen Haartolle und rötlich-blonden Wimpern. Wenn er lacht, kommt ein Grübchen in der linken zartbeflaumten Wange zum Vorschein. Bestimmt hat er sich das „Denkste!" ausgedacht. Dann ist da noch ein Älterer, der Reinhold heißt und etwas zurückhaltender und ernster, aber sehr hilfsbereit ist. Der Dritte im Bunde heißt Erich, und er bringt uns alle zum Lachen mit seinen lustigen Sprüchen. Wir sitzen uns gegenüber. Nach anfänglicher Schüchternheit fühlen Eri und ich uns bald durch den kameradschaftlichen Ton dazugehörig. Die drei geben uns eine Kurzeinführung in die wichtigsten Segelbegriffe, weihen uns in die Seemannssprache ein und lehren uns, den Kopf beim Kreuzen einzuziehen, wenn der Mast von einer Seite auf die andere schlägt.

Ich genieße das Auf und Ab des schaukelnden Bootes. Einmal ist Eri hoch in der Luft, und ich bin dem Wasser so nah, dass ich die Geschwindigkeit, mit der wir dahinfliegen, mit meiner Hand fühlen muss. Das andere Mal sitze ich hoch oben, wie auf einer Schaukel, und lehne mich mit meinem ganzen Oberkörper über die Seite des Bootes hinaus. Es macht Spaß, so mühelos über das Wasser zu gleiten, beim Kreuzen zu sehen, wie das Boot sich gehorsam dem Ruder fügt, wie der Wind mit den Segeln spielt, sie mal kräftiger niederdrückt oder sie sich aufrichten lässt.

„Ich hab' nie gewusst, dass Segeln so schön sein kann", rufe ich Gerhard zu. „Ihr verderbt mir die Lust am Paddeln!"

„Willst du mal die Fock halten?", fragt Gerhard und zeigt mir die Leine, die das Vorsegel bedient. Nach kurzer Zeit habe ich es heraus, fühle die Spannung in meiner Hand, gebe nach, ziehe wieder an und füge mich den Launen des unberechenbaren Windes. Das Wasser ist schon von klein auf mein Lieblingsplatz gewesen. Seit ich denken kann, sind die Großeltern und die ganze weitläufige Familie meines Vaters alljährlich in die „Badewanne Berlins“ aufgebrochen – nach Heringsdorf an der Ostsee. Alle Cousins und Cousinen waren dort. Ich war die Jüngste. Das Plätschern der Wellen, der heiße Sand unter meinen nackten Füßen und das Bauen von Sandburgen am Strand gehören zu den schönsten Kindheitserinnerungen. Doch erst jetzt weiß ich: Hier habe ich mein ureigenes Element gefunden: Wasser, Wind und Segeln.

Es ist mehr als ein schöner Sport, ein Zeitvertreib. Es ist Antwort auf ein inneres Verlangen. Wie ein aus dem Käfig gelassener Vogel die Freiheit des offenen Himmels genießt, so genieße ich dieses herrliche Gefühl von Ungebundenheit, diese Spannung zwischen Losgelöstsein und Beherrschung. Als dieser einzigartige Nachmittag zu Ende geht, ist mir klar: Ich muss einfach wieder segeln.

Die „Golden Hill“ nimmt Ziel auf unser Bootshaus. Bevor wir uns verabschieden, haben wir eine neue Einladung zum Segeln, für den nächsten Sonnabend. „Dann lasst euer Boot liegen und kommt gleich zu unserem Bootshaus bei der Stößensee-Brücke“, erklärt Gerhard. „Wir segeln bei jedem Wetter, es sei denn, dass es in Strömen gießt.“

Wir stehen auf dem Bootssteg und winken. „Hat's dir auch gefallen?“, frage ich Eri.

„Ja, aber erzähle meinen Eltern nichts davon.“

„Und du nichts meiner Mutter.“ Eri nickt mit ernstem Gesicht. Doch dann lacht sie. „Die waren wirklich nett. Der Erich war lustig, der hat mich immer zum Lachen gebracht.“

Wie gut, denke ich, dass sie nicht Gerhard gesagt hat!

„Du spielst heute so unkonzentriert. Hast du nicht richtig geübt?“ Die sanfte Stimme meiner Klavierlehrerin klingt vorwurfsvoll. Hastig wiederhole ich die Noten. Wieder bleibe ich an derselben Stelle hängen. Es stimmt, ich denke an andere Dinge, während ich spiele.

„Lass mich das einmal vorspielen", sagt sie, und ich mache Platz.

Während sie das Andante aus der Mozartsonate mit weichem Anschlag und viel Gefühl auf dem schwarzen Flügel spielt, wandern meine Augen über ihre feingliedrigen Finger zu ihrem ebenmäßigen Profil, über ihr hoch gestecktes graues Haar, den gestärkten Spitzenkragen, der den schmalen Hals umgibt, und die Jugendstil-Brosche, die als einziges Schmuckstück auf jedem Kleidungsstück erscheint. Draußen rattert wieder eine U-Bahn vorbei, die hier am Nollendorf-Platz als Hochbahn fährt. Die hohen verzierten Stuckdecken des Altbaus müssen diesen regelmäßigen Lärm und manche falsche Note angehender Pianisten aushalten, von deren Künsten der Lebensunterhalt des alten Fräuleins abhängt.

So muss es vor hundert Jahren hier in Berlin ausgesehen haben, denke ich. Diese dicken weinroten Samtvorhänge, die kaum Licht hereinlassen. Die schweren dunkelbraunen Eichenmöbel, dazu das steife Plüschsofa und der Tisch davor mit einer cremefarbenen, handgearbeiteten Spitzendecke. Das Kurioseste aber sind die Gaslampen. Wie kann man noch Gaslampen haben in einer Zeit, in der schon alles elektrifiziert ist!

„So, und beim nächsten Mal erwarte ich, dass du die Passage fehlerlos spielen kannst." Das Fräulein schaut auf die alte Standuhr, deren Pendel das einzig Lebendige außer uns beiden zu sein scheint. Wenn die Uhr die volle Stunde schlägt, ist es besser, das Spielen zu unterbrechen, sonst kommt man aus dem Konzept.

„Für heute machen wir Schluss." Die Uhr zeigt zwei Minuten vor vier.

Ich raffe das Notenheft und meine Schultasche zusammen und versuche, meine Ungeduld zu zügeln und langsam aus der Wohnung zu gehen. Ich verabschiede mich mit einem kleinen Knicks, obwohl ich das eigentlich nicht mehr zu machen bräuchte in meinem Alter. Aber das Fräulein lächelt immer leise, wenn ich mich so ehrerbietend verabschiede, und da mache ich ihr gern die Freude.

Ich springe die Stufen des kreisrunden Treppenhauses herunter, in dem man vom dritten Stock bis auf das Erdgeschoss blicken kann. Treppengeländer rutschen macht Spaß, aber hier hätte ich Angst. Der Blick nach unten hat Sogkraft.

Draußen renne ich die Treppen zum U-Bahnhof rauf, warte ungeduldig auf den Zug zum Wittenberg-Platz und steige dort in die Straßenbahn Nr. 75 um. Alles geht mir zu langsam. So viele Haltestellen, bis man aus der Stadt herauskommt. Endlich bin ich an der Stößensee-Brücke. Der Pfad hinunter zum Bootshaus ist von Heckenrosen gesäumt. Auf dem Gelände ist kein Mensch zu sehen. Kein Wunder, mitten in der Woche. Ich gehe auf den Bootssteg, an dem die Golden Hill gedockt ist, steige in das Boot ein, setze mich hin und warte.

Ob er wohl kommt? Er hatte nur gesagt, dass er manchmal auch in der Woche nach der Arbeit segelt. Dass er das meistens alleine tut. Dies ist für mich die einzige Chance, mitten in der Woche heimlich hierher zu kommen, nach der Klavierstunde. Jetzt ist es fünf Uhr, um halb acht kommt Mutter nach Hause, und da muss ich vorher daheim sein. Ich will nicht, dass sie etwas von dieser Segelbekanntschaft erfährt. Sonnabends gehen wir, wie immer, zum Paddeln. Das sage ich aber nur, damit sie sich keine Sorgen macht.

Die Minuten vergehen zäh und schleichend. Die Unruhe treibt mich auf. Ich kann nicht einfach still hier sitzen und hundert Mal nach oben schauen, ob sich nicht ein rötlicher Haarschopf den Weg nach unten bahnt. Ich gehe noch mal an die Haltestelle. Dann kann ich ihn gleich begrüßen: „Ach, ich hatte gerade ein bisschen Zeit und dachte, vielleicht gehst du heute noch kurz segeln."

Würde er erstaunt reagieren – oder freudig? Ich habe keine Ahnung, obwohl wir jetzt doch schon so oft zusammen waren. Die Kameradschaft unter den Freunden scheint eine Liebelei verhindern zu wollen. Hatten sie doch alle zusammen daran gearbeitet, das alte verkommene Boot, das Reinhold und Gerhard von ihrem kleinen Gesellen- und Lehrlingsgehalt und Erspartem gemeinsam gekauft hatten, wieder herzurichten und flott zu machen. Man durfte Kumpel sein, dann wurde man in die Gemeinschaft mit hineingenommen. Wenn man etwas zu essen oder trinken mitbrachte oder den Grammophonkasten mit der Handkurbel und ein paar flotte Platten, dafür war man dankbar. Aber über das Flirten hinaus bitte keine persönlichen Annäherungen! Als Mädchen darf man sowieso seine Gefühle nicht zeigen, diese Gefühle, die mich fast zu sprengen drohen. Diese Ungeduld, die wehtut wie eine Wunde. Dieses Verlangen, das sich einfach nicht verdrängen lässt, die Gedanken, die immer wieder nur um diesen einen Menschen kreisen. Was ist nur los mit mir?

Wieder nicht in der Straßenbahn! Die nächste kommt erst in zwanzig Minuten. Langsamen Schrittes gehe ich noch mal den Pfad zum Wasser hinunter und setze mich. Woran merkt man nur, dass man dem Anderen etwas bedeutet, dass er sich auch zu einem hingezogen fühlt? Kann ich kleine Anzeichen sehen, die mich bestärken, oder mache ich mir nur selbst etwas vor?

Wie war das vor zwei Wochen, als er mir erzählte, dass er Maler werden wollte? Ich sagte: „Zeig mir doch mal was", und er brachte beim nächsten Mal einige seiner Skizzen und Zeichnungen mit. Ich blätterte durch den Skizzenblock und konnte gleich das Talent erkennen. Zeichenunterricht ist eines meiner Lieblingsfächer, in dem ich immer „Sehr gut" habe. Aber wenn ich versuche, jemanden naturgetreu abzuzeichnen, sieht es zwar gut aus, aber meistens nicht sehr ähnlich. Dagegen war Gerhards Portrait von Adolf Hitler absolut ähnlich. Ich blätterte schnell weiter und war froh, dass Eri es nicht gesehen hatte. Er fragte mich, ob er mich zeichnen dürfe. „Ach, du liebe Zeit", lachte ich, „ich hasse Portraitsitzen."

Meine Cousine Irene, die fünf Jahre älter ist als ich und die auch Malerin werden wollte, sagte oft zu mir: „Bleib' genau so sitzen oder stehen, wie du gerade bist. Rühr dich nicht, bis ich es dir sage." Und das sollte ein kleines Kind aushalten können! Sie verlangte es aber. Einmal ging sie aus dem Zimmer, wo ich wieder einmal viel zu lange als Modell gesessen hatte. Als sie zurückkam, war sie entsetzt. „Was hast du nur gemacht", rief sie, „alle Schattierungen sind aus deinem Gesicht ausradiert!"

„Ich hab' doch kein so schmutziges Gesicht", antwortete ich damals.

Gerhard zeichnete mich dann, als wir an einem Bootssteg in einer Schilfbucht Rast machten. Die anderen gingen ans Ufer und spielten Ball. Aus den Augenwinkeln sah ich seine Augen, die auf meinem Gesicht lagen. Doch es war der Blick des Malers, der Umrisse, Schatten und Licht sah, nichts weiter. Das Bild, das er mir endlich zeigte, sah mir wirklich ähnlich. Er wollte es mir schenken, aber ich traute mich nicht, es mit nach Hause zu nehmen wegen meiner Mutter. Ich muss da vorsichtig sein.

O nein, meine Mutter! Ich blicke auf meine Uhr. Ich muss die nächste Straßenbahn nehmen, um noch vor ihr daheim zu sein. Jetzt kommt er sowieso nicht mehr, es ist zu spät. Nun muss ich bis Sonnabend warten. Eine Ewigkeit! Und dann sehe ich ihn wieder nicht allein.

2

Die ersten Heckenrosen sind aufgeblüht. Im Hinuntergehen sehe ich die zartrosa-weißen Blüten, die den Pfad zum Bootshaus säumen. Ich springe die letzten Schritte voller Erwartung hinunter. Gerhard ist schon vor mir da. Er ist allein.

Er begrüßt mich freudig und wirft dann einen besorgten Blick nach oben auf die dicken, grauen Regenwolken. „Den ganzen Tag habe ich gehofft, dass es heute Abend schön sein wird, und dann wusste ich nicht einmal, ob du überhaupt kommst", sagt er. „Sollen wir es trotzdem versuchen?"

„Wir können ja in der Nähe bleiben, damit wir umkehren können, wenn es anfängt zu regnen." Auch ich habe mich den ganzen Tag auf diesen Abend gefreut.

„Also gut, wir wagen es." Er beginnt, die Plane zu entfernen, die den hinteren Bootsteil bedeckt. Ich helfe ihm dabei. Ich habe viel gelernt an diesen sechs Wochenenden. Ich durfte schon allein steuern und habe gelernt, das Großsegel zu bedienen und zu kreuzen. Als ich ihm letzte Woche erzählt hatte, dass ich nach der Klavierstunde da gewesen sei, las ich so etwas wie Bedauern in seinen Augen.

„Kannst du nächste Woche wiederkommen? Dann sehe ich zu, dass ich auch da bin."

„Aber ich kann höchstens eine Stunde segeln", sagte ich.

„Das macht nichts. Komm trotzdem."

Die Stunden auf dem Boot mit ihm allein gehen viel zu schnell vorüber, sodass wir angefangen haben, uns jeden Dienstag treffen. Wir sprechen nicht darüber mit den anderen. Selbst Eri weiß nichts davon. Ein Geheimnis zwischen Freundinnen! Aber wenn sie es wüsste, würde sie vielleicht mitkommen wollen – und ich will mit ihm allein sein.

„Kannst du uns abstoßen?" Ich stehe mit dem Bootshaken am Bug und schiebe die Golden Hill langsam auf das offene Wasser. Keine ungefährliche Sache, da man leicht die Balance verlieren und ins Wasser fallen kann. Der Wind fängt sich in den hochgezogenen Segeln. Ich springe hinein ins Boot und ziehe die Leine der Fock straff. Gerhard hält das Ruder in der linken Hand. Mit der rechten hält er das Seil des Großsegels. Langsam kommen wir in Fahrt und kreuzen auf dem Stößensee.

Wir haben einander viel zu erzählen. In den vergangenen Wochen habe ich schon viele Gemeinsamkeiten entdeckt. Wir lieben Kunst, besonders die Malerei, in die mich meine Tante Hanna schon von Kleinkindesbeinen an eingeführt hat. Sie ist so etwas wie meine zweite Mutter für mich.

Weil Mutter immer im Geschäft war, verbrachte ich oft einige Wochen bei ihr, zum Beispiel als ich mit fünf Jahren Keuchhusten hatte. Statt nur Kinderbücher anzuschauen, hielt sie mir ein dickes Kunstbuch vor, dessen Seiten ich nicht umdrehen durfte, erklärte mir die Bilder und erzählte von den Malern.

Meine eigene Kunstkarten-Sammlung, in der ich mich auf die

italienische Hochrenaissance beschränke, füllt schon zwei dicke Alben. Gerhards Ziel ist es, eine Kunstakademie zu besuchen, um Maler zu werden. Er nutzt jetzt schon jede freie Minute, um zu skizzieren und zu zeichnen. Oft tauschen wir uns über die Tagesereignisse aus, über alles, was Teenager so interessiert, oder wir teilen Beobachtungen aus der Natur. Die Freude, gemeinsame Interessen und Überzeugungen zu entdecken, bestärkt das verbindende Gefühl: Hier ist jemand, der mich versteht, und ich verstehe ihn.

„Sieh mal, die Libelle!"

„Wo?"

„Dort vorne, auf dem Lederkissen."

„Wie schön, das Blau des Körpers und die durchsichtigen Flügel. Das wäre gar nicht einfach zu malen."

„Da oben fliegt ein großer Vogel. Ob das ein Adler ist?"

„Sieht mehr wie ein Bussard aus."

„Woran erkennst du das?"

„An der Form der Flügel."

„Ich hatte mal einen Vogel. Es war ein Wildvogel, ein Stieglitz. Er konnte sich weder an den Käfig noch an mich gewöhnen. Er flatterte so ängstlich herum, wenn ich in die Nähe kam. Eines Tages konnte ich es nicht mehr ertragen und habe ihn samt dem Käfig vors Haus getragen und habe das Türchen aufgemacht."

„Und ist er weggeflogen?"

„Ja, wie ein Pfeil. Ich habe ihm nachgeguckt, bis ich ihn nicht mehr sehen konnte. Ich war gar nicht traurig, sondern im Gegenteil glücklich, dass ich ihm seine Freiheit wiedergeschenkt hatte."

„Ich kann das verstehen. Jeder, Mensch oder Tier, braucht seine Freiheit. Wir sind für die Freiheit geboren!"

„Vive Liberté, Égalité, Fraternité! Freiheit, Gleichheit, Brüderlichkeit!"

„Du kannst Französisch?"

„Nur *un peu,* ein bisschen, wir haben es in der Schule als erste Fremdsprache."

„Ich wäre auch gerne aufs Gymnasium gegangen, aber ich durfte nicht."

„Was wichtig ist im Leben, kann man auch so lernen. Dafür lernst du praktische Dinge, die viele Schüler nie können."

„Danke, aber ich wäre doch lieber in der Schule als bei Siemens. Meine Mutter wollte, dass ich einen praktischen Beruf lerne."

„Und dein Vater?"

Nur zögernd kommt die Antwort. „Ich habe meinen Vater nie gekannt." Mit gesenktem Kopf sagt er leise: „Ich bin ein uneheliches Kind."

„Das bedeutet für mich gar nichts", entgegne ich schnell und nachdrücklich, „wo jemand herkommt, oder was einer hat. Mir kommt es auf sein Wesen an. Was mir an dir gefällt: Du hast ein Herz für Tiere und Menschen."

„Aber nicht für alle Menschen."

„Das meine ich auch nicht. Auch ich kenne manche, die ich absolut nicht leiden kann. Unseren Mathelehrer zum Beispiel. Aber die meisten mag ich."

„Dich besonders", hätte ich am liebsten hinzugefügt, aber so was sagt ein gut erzogenes Mädchen nicht. Hat er überhaupt eine Ahnung, was mir diese kurze Zeit allein mit ihm bedeutet? Wie ich eine ganze Woche lang darauf hinfiebere, nur mit ihm zusammen zu sein?

„Hast du auch einen Tropfen abbekommen?"

„Ja, nun fängt es doch zu regnen an. Was machen wir jetzt?"

„Das Segel darf nicht nass werden. Halt' mal bitte das Steuer, und dreh' in den Wind!"

Ich lasse die Leine der Fock los und springe nach hinten. Die Segel knattern, während Gerhard die Leine löst und das Großsegel herunterhievt. Dann rollt er die Fock ein und wirft vorne den kleinen Anker aus. Die Tropfen fallen schneller und werden stärker. Ich helfe ihm, die Plane festzumachen. „Komm schnell runter, du wirst sonst nass."

Wir sitzen auf dem Boden und hören das Trommeln des Regens über unseren Köpfen. Gerhard hält eine Seite mit dem

Bootshaken hoch, um etwas Licht und Luft in unsere dunkle Kammer hereinzulassen. Durch den Schlitz kann man sehen, wie die großen Tropfen das Wasser aufwühlen, wie sie hochspringen und Blasen bilden. Das Schilf weht hin und her mit gesenkten Köpfen. Nur das Trommelkonzert der Regentropfen erfüllt die Luft.

Wir sitzen schweigend nebeneinander. Mein Puls geht schneller. Bilde ich es mir ein, oder hat mich gerade seine Schulter berührt? Ich bewege mich nicht, bin wie gelähmt. Minuten vergehen. Jetzt hebt er seinen rechten Arm und legt ihn um mich. Alles geht langsam und vorsichtig, als hätte er Angst vor meiner Reaktion. Dann wieder eine lange Zeit nichts, kein Wort, keine Bewegung. Ich wage kaum zu atmen. Das Verlangen, mich ganz in seinen Arm fallen zu lassen, scheint übermächtig, aber ich sitze da, steif und wie unbeteiligt. Wird er den Mut verlieren, aufhören, sich mir zu nähern? Mein Herz pocht wild.

Jetzt lässt er den Bootshaken los, den er mit der linken Hand die ganze Zeit über gehalten hat. Es wird dunkler. Ich spüre, wie sein Kopf sich meinem nähert. Ohne zu denken lehne ich mich an ihn. Ich spüre seinen Atem. Die Minuten der Bewegungslosigkeit verrinnen, während das monotone Geplätscher des Regens die einzige Geräuschkulisse ist. Hat ihn der Mut verlassen? Kaum merklich drehe ich mein Gesicht so, dass ich die Umrisse seines Profils in der Dunkelheit erkenne. Plötzlich fühle ich seine Wange an meiner. Auch er dreht sich mir zu. Wange an Wange gepresst, nur Zentimeter vom Mund des anderen entfernt, den Atem spürend, seine Wärme, sitzen wir da und warten. Wird er mich küssen? Oder hat er Angst? Ich spüre einen leichten Druck und wende mich ihm ein wenig entgegen. Wie in Zeitlupe nähert sich sein Mund. Ich spüre einen kurzen, aber brennenden Kuss auf meinen Lippen.

Unwillkürlich ziehe ich meinen Kopf zurück. Er hat mich geküsst! Auch er zieht sich zurück, als wäre er über seinen eigenen Mut erschrocken. Doch dann fliegen wir einander in die Arme, und unsere Lippen treffen sich wieder und wieder. Raum und Zeit sind vergessen.

Eine rosa Wolke von Zärtlichkeit umgibt mich, ein bis dahin unbekanntes Glücksgefühl erfüllt mich, und nur dieser eine Satz dreht sich in meinem Kopf, wie ein Karussell: Der, den ich liebe, liebt mich! Nie darf diese Stunde vergehen, dieses Gefühl verschwinden. Ich will es auskosten, erfühlen, erleben – alles andere ist unwichtig, nebensächlich. Nur der Rausch der Gefühle zählt.

Wir merken nicht, dass der Regen schon lange aufgehört hat. In einer Pause, in der wir eng umschlungen unser neues Glück genießen, sagt er: „Glaubst du nicht, dass du bald gehen musst? Es ist schon spät." O Romeo, es ist nicht einmal der Ruf der Lerche, der uns in die Wirklichkeit zurückholt. Wie kann dieses einmalige Erlebnis durch Begriffe wie Stunden und Minuten beendet werden?

„Ich will aber nicht nach Hause", seufze ich mit glühenden Wangen, „Ich will bei dir bleiben! Immer und ewig! Ich liebe dich!"

„Ich liebe dich auch", antwortet er. „Schon seit Wochen habe ich davon geträumt, dich küssen zu dürfen. Aber ich traute mich nie. Du bist das erste Mädchen, das ich geküsst habe."

„Und du der erste Junge! Ich habe dich von Anfang an geliebt und gehofft, dass du mich auch magst. Aber nun ist alles gut. Ich liebe dich so sehr!" Und wieder liegen wir einander in den Armen.

„Wir müssen los, sonst bekommst du Ärger mit deiner Mutter." Er hebt die Plane hoch. Die Abendsonne ist zwischen den Wolken hervorgekommen. Meine Augen fallen als Erstes auf das Restaurant-Schiff, das nicht weit von unserem Ankerplatz am Ufer liegt. Sein Name strahlt zu mir herüber: „Alte Liebe". Unsere ist jung, frisch, neu und unberührt – und unerprobt.

Auf dem Weg zur Straßenbahn gehen wir eng umschlungen den Pfad hinauf. „Warte einen Augenblick", sagt Gerhard und löst seinen Arm. Während er eine frisch aufgeblühte Heckenrose abpflückt, die Regentropfen abschüttelt und sie mir ins Haar steckt, denke ich: Diesen Tag werde ich mein Leben lang nicht vergessen. Heute ist der 21. Mai 1941.

Er wartet mit mir, bis meine Straßenbahn kommt. Er selbst muss in die andere Richtung fahren. Wir grüßen uns wortlos ein letztes Mal durch die Scheiben. Ich sehe, wie seine Lippen die Worte formen: „Ich liebe dich!" Und ich antworte: „Ich dich auch!" Mein Herz singt.

3

Der Topf mit dem vorgekochten Mittagessen ist noch warm, als ich ihn in die gepackte Tasche stelle. Nun noch eine Taschenlampe und dann wäre ich so weit. Hoffentlich ruft Mutter bald an, es ist schon halb zehn, bald meine Schlafenszeit. Da! Das Telefon klingelt. Mutters Stimme klingt weit weg, und ich muss laut reden. Trotzdem höre ich die Besorgnis hinter ihren Worten und versuche sie zu beschwichtigen.

„Mach dir keine Sorgen. Alles läuft gut. Ich war heute den ganzen Tag im Geschäft. Eine Kundin hat allein für hundertfünfzig Mark Bettwäsche und Handtücher bei mir gekauft. Und morgen ist ja Sonntag, und du bist abends wieder zurück. Ja, ich hab mir was zu essen gemacht. Ja, aber sicher. Schlaf du auch gut."

Ich lege den Hörer auf und nehme Tasche und Hundeleine. Dolly, meine Drahthaarterrier-Hündin, steht schon erwartungsvoll an der Tür. Ich öffne und lausche. Der Hausflur ist still. „Gassi gehen", sage ich und schließe die Tür schnell hinter mir ab. Wir laufen durch die dunklen Alleen zur Haltestelle Heerstraße. Ich nehme Dolly an die Leine. Gehorsam springt sie die Treppen der Straßenbahn hoch. Ich bleibe stehen, die Tasche zwischen meinen Beinen. Nur wenige Leute sitzen in dem Wagen. Ich spüre ihre Blicke auf mir und dem Hund. Am Scholzplatz steigen wir als Einzige aus. Der Platz mit den hohen Rhododendren-Büschen liegt verlassen und still da. Kein Haus weit und breit. Wir überqueren ihn und biegen in die Straße ein, die hinunter zur Havel führt. Dolly zieht, aber ich lasse sie nicht von der Leine. Es ist eine dunkle, warme Julinacht. Ich kämpfe gegen ein beklemmendes Gefühl von drohender Gefahr. Die Leine in der Hand vermittelt etwas Sicherheit, obwohl es nur ein kleiner Hund ist, der flink dahinläuft, ahnungslos, mit erhobenem Stummelschwänzchen und gespitzten Ohren auf Geräusche und Gerüche ausgerichtet.

Wenn wir zur nächsten Biegung kommen, muss links unser Berg sein, auf dem Lucy und ich Ski gelaufen sind. Wie viel Spaß hatten wir mit der selbst gemachten Sprungschanze! In der Erinnerung höre ich unser Lachen, das die Stille des Grunewaldes durchdringt. Ach, Lucy, wo bist du wohl jetzt? Obwohl Eri nun deinen Platz eingenommen hat, vermisse ich dich. Ich sehe mich wieder von dir weglaufen, nach mehreren Anläufen. Die Tränen strömen mir übers Gesicht. Abschied nehmen von der besten Freundin tut so weh!

Wir müssen schon zehn Minuten gelaufen sein, und immer noch geht es langsam bergab. Die Tasche wird schwerer an meinem Arm. Ich hätte nicht gedacht, dass es so weit ist. Nach einer Viertelstunde sehe ich endlich das Ende der Straße. Ich atme auf. Das Schlimmste liegt nun hinter mir. Dolly bellt und zieht an der Leine. Durch die Dunkelheit sehe ich Gerhard auf uns zu kommen.

„Still, Dolly, du bist ein guter Wachhund, ist ja gut." Ich versuche sie zu beruhigen. „Das ist ein Freund. Ist ja gut!"

Gerhard streichelt ihren Kopf und nimmt mir die Tasche ab. „Ich warte schon eine ganze Zeit", sagt er.

„Ich konnte nicht früher kommen. Meine Mutter hat erst so spät angerufen. Wo hast du das Boot liegen?"

„Neben der Alten Liebe". Wir steigen ein, und Dolly springt uns nach. Das Segel ist gesetzt. Kaum ein Lüftchen ist zu spüren, doch langsam, fast unmerklich, entfernt sich das Boot von dem Steg. Alles ist so anders in der Nacht. Man sieht nicht, wohin man treibt. Ich sitze auf dem Boden auf meinem Lederkissen und schaue nach oben. Dunkles Wasser um uns herum, dunkler Himmel mit zahllosen Sternen über uns, und wir in dieser kleinen Nussschale allein im Universum.

„Kannst du überhaupt sehen, wohin wir fahren?" Meine Stimme klingt fremd in dieser friedlichen Stille. „Ich steuere auf Schilthorn zu. Der Mond wird bald rauskommen." Ich lege meinen Kopf auf den Sitz hinter mir und versuche Sternbilder zu finden. „Dort ist die Milchstraße. Wir sind ganz allein im Universum, du und ich", träume ich laut, „wir gleiten zwischen den Sternen hindurch. Sie sind über und unter uns. Unser Boot hat Flügel, und wir fliegen schwerelos durch die Galaxien. Was werden wir wohl entdecken?"

„Dass wir vergessen haben, einen Dosenöffner mitzunehmen."

„O Gerhard, musst du meine romantischen Fantasien stören?" Als Antwort beugt er sich über mich und küsst mich. Dolly, die sich zu meinen Füßen gelegt hat, hebt ihren Kopf und sieht uns aufmerksam an. „Ich mag es nicht, wenn du mich küsst, während der Hund zuguckt."

„Aha! Du hast ein schlechtes Gewissen, weil du hinter Mutters Rücken eine Nacht mit mir verbringst!", sagt er neckend.

„Du hast das ausgedacht und mich eingeladen!"

„Aber du hast ja gesagt!" Er lacht.

„Sie wird es nicht erfahren. Und überhaupt, was ist daran falsch, dass wir zusammen sein wollen? Vielleicht haben wir nicht mehr viele Gelegenheiten." Warum diese traurigen Gedanken, die den Zauber dieses Augenblicks zerstören wollen? „Lass uns einfach die Zeit, die wir miteinander haben, auskosten."

Er legt seinen Arm um mich, und schweigend betrachten wir die geheimnisvolle Welt um uns herum. Über den Kiefernwäldern sehen wir den beinahe vollen Mond aufsteigen und die Dunkelheit vertreiben. Das silbrige Licht spiegelt sich auf den Wellen.

„Bist du müde?", fragt Gerhard nach langer Stille.

„Nein, und du?"

„Es war ein langer Tag, und es muss lange nach Mitternacht sein."

„Warum findest du nicht einen Platz, wo wir für die Nacht anlegen können?"

„Ich habe schon einen geplant, wir sind beinahe da." Es ist ein einsamer Steg für Angler, umgeben von hohem Schilf. Gerhard bindet das Boot fest, und Dolly und ich gehen an Land. Das Gras fühlt sich feucht an unter meinen Füßen. Raschelnd springt ein Frosch auf meinen Weg und erschreckt mich. Ich pfeife Dolly, und wir kehren ins Boot zurück.

In der Zwischenzeit hat Gerhard ein Nachtlager eingerichtet. Decken sind ausgebreitet auf jeder Seite des rechteckigen Kastens, der in der Mitte des Bootes den hochziehbaren Kiel abdeckt. „Ich hoffe, es macht dir nichts aus, es ist ein bisschen hart."

Es ist wirklich hart. Ich strecke mich auf der rechten Seite aus, und Gerhard legt sich auf die linke. Unsere Körper sind durch den Kasten getrennt. Nur Kopf und Schultern liegen nebeneinander.

„Gute Nacht!" Ich hebe meinen Kopf, um ihn sehen zu können.

„Du willst mir keinen Gute-Nacht-Kuss geben nach allem, was ich für dich getan habe?"

„Na gut, hier ist einer fürs Bettenmachen – und hier ist noch einer fürs Segeln bei Nacht. Gute Nacht, Gerhard."

„Ich will noch einen!" Nach einer Weile hören wir auf zu zählen.

In mir kämpfen widersprüchliche Gefühle. Der Wunsch, mich dem zu geben, den ich liebe, mit einer tiefen, allumfassenden Liebe, den ich glücklich machen will. Aber auch die Angst.

Ich höre die Worte von Mutter: „Komm' mir ja nie mit einem Kind nach Hause!" In meiner allgemeinen Unwissenheit über Sex gehören bereits Berührungen in die gefährliche Kategorie. Das Einzige, was erlaubt ist, ist Küssen. Doch die Zärtlichkeit, die in einem Kuss ausgedrückt wird, die Worte der Liebe, die ins Ohr geflüstert werden, sie bringen höchste Glückseligkeit. Die anderen beunruhigenden Gefühle, die aufsteigen und intensiver werden, müssen einfach warten.

Ich kann nicht schlafen, aber ich liege still da mit geschlossenen Augen. Ich merke, dass Gerhard auch nicht schläft, trotz seiner Müdigkeit. Ganz langsam hellt sich der Himmel auf. Mein Rücken tut mir weh, und ich stehe auf und setze mich auf die Bank. Gerhard setzt sich neben mich. Dann streckt er sich auf die Sitze aus und legt seinen Kopf in meinen Schoß.

Ich streichle seine Haare und beobachte, wie der Himmel im Osten seine Farben wechselt. An den regelmäßigen, tiefen Atemzügen erkenne ich, dass der Schlaf ihn endlich übermannt hat.

Ich studiere in Ruhe sein Gesicht, will mir jede Einzelheit einprägen. Er sieht so friedlich aus, wie ein kleiner Junge. Langsam breitet sich über uns ein rosa Schimmer aus, der uns sanft umgibt. Ich wage mich nicht zu bewegen und verfolge mit meinen Augen den Anbruch des Tages, den Sonnenaufgang, der den Himmel jetzt mit glühenden Farben bemalt. Ich fühle mich wie eine Mutter, die ihr Kind im Arm hält.

Immer wieder muss ich mir das geliebte Gesicht ansehen, die blonden Augenwimpern, die gerade Nase mit einigen dahingestreuten Sommersprossen, das mit seinen siebzehn Jahren beinahe schon männliche Kinn, die flaumigen Barthärchen, die rötlich-blonden Haare. Wenn ich nur diese Augenblicke des reinen, ungestörten Glücks festhalten könnte! Ich möchte ihn vor allem Schlimmen bewahren, ich möchte unsere Liebe schützen gegen alle finsteren Kräfte, die sie zerstören möchten.

Ich küsse sanft seine Stirn. Verschlafen öffnet er die Augen und lächelt mich an.

Den Tag verbringen wir mit Segeln, Essen und Schwimmen. Nachmittags ist es immer noch heiß. Wir halten in einer kleinen Bucht, und Gerhard zieht die Plane über den Mast, um uns etwas Schatten zu schaffen. Die vorbeifahrenden Boote können uns nicht sehen. Wir liegen einander wieder in den Armen. Die Zeit ist kurz. Ich muss zu Hause sein, bevor Mutter zurückkommt. Gerhard ist merkwürdig schweigsam. Meine Versuche, ihn aufzumuntern, prallen an ihm ab. Etwas bewegt ihn.

Endlich, nach meinen anhaltenden Fragen, bricht es aus ihm

heraus. „Reinhold wird eingezogen." Wir sitzen schweigend nebeneinander. Er hält seinen Kopf zwischen beiden Händen. „Ich habe Angst", flüstert er.

„Warum du, Gerhard?"

„Ich habe Angst um Reinhold. Er ist mein bester Freund. Es ist mir gerade aufgegangen, vielleicht werde ich ihn nie wieder sehen. Er könnte getötet werden in diesem Krieg."

„Aber Gerhard", ich versuche ihn zu trösten, „er hat doch Chancen, dass er es überlebt. Nicht alle Soldaten sterben."

„Vielleicht nicht, aber sie kommen verkrüppelt heim, entweder am Leib oder an der Seele. Ich hasse Krieg!" Er spricht leidenschaftlich. „Ich will nicht in den Krieg ziehen und andere Menschen töten. Aber was kann man gegen die Mächtigen tun? Ich werde einfach gehen müssen. Widerstand würde sofortigen Tod bedeuten. Ich möchte die Chance haben zu leben, richtig malen zu lernen – etwas Schönes zu schaffen. Ich will nicht zerstören oder andere zum Krüppel machen oder schießen, um zu töten. Der Krieg ist die Hölle!"

Die Trostworte bleiben mir im Munde stecken. Angst kriecht in unsere friedliche Geborgenheit. Mit kalten, feuchten Fingern umklammert sie unsere sonnenerhitzten Körper, lässt uns nicht mehr los, bringt uns zum Frieren. Gerhard hält seine Hände vors Gesicht. Was ist das? Eine Träne rollt zwischen den Fingern hindurch. Ich lege meinen Arm um seine Schultern und fühle sein unterdrücktes Schluchzen. Jungen weinen nicht – selbst wenn sie sich die Knie aufgeschlagen haben. Aber diese Tränen lassen sich nicht länger zurückhalten. Sind sie für Reinhold – oder für ihn selbst?

„Bitte, weine doch nicht", bettle ich hilflos, „alles wird schon gut werden." Wie hohl meine Worte klingen. Ich ziehe seine Finger weg und küsse eine Träne von seinem nassen Gesicht. Sie schmeckt salzig. „Gerhard, ich weiß, dir wird nichts geschehen. Ich liebe dich zu sehr. Wir werden zusammen glücklich sein."

Langsam gewinnt er seine Fassung wieder. „Es tut mir Leid. Es kam einfach über mich."

Ich lege meinen Kopf auf seine Schulter. „Wir werden nie wirklich getrennt sein", flüstere ich, „selbst wenn wir nicht mehr lange beisammen sein können. Denk daran, ich werde dich immer lieben!"

4

„Wo warst du gestern Nacht?" In Sekundenbruchteilen erkenne ich an dem wütenden Ausdruck von Mutters Gesicht, dass sie die Wahrheit weiß. „Ich habe noch einmal angerufen, weil ich dir noch etwas sagen wollte, aber du warst nicht da. Auch später nicht!"

„Ach Mutti, lass mich von diesem Jungen erzählen ..."

„Du warst mit einem Jungen zusammen?" Ihre Augen verkleinern sich zu Schlitzen.

„Ja, aber es ist nicht so, wie du denkst. Bitte, bitte, lass mich erzählen. Eri und ich waren paddeln, und da haben wir die drei Freunde auf dem Wasser getroffen. Sie waren nett und haben uns zum Segeln eingeladen."

„Und da seid ihr einfach mitgefahren? Ich kann es nicht fassen!"

„Aber es hat doch so viel Spaß gemacht! Warum gönnst du uns das nicht?"

„Aber wer war der Junge, mit dem du heute Nacht zusammen warst?"

„Bitte, sei doch nicht so ärgerlich, ich erzähle dir alles."

Ich male ein Bild von Gerhard, ein positives, liebenswürdiges, attraktives Bild, aber ich versuche, meine Gefühle unter Kontrolle zu halten, um nicht zu viel Einblick zu geben, doch genug, um ihre Befürchtungen zu besänftigen. „Das ist doch wirklich nichts Schlimmes, wenn ich mich mit einem Jungen treffe. Schließlich werde ich im Januar sechzehn."

„Nichts Schlimmes?" Ich sehe an ihren Händen, mit denen sie sich durchs Haar fährt, wie aufgebracht sie wirklich ist. „Wie heißt er?"

„Gerhard Hoffmann.“
„Und wo wohnt er?“
„Irgendwo in Spandau.“
„Ich will seine Adresse haben. Du wirst doch seine Adresse haben.“
„Ja“, sage ich zögernd, „ich habe sie mir aufgeschrieben.“
„Hol dein Adressbuch!“
„Aber Mutti, was willst du denn tun mit seiner Adresse?“
„Tu, was ich dir sage! Gib mir die Adresse!“
„Nicht, bevor du mir sagst, warum du sie haben willst.“ Ich bin doch nicht mehr das kleine Kind, das man herumkommandieren kann und das blind gehorchen muss. Warum ist sie nur so wütend?
„Ich werd's dir sagen! Erkennst du denn nicht die Gefahr, in die du den Jungen bringst?“
Es ist, als ob mir jemand den Hals zudrückt. Die Worte kommen gepresst heraus. „Wenn er es wüsste, würde es ihm bestimmt nichts ausmachen.“
„Ihm vielleicht nicht, aber seinen Eltern.“
„Er hat nur seine Mutter.“
„Dann muss sie es wissen.“
„Was wissen?“
„Dass ihr Sohn mit einem jüdischen Mädchen ausgeht.“
„Ach, Mutti, das hört sich ja furchtbar an, wie du das sagst!“
„Es *ist* furchtbar! Du darfst ihn nie wieder sehen!“
„Nie wieder sehen? Das meinst du doch nicht ernst!“
„Und wie ich es meine! Und nun gib mir die Adresse.“
Tränen steigen auf und rollen über mein Gesicht. „Das kannst du mir doch nicht antun! Du hast gar keine Gefühle! Du bist gemein! Du weißt gar nicht, wie sehr ich ihn liebe!“ Da, nun ist es heraus, aber was kümmert es mich. Schluchzen schüttelt meinen Körper. „Ich werde ihn wieder sehen, und es ist mir egal, was du sagst!“ Trotzig stürze ich aus dem Zimmer und werfe mich weinend auf Vaters Couch. Papa, du würdest mich trösten, wie du es oft getan hast, als ich noch kleiner war. Die Szene steht mir wieder vor Augen.

„Vati, ich geh' nie wieder in die Schule!"

„Was ist denn passiert?" Er sieht mich an, erstaunt über diesen Gefühlsausbruch.

„Versuch nicht, mich umzustimmen, ich geh einfach nicht wieder hin!"

„Nun erzähl mir doch, was passiert ist."

„Diese schreckliche Frau Witte! Ich will sie nie wieder sehen!"

„Ach die. Sie ist doch nur Ersatzlehrerin, wenn Fräulein Seeck krank ist. Nun, was hat sie denn getan?"

„Sie hat sich vor die Klasse gestellt und erzählt, wie schlimm alles war, bevor der Führer an die Macht kam. Und dann hat sie vorgelesen aus seinem Buch ‚Mein Kampf', und das war etwa so, als ob er im Sinne Gottes handeln würde, wenn er sich gegen die Juden stellt. Und dann hat sie noch gesagt: ‚Die Juden sind unser Unglück!' Sie hat es genau vor uns gesagt und hat uns ganz böse angesehen, und die anderen Kinder haben alle auf uns geguckt. Es war schrecklich! Warum hassen sie uns, Vati?"

„Weil wir Juden sind."

„Was ist denn daran so schlimm, Jude zu sein?", schluchze ich.

„Nichts, mein Liebling", sagt er und nimmt mich in seine starken Arme.

Mir fällt noch etwas ein. „Als ich letzten Sommer mit den Kindern aus unserer Synagoge in den Ferien war, in dem Dorf Hof bei Kassel, da war ich bei einer Familie untergebracht, die selbst keine Kinder hatte. Eines Morgens spielte ich allein im Garten. Plötzlich kam ein Stein geflogen, der mich beinahe getroffen hätte, und jemand schrie: ‚Judensau!' Wenn wir alle am Sabbat in die Synagoge gingen, riefen die Leute aus dem Dorf schlimme Sachen hinter uns her. Ich habe mich gar nicht getraut, sie anzusehen, aber es war schrecklich."

„Das waren böse Menschen, Kleines, nimm dir das nicht so zu Herzen."

„Aber – das ist meine Klasse, und das sind meine Freunde. Ich kann einfach nicht wieder zur Schule gehen."

„Dann werden wir wohl warten müssen, bis Fräulein Seeck wieder gesund ist."

Du konntest mich trösten, Vati! Erneut strömen die Tränen.

Plötzlich spüre ich Mutters Gesicht neben meinem. Ich habe sie nicht kommen gehört. „Yolchen", flüstert sie, „es tut mir so Leid. Ich hoffe, du verstehst mich. Ich will dir doch dein Glück nicht nehmen – aber es ist zu gefährlich für uns alle. Du kannst die Gefahr noch nicht einschätzen. Du bist jung und möchtest Spaß haben – aber das, was euch so froh macht, ist zu gefährlich. Du weißt doch, dass Menschen in Konzentrationslager abgeschoben werden. Du möchtest doch nicht, dass Gerhard dort endet?"

Ich kann nicht reden, der Gedanke ist zu qualvoll.

„Du sagst, du liebst ihn. Dann möchtest du doch nichts tun, was ihm schadet und wehtut."

„Aber mir kann man wehtun!" Die Tränen strömen erneut.

„Ich hoffe, du bist verständig genug, um zu verstehen, was ich tun muss."

Aus Erfahrung weiß ich, dass man Mutter nicht von ihrem Vorhaben abbringen kann. Wenn ich ihr die Adresse nicht gebe, wird sie einen anderen Weg finden, um sie zu bekommen. Was sie als richtig empfindet, das setzt sie auch durch.

Alle Freude der verzauberten Stunden auf dem Wasser ist vergangen. Hoffnungslosigkeit und Resignation füllen mein Herz. Oh, Gerhard, warum bist du so weit weg, wenn ich deinen Trost brauche?

5

Ich werfe die Schultasche in die Ecke. Mutter wartet schon auf mich mit dem Essen. Wir sitzen an dem kleinen Tisch in dem engen Schlauch, der als Küche und Aufenthaltsraum dient und nur durch einen grünen Vorhang vom Laden getrennt ist.

„Na, wie war's heute?"

„Ach, wie immer. Nein, eigentlich nicht. Eri hat mir erzählt, dass sie aus ihrer Wohnung raus müssen."

„Was, die schöne Wohnung? So eine Gemeinheit, den Leuten einfach alles Stück für Stück wegzunehmen!" Mutter ist empört. „Ist es nicht genug", sie versucht, ihre Stimme leise zu halten, „seit dem 9. November siebentausend jüdische Geschäfte zu zerstören, Hunderte von Juden zu töten und Tausenden Gewalt anzutun? Dreißigtausend Männer haben sie verhaftet und in KZs gesteckt. Und nach all diesen Ungerechtigkeiten mussten die Juden noch eine Milliarde Mark kollektive Sondersteuer zahlen – an die Zerstörer!

Dann haben sie die Kinder aus den Schulen vertrieben, dann Ausgangssperrzeiten verhängt, dann verboten, Theater, Kinos, Stände und Schlafwagen zu benutzen und sie gezwungen, ihre Namen mit dem Zusatz Israel oder Sarah erkenntlich zu machen. Ist es nicht genug, ihnen eine besondere Kennkarte auszustellen mit einem großen J drauf, so wie du auch eine hast?", sagt Mutter.

Ich bin bloß froh, dass Vati draußen ist. Mutters erregte Stimme wird lauter. Ich lege einen Finger auf meine Lippen. Vorne im Laden verkauft Clarissa gerade einer Kundin ein Nachthemd.

Ja, den 9. November 1938, den werde auch ich nie vergessen. Unauslöschlich haben sich mir die Ereignisse eingeprägt. Wie ein Film laufen sie wieder vor meinem inneren Augen ab.

„Hallo, Anne", Ulli und ich begrüßen die Dritte aus unserer Klasse, die in den Bus zusteigt, der zur Privaten Jüdischen Lessler-Schule am Roseneck fährt. Doch Annes sonst breit lächelndes Gesicht ist verstört. „Habt ihr nicht gehört, was heute Nacht los war?“

„Nein, was denn?“

„Die Scheiben der jüdischen Geschäfte sind eingeschlagen worden, die Läden ausgeplündert, Leute zusammengeschlagen. Die Synagogen wurden angezündet und brennen!“ Wir drei stehen auf der hinteren Plattform des Busses, wie auf einer Eisscholle treibend, angekrallt vor Angst, jeden Augenblick ins offene Meer zu stürzen. Die Fingernägel graben sich tief ins Fleisch hinein. Die Augen sind starr aufgerissen.

Ein verrückter Gedanke bemächtigt sich meiner, dröhnt im Kopf, wird wie auf Kupferplatten eingraviert: Dies ist der schlimmste Tag in meinem zwölfjährigen Leben. Nie werde ich ihn vergessen! Ich werde meinen Enkelkindern davon erzählen!

Flammen knistern, schwarze Rauchwolken steigen auf zum grau verhangenen Novemberhimmel. Mit Ächzen und Krachen stürzt die große Kuppel der Synagoge ein. Mein Tempel, mein Gotteshaus, meine Fasanenstraße, die ich jeden Freitagabend von der Straßenbahn, Ecke Kantstraße, entlanglief, um hier den Beginn des Sabbat zu feiern. Nie wieder werde ich die melodische Stimme des Kantors hören, der die alten hebräischen Gebete intoniert, eine Stimme, die in ihrem Ausdruck oft einem Schluchzen gleicht. Nie mehr werde ich hochblicken können zur Empore, von der aus der Chor mit den prächtigen starken Frauenstimmen den großen Raum erfüllt. Nie wieder den Rabbiner sehen, wie er die in Samt und Goldstickerei eingehüllte Thorarolle ehrfürchtig küsst, bevor er sie in den besonderen Goldschrein hineinstellt. All die Dinge, die meine Kindheit mit Gott verbinden – die Stunden, in denen mein Herz von ihm angerührt wurde – alles ist zerstört. Warum lässt Gott sich das gefallen? Warum schlägt er diese Frevler nicht tot?

Das eiserne Tor zur Schule ist geschlossen. „Geht so schnell wie möglich wieder heim“, sagt der Hausmeister mit nachdrücklicher Stimme jedem ankommenden Schülergrüppchen. Wir drücken uns aneinander wie ängstliche Schafe, einer plötzlich feindlichen Umwelt ausgeliefert.

Mutter ist schon vor mir zu Hause. Auch unsere Geschäftsscheiben sind eingeschlagen, das benachbarte Warenhaus N. Israel, direkt neben dem Roten Rathaus, völlig geplündert. Sie ist verstört, nimmt mich in die Arme, tröstet mich. „Warum?", schluchze ich, „warum?" Aber ich bekomme keine Antwort.

Ich wache aus meinen düsteren Gedanken auf, als Mutter zwei Glasschälchen mit Apfelmus auf den Tisch stellt und sich wieder hinsetzt. „Da war noch was in der Schule. Ich hab' dir doch erzählt, dass Rita Deutschkron aus meiner Klasse abgeholt wurde. Heute hat die Lehrerin eine Karte von ihr vorgelesen. Sie kam aus einem Lager in Polen."

„Man sagt, die so genannten Arbeitslager in Polen sind in Wirklichkeit KZs. Was hat sie denn geschrieben?"

„Sie hat nur ein paar Bibelstellen angegeben, nicht die Stellen geschrieben, sondern nur die Verse angegeben."

„Was stand denn da?"

„Die Lehrerin hat es aus der Bibel vorgelesen. Das eine war aus dem 91. Psalm und ging so: ‚Wenn auch tausend fallen zu deiner Seite und zehntausend zu deiner Rechten, so wird es doch dich nicht treffen.'"

„Ach, wie schrecklich. Kannst du dir vorstellen, was da vorgeht?"

„Nein. Der andere Vers war aus dem Johannes-Evangelium 21,5, ich hab's mir extra gemerkt, und da steht: ‚Kinder, habt ihr nichts zu essen?'"

„Ach, wie furchtbar, hungern müssen sie auch! Kann man da nichts tun?" Mutter legt den Löffel nieder, als ob ihr das eigene Essen im Hals stecken bleibt.

„Doch. Unsere Lehrerin hat für Rita gebetet, und dann gesagt, wir sollten Pakete mit Essbarem schicken. Vielleicht kommen sie doch an."

„Das kannst du gleich nach dem Dekorieren machen."

Mechanisch löffle ich mein Apfelmus. Meine Gedanken sind bei Eri. Jetzt werde ich alleine zur Schule fahren müssen. Ich spüre etwas wie Schuldbewusstsein. Warum dürfen wir in unserer Wohnung bleiben, nur weil meine Mutter Arierin ist und Eris Eltern beide Juden? Wir hatten doch gehofft, dass ihr Vater bevorzugt behandelt würde, weil er im ersten Weltkrieg verwundet wurde und das Eiserne Kreuz erhielt. Aber nun war auch diese Hoffnung geplatzt wie eine Seifenblase.

Unsere Schule in der Oranienburger Straße wurde immer kleiner. Selbst einer der Lehrer war abgeholt und verschleppt worden. Gerüchte zirkulierten, dass die Gestapo die Schule bald schließen würde. Der mutige Pfarrer Grüber, in dessen Kirche Eri und ihre Eltern gingen und der Eri konfirmiert hatte, war der einzige in Berlin, der eine Anlaufstelle für Juden und jüdische Mischlinge, die dem christlichen Glauben angehörten, eröffnet hatte. Für diese speziellen Kinder hatte er eine Schule eröffnet, die bis zur Mittleren Reife führte.

Wieder erscheint ein anderes Bild vor meinen Augen.

„Mutter", mit Nachdruck stelle ich mich vor sie, „ich kann doch nicht ewig zu Hause bleiben, seit die jüdischen Schulen geschlossen sind. Ich will doch lernen! Geh' mal zur Rektorin des Lyzeums und sage ihr das." Die Höhere Mädchenschule liegt in einem roten Backstein-Gebäude, an dem ich jedes Mal auf dem Weg zur S-Bahn ins Geschäft vorbeigehen muss. Jeden Tag dränge ich Mutter heftiger.

Gegen besseres Wissen geht sie heute Morgen den Weg unter den großen Platanen zur Mädchenschule mit mir. Ich habe mein Sonntagskleid angezogen, stolz trage ich meine Zeugnismappe unter dem Arm. Sicher, wenn sie meine Zeugnisse sehen wird, nimmt sie mich auf.

Wir werden in das Zimmer der Rektorin eingelassen. Sie grüßt uns freundlich. Meine Hoffnung wächst. Artig mache ich einen tiefen Knicks bei der Begrüßung, setze mich auf einen Stuhl mit ledernem Sitz und warte, dass meine Zeugnisse angefordert werden.

Während Mutter einige erklärende Worte sagt, sehe ich, wie das freundliche Lächeln verschwindet und das Gesicht immer abweisender wird.

Dann ein kurzer Ruck, die Rektorin schiebt ihren Stuhl zurück und steht auf – für uns ein Signal zum Aufbruch. „Sie sind zwar Arierin", sagt sie zu Mutter gewandt, dann fixieren mich ihre kalten Augen, „aber Ihre Tochter ist nach den Nürnberger Gesetzen ein jüdischer Mischling, und somit als Jude einzustufen." Sie dreht mir den Rücken zu. „Diese Schule ist nur für arische Kinder."

Mit meiner ungeöffneten Zeugnismappe schleiche ich, an die Wand gedrückt, die langen Korridore herunter. Aus einer Klasse klingt in hellen Stimmen gerade ein Volklied heraus: „Röslein sprach: Ich steche dich, dass du ewig denkst an mich, denn ich mag's nicht leiden ..." Ich habe keine Stacheln und muss doch leiden.

Während ich die drei Schaufenster dekoriere, gehen meine Gedanken zu Gerhard. Was wird er sagen, wenn er hört, dass Eri nicht mehr mit uns segeln kann, weil sie weit weg im Nordosten der Stadt leben muss?

Nach Mutters Besuch, bei dem Gerhard auch dabei war, hatten sie sich nach langer, hitziger Diskussion auf einen Kompromiss geeinigt. Die Mütter kamen überein, dass wir uns zwar weiterhin sehen durften, aber nur auf dem Wasser, wo weniger Gefahr zu drohen schien. Alle anderen gemeinsamen Aktivitäten waren tabu. Das führte dazu, dass wir nun stundenlang telefonierten. Gerhard war sehr überzeugend gewesen, und so hatte Mutter ihre beschränkte Erlaubnis gegeben. Sie hatte ihre Pflicht getan und alle Betreffenden vor den Konsequenzen gewarnt. Der Friede zwischen uns war wieder hergestellt.

Früher hat Vater die Schaufenster dekoriert. Das war, bevor er nach Amerika ausgewandert ist. Sechs Monate längstens sollten wir getrennt sein. Das war der Plan: Er sollte zuerst gehen, eine Arbeit finden und uns dann „anfordern". Dazu braucht man in Amerika ein Affidavit, eine Bürgschaft. Doch von einem Monat auf den anderen verzögert sich der Plan. Zuerst hat er keine Arbeit als Ingenieur gefunden. Mit zweiundfünfzig Jahren auch keine leichte Sache. Er versucht sein Bestes, aber wer hat schon mit dem Krieg gerechnet?

In der Zwischenzeit ist Hitler in Polen einmarschiert, hat Österreich und die Tschechoslowakei angeschlossen, und deutsche Soldaten stehen jetzt kurz vor Moskau. Vaters Schwestern mit Familien und meine Freundinnen Ulli und Lucy sind auch schon ausgewandert. Aber unsere Auswanderung rückt in weite Ferne. Nach dem 9. November ist Mutter von der Gestapo, der Geheimen Staats-Polizei, vorgeladen worden. Ihr wurde mit Geschäftsschließung gedroht, wenn sie sich nicht von ihrem jüdischen Mann scheiden ließe. Sie hat meine Befürchtungen beruhigt, indem sie mir ein Geheimnis anvertraut hat. Der Rechtsanwalt, der die Scheidung einreicht, ist beauftragt, das Verfahren durch Verzögerungs-Taktiken so lange hinzuziehen, dass die Scheidung nie endgültig wird. Meine Mutter liebt ihren Mann und will ihm die Treue halten.

Auch ich liebe meinen Vati. Er war immer meine Ansprechperson, mein Zuhörer, mein geduldiger Lehrer gewesen, der die fehlende Mutter ersetzte. Er war es, der meine Geburtstagsfeiern zu einem unvergesslichen Erlebnis für meine kleinen Gäste machte. Nachdem wir an dem festlich gedeckten Tisch, den er mit viel Liebe dekoriert hatte, allerlei Süßes gegessen und getrunken hatten, zeigte er uns im verdunkelten Herrenzimmer mit einem großen 16mm-Filmprojektor Märchenfilme, natürlich ohne Ton, was der Freude aber keinen Abbruch tat. Danach zeigte er eigene Filme. Jedes Jahr wollte ich sehen, wie ich als Kind von zwei Jahren an einem Brunnen planschte und durch ein Feld von Margeriten ging, die so hoch waren wie ich selbst.

Der Höhepunkt aber war das Gruppenbild. Vati verschwand unter einem Tuch, das an der großen Holzkamera mit Stativ angebracht war. Dann wurde das Licht ausgeschaltet, und er hielt einen Phosphorblitz hoch, der mit dumpfen Knall die Kinder erschreckte. Aber über das Bild freuten sich später alle.

Mein Leben war ein freudiges Abenteuer, eine endlose Kette von Entdeckungen, entweder durch eigene Erfahrungen oder Bücher, die ich hungrig verschlang. Mit jeder neuen Geschichte wurde die Welt größer und interessanter. Kinderbücher, wie die „Häschen-Schule", die ich schon mit drei Jahren in- und auswendig kannte, wurden abgelöst von Märchenbüchern. Dann kamen die vielen Mädchenbücher, wie die „Trotzkopf-Serie" oder „Professors Zwillinge", die ich alle las. Als Nächstes kamen die Abenteuer-Geschichten, wie Tom Sawyer und Huckleberry Finn, dann die „Bibi"-Bücher – bis ich Karl May entdeckte, und zusammengerollt in einer Ecke der Couch mit heißen Wangen die Geschichten des edlen Winnetou und seines Freundes Old Shatterhand miterlebte. Ich konnte nicht aufhören, bis die letzte Seite gelesen war.

Bücher halfen mir über die einsamen Stunden einer Kindheit hinweg, in der ich ohne Geschwister und mit berufstätigen Eltern aufwuchs. Zuerst betreuten mich Kindermädchen, dann Haushälterinnen, als meine Mutter nach dem Tod der väterlichen Großeltern als Einzige bereit war, das Familiengeschäft zu übernehmen. Ich war erst ein Jahr alt, als sie gezwungen war, mich jeden Morgen zu verlassen. Der Laden saugte sie ein, presste sie aus, und spuckte sie abends ausgelaugt und müde wieder aus.

Aber dafür hatte ich ja meinen Vati, der mich mit einem Kuss und einer warmen Mahlzeit in Empfang nahm, wenn ich aus der Schule kam. Er war der Erste, der die Freuden und Leiden des Schultages mit mir teilte. Nach unserem gemeinsamen Mittagessen erledigte ich meine Schulaufgaben an seinem großen geschnitzten Schreibtisch, während er Zeitung las und einnickte. Danach ging ich zu Ulli, und er fuhr zurück ins Geschäft.

Die Nachmittage verbrachte ich mit Ulli, die um die Ecke wohnte. Wir gingen zusammen zur Volksschule, saßen dort nebeneinander, und teilten auch unsere Freizeit. Die Bankiers-Familie hatte mich beinahe als dritte Tochter adoptiert. Ihre Wohnung war im oberen Stockwerk, acht oder neun Räume groß, in einem würdevollen Gebäude, das einen manikürten Park überblickte, in dem Kinder nicht Ball spielen durften.

Aber eine Straße entfernt hatten wir unseren privaten Spielplatz. Die Familie besaß nämlich einen eingezäunten zwei Morgen großen Garten, eine wunderschöne Oase mit einer großen Spielwiese, die eingerahmt war von Obstbäumen jeglicher Art. Lumpi, der schwarz-weiße Terrier, war unser Beschützer und Spielkamerad, der hinter unseren Bällen herjagte oder den Baum anbellte, auf dem wir saßen und gelbe oder rote Kirschen, Pflaumen, Birnen oder Äpfel aßen.

Der gehobene Lebensstil der Familie bewies Bildung, feine Sitten und eine unaufdringliche Eleganz, die jeder öffentlichen Zurschaustellung von Reichtum abhold war. Voraussetzung, in ihren elitären Kreis – umgeben von schweigenden Bediensteten – aufgenommen zu werden, waren Intelligenz, Kultur und Noblesse sowie Höflichkeit, Respekt und gute Manieren.

Zuerst fühlte ich mich etwas unsicher, als ich eingeladen wurde, die Nacht dort zu verbringen, und dann am Essen der Familie teilnehmen durfte. Alle saßen um einen mit Damast, Silber und Kristall gedeckten Tisch unter einem Kristall-Lüster. Der Vater, ein groß gewachsener, gut aussehender Mittfünfziger, saß am Kopf des Tisches. Neben ihm seine dunkeläugige Frau, deren nervöse Hände ihre schnell wechselnden Gemütszustände verrieten. Am anderen Ende der Tafel saß die weißhaarige kleine Großmutter, mit einem dunkelblauen Kleid, einer zweireihigen Perlenkette und einem Dialekt, der sie als Mainzerin erkennen ließ. Dazwischen saßen die Töchter Anneliese und Ulli – und ich.

Ein uniformiertes Dienstmädchen in weißer Spitzenschürze und Häubchen pendelte lautlos zwischen Küche und Esszimmer. Mal trug sie dampfende Terrinen, dann Silberplatten auf, von denen jeder sich etwas auf seinen Teller nahm. Ich saß aufrecht und steif auf dem handgeschnitzten Stuhl mit hoher Lehne. Ich schnitt mein Fleisch vorsichtig, aß langsam und leise, nahm das Kristallglas in die Hand und setzte es wieder ab, während ich verstohlen die anderen beobachtete, um ja nichts falsch zu machen. Ich versuchte, mich an alle Tischregeln zu erinnern, die meine Eltern mir beigebracht hatten.

Als die Damastservietten wieder aufgerollt und in ihre Silberringe mit den Initialen gesteckt waren, fühlte ich einen gewissen Stolz über die Promotion vom Spielkameraden im Kinderzimmer zum Gast am Familientisch. Aber mein Stolz verwandelte sich in verlegenes Entsetzen, als ich am nächsten Morgen in dem hübschen Gästezimmer aufwachte und feststellte, dass ich ins Bett gemacht hatte – etwas, das mir sonst kaum noch passierte. Das Dienstmädchen, das mein Bett machte, war aber verschwiegen, so dass ich nicht öffentlich beschämt wurde. Dadurch wurde sie mir sehr sympathisch.

Die Bediensteten waren allgemein sehr zurückhaltend, erschienen auf Klingelzeichen und waren sonst beschäftigt mit Saubermachen, Kochen, Tür öffnen. Sie waren immer freundlich, bedienten leise und zuvorkommend. Sie wohnten in kleinen Räumen neben dem Hintereingang, dessen eigenes Treppenhaus zu ihrer engen privaten Welt führte.

In dieser Zeit verbrachten Ulli und ich nur die Sonntage nicht zusammen. Sonntag war der Tag, an dem meine Eltern zu Hause waren und wir gemeinsam etwas unternahmen, entweder mit dem Doppeldecker-Bus nach Kladow fuhren oder an einen der schönen Seen, die Berlin umgeben. Es war immer der Höhepunkt der Woche, und ich genoss die Harmonie, die Liebe meiner Eltern und die Sicherheit, die mich wie eine warme Decke umhüllte. Es war ein schönes Leben gewesen – bis Vati wegging. Wieder erlebe ich diese Szene.

Der Bahnhof ist voller Menschen. Unsere kleine Gruppe steht frierend in der Februarkälte zusammen. Vati sieht wie ein feiner Reisender aus in seinem neuen Anzug, dem Mantel und den neuen Koffern. Ich halte meine neue Puppe Sonja im Arm. Sie ist erst drei Wochen alt.

„Weißt du, was ich mir zu meinem Geburtstag wünsche?“, hatte ich die Unterhaltung mit Mutter angefangen. Ich erwartete Widerspruch, da sie mir nie etwas kaufte, ohne dass ich lange darum betteln oder kämpfen musste. Sie hatte große Angst, mich zu verziehen, indem sie mir zu viel gab.

„Nun, was möchtest du?"

„Ich möchte gerne die Puppe, die ich neulich im Spielwarengeschäft gesehen habe."

„Du – und eine Puppe? Wo du doch nie mit Puppen gespielt hast?"

„Aber Mutti, diese ist so hübsch, mit blonden Haaren und braunen Augen. Ich möchte sie Sonja nennen und sie mit aufs Schiff nach Amerika nehmen. Du hast selbst gesagt, dass ich nicht viele Spielsachen mitnehmen kann, und ich will nur sie mitnehmen."

Es ist der 22. Februar 1938. Vatis Abschied. Er hat mir gesagt, dass er zuerst fahren will, um Arbeit zu suchen und eine Wohnung für uns, und dann, spätestens in sechs Monaten, will er uns nachkommen lassen. Er beugt sich zu mir herunter: „Nun mach weiter so mit deinen Englischstunden, denn wenn du rüberkommst, musst du in eine amerikanische Schule. Und du willst dort doch auch gute Zeugnisse haben." Er streichelt meine Haare.

„Ja, das tue ich, Vati." Ich halte seine weiche, warme Hand voller Vorfreude. Endlich würde Vati zurückgehen in das Land, von dem er mir mein ganzes Leben lang erzählt hat. Wie er als junger Ingenieur den Atlantik überquert hatte, als Vertreter der Nürnberger Spielwaren-Gesellschaft Gebrüder Bing. Sie stellten die neuen elektrischen Spielzeug-Eisenbahnen her und exportierten sie nach Amerika.

Wir hatten die Fotos gesehen, die er bei der Überfahrt mit seiner großen Kamera aufgenommen hatte; sie zeigten Stürme und hohe Wellen. Er hatte uns vorgespielt, wie die anderen Passagiere seekrank wurden, und Mutti und ich hatten über seine Darstellungen gelacht.

Auf meine Frage, wie sie beide sich denn kennen gelernt hätten, erzählte er mir, dass er auf einer Geschäftsreise in seiner Firma in Nürnberg war. Er hatte eine Fahrkarte zurück nach

Amerika auf einem neuen Schiff, das seine Jungfernfahrt machen sollte. Doch der Ausbruch des Ersten Weltkrieges machte diese Pläne zunichte. Und dann traf er mit achtundzwanzig Jahren Mutter, die gerade achtzehn Jahre alt war, auf der Königstraße in Nürnberg. „Königstraße!", hatte ich gerufen, „da ist doch unser Geschäft hier in Berlin!"

„Ja, beide haben besondere Bedeutung für uns. Dann bin ich eingezogen worden in die Armee des Kaisers. Aber ich hab' niemals auf jemanden schießen müssen. Ich bekam Gelenkrheuma und saß im Rollstuhl."

„O Vati, hat das wehgetan?", fragte ich voll Mitgefühl.

„Ja, damals schon", nickte er, „aber dafür schmerzt mich heute mein Gewissen nicht."

„Nun sei ein gutes Mädchen, und pass auf Mutti auf." Vati beugt sich über mich und gibt mir einen Abschiedskuss. Dann liegen sich meine Eltern in den Armen und küssen sich lange. Er reißt sich los, nimmt die Koffer und steigt in den wartenden Zug. Ich sehe ihn erst wieder, als er ein Fenster herunterdrückt. Plötzlich wird es mir klar. Mein Vati geht weg!

Ich war noch nie von ihm getrennt gewesen, außer in den Ferien. Auf seinem Gesicht spiegeln sich widerstreitende Gefühle. Als er mich ansieht, lächelt er. „Bis bald!" Er versucht, seine Stimme fröhlich zu halten.

Ein schriller Pfiff, und der Zug setzt sich in Bewegung. Ich laufe neben ihm her, dann renne ich und winke – winke –, bis sein weißes Taschentuch in einer Biegung verschwindet. Ich nehme Mutters Hand. Sie weint.

„Weine doch nicht, Mutti", versuche ich sie zu trösten, „wir sind doch bald wieder zusammen!"

6

Durch die Schaufenster kann ich sehen, was auf der belebten Königstraße vor sich geht. Dekorieren mache ich am liebsten, danach kommt Verkaufen. Es macht mir Spaß, die seidenen Nachthemden und mit Spitzen besetzten Dessous in weichen Linien zu drapieren. In den anderen Fenstern arrangiere ich Bettwäsche und Handtücher in gefälligen ansteigenden Aufbauten und versehe sie mit den jeweiligen Preisschildern, die ich selber schreibe.

Das Geschäft war schon immer Mittelpunkt unseres Lebens. Ich bin aufgewachsen in diesem Laden. Oft, wenn ich als ganz kleines Kind mit meinem Kindermädchen zu Besuch kommen durfte und dann mein Nachmittags-Schläfchen halten sollte, zog Mutter eine der richtig großen Schubladen heraus, die Leinentücher beherbergte. Sie legte eine Decke darüber, und ich stieg hinein. Dann machte sie die Schublade wieder zu und ließ nur einen Schlitz für frische Luft offen. Zum Geräusch des Kommens und Gehens der Kunden schlief ich in meinem behaglichen kleinen Nest ein.

Als ich groß genug war, um über den Ladentisch zu schauen, begann ich beim Verkaufen zu helfen. Ich holte Dinge für Mutter oder die zwei Verkäuferinnen. Die imposante metallene Registrierkasse hatte es mir besonders angetan. In einem unbeaufsichtigten Augenblick drückte ich alle Knöpfe, die ich erreichen konnte, auf einmal herunter, was dann den Mechanismus zum Stillstand brachte. Auch sonstige Scherze, die ich mir einfallen ließ, wurden mir ab und zu aus meiner Kindheit erzählt.

In der Vorweihnachtszeit, wenn Hochbetrieb war, fühlte ich mich oft vernachlässigt. Mein Kindermädchen musste einmal zum Arzt, und ich war mir selbst überlassen. Mutter ging zum Geldwechseln in die gegenüberliegende Hauptpost. Als sie heraustrat, sah sie eine Menschentraube vor dem großen Schaufenster stehen. Sie schob sich zwischen den Passanten hindurch und sah den Anziehungsgrund: Mitten zwischen der Wäsche hatte ich mich ausgestreckt wie eine Diva, wobei ich die Aufmerksamkeit meiner lächelnden Fans offensichtlich genoss.

Die Königstraße war die Hauptgeschäftsstraße im Zentrum von Berlin. Sie führte als Verlängerung der Straße Unter den Linden vom Schloss zum Alexanderplatz, einem der belebtesten Plätze der Stadt. Doppeldecker-Busse, Straßenbahnen, Taxen, Pferdefuhrwerke, Lastwagen, Autos und Radfahrer bevölkerten ihn. Der Verkehr brauste am Roten Rathaus vorbei, mit seinem siebenundachtzig Meter hohen Turm und den weithin sichtbaren Turmuhren eins der Wahrzeichen Berlins. Das Gebäude konnte trotz der angestrebten Leichtigkeit des italienischen Renaissance-Stils seine massige rote Backsteinbauweise nie verleugnen – die drei Fensterreihen in Reih und Glied übereinander stehend, symmetrisch um ein großes Mittelportal ausgerichtet. Das Rathaus sollte dem Anspruch genügen, Zentrum einer aufstrebenden, weltoffenen Hauptstadt mit hoher Kultur zu sein, und konnte doch die preußische Strenge seiner etwas provinziell großtuerischen Architektur nicht verbergen. Es sollte beeindrucken, und blieb doch bieder und solide – vielleicht der Ausdruck einer Bürgerschaft, die es mit Stolz und einer gewissen familiären Art, die für den Berliner charakteristisch ist, in ihr Stadtbild eingliederte. Schon von weitem hatten nun die Augen ein neues Ziel, eine Mitte, die den Straßen Richtung und Ordnung vermittelte, zwei Dinge, die wichtige Grundbedürfnisse des Stadtmenschen zu sein scheinen.

Bald werde ich fertig sein mit dem Dekorieren. Ich muss noch einige Preise holen und springe aus dem Schaufenster in den Laden. Da öffnet sich die Tür, und ein ärmlich gekleideter Mann bleibt stehen.

Ich weiß, was zu tun ist. Ich gehe an die Kasse, nehme Kleingeld heraus und händige es dem Bettler mit einem freundlichen Lächeln aus. Er verbeugt sich dankend und geht wieder. Das habe ich von Mutter gelernt. Kein Bettler wird abgewiesen. Ihr Motto ist: Wenn du gibst, dann lass deine linke Hand nicht wissen, was die rechte tut. Das heißt, sei nicht berechnend, wenn du gibst oder mit Not leidenden Menschen zu tun hast. So kann man auch ihre Einstellung zu Menschen beschreiben. Für jeden hat sie ein offenes Herz, ohne Vorbehalte. Sie glaubt alles, trägt alles, gibt alles.

Ich rege mich manchmal auf und sage: „Aber siehst du denn nicht, wie die dich ausnützt? Die stiehlt dir doch nur deine Zeit und will auch vielleicht noch Geld von dir." Aber sie lächelt nur. So ist sie eben. Voller Liebe, besonders für benachteiligte Menschen. Kein Wunder, dass so viele kommen, oder den Anlass, ein Paar Strümpfe zu kaufen, nutzen, um stundenlang ihr Herz auszuschütten.

Mutter ist, trotz aller kämpferischen und revolutionären Einstellung und neben ihrem Geschäftssinn, mit dem sie der Familie ein gutes Leben ermöglicht, eben ein Gefühlsmensch. Etwas von diesem Gefühl habe ich geerbt, aber noch mehr von Vaters verstandesmäßigem Denken. Er, der große Analytiker, der ewige Erfinder, der schon mehrere Patente hat, der pessimistische Weltbürger, dessen Idealismus sich an allem stößt, was unzulänglich, ungerecht und menschenverachtend ist, hat mich mitgeprägt. Er weiß alles, was in der Welt vor sich geht. Sein Interesse an Politik wurde durch die ausländischen Zeitungen, die er täglich im Café Wien am Kurfürstendamm las, genährt.

Früh erkannte er, was auf Deutschland zukam. Aber Mutter weiß um seine Unfähigkeit zu praktischem Denken und Handeln. Er lebt in seinen Träumen, in denen er der Wirklichkeit zu entfliehen versucht. Darum auch ihr Zögern, das Geschäft und die Wohnung aufzugeben und in ein neues Land mit ungewisser Zukunft zu gehen, ohne die Sprache dort zu beherrschen. Erst sollte sich ihr geliebter Mann einmal bewähren, dann würden wir nachkommen. Ihre Befürchtungen sind wahr geworden, und wir warten immer noch – jetzt schon drei Jahre.

Seit Vati aus unserer kleinen harmonischen Familie weggegangen ist, hat sich das Band zwischen Mutter und mir verstärkt.

Wir hängen aneinander und geben uns gegenseitig Unterstützung und Trost. In den vergangenen Jahren hat sie sich jedoch verändert. Und diese Veränderung hat auch mich verändert, mit weit reichenden Folgen für mein Leben.

Wenn sie abends früher aus dem Geschäft kommt, geht sie bald zu Bett, setzt sich auf und nimmt eines ihrer neuen Bücher in die Hand. Bücher mit merkwürdigen Titeln. Eins, das sie langsam studiert und Passagen mit Bleistift unterstreicht, heißt „Meditation". Das andere: „Die großen Eingeweihten", aus denen ich respektlos „Eingeweide" mache. Alles Bücher von Rudolf Steiner, dem Gründer der Anthroposophischen Gesellschaft. Die kleine Tante Marta hat sie zu Vorträgen eingeladen, und bald ist Mutter Mitglied in der so genannten „Anthroposophischen Christengemeinschaft" geworden.

Ende 1938 nahm sie mich eines Abends nach der Arbeit mit in das Studierzimmer eines großen, ernsten Mannes, der mich mit ausgestrecktem Arm, der eher Abstand bedeutete, begrüßte. Er sah aus wie eine Zeichnung von Jakob Fugger und war Priester der „Christengemeinschaft". Auf dem Weg dorthin hatte Mutter mir erklärt, dass sie nun die alleinige Verantwortung für mich trage, und weil sie jetzt zum christlichen Glauben zurückgekehrt sei und die Synagogen sowieso zerstört seien, so dass es keine Möglichkeit für mich gäbe, zum Gottesdienst zu gehen, solle ich sie von nun an sonntags in die „Christengemeinschaft" begleiten. Ich sei jetzt in dem Alter, in dem der Konfirmanden-Unterricht beginne. Die Voraussetzung dazu wäre, dass ich dort getauft würde.

Als sie mein zweifelndes Gesicht sah, erzählte sie mir, wie sie zum Judentum gekommen war.

Als sie heiraten wollten, erlaubten es Vatis Eltern erst nicht, weil sie keine Jüdin war. Sie waren zwar selbst keine gläubigen Juden, und mein Vater ging nie in die Synagoge, außer zu den Hohen Feiertagen – aber es war nicht akzeptabel, außerhalb der jüdischen Religion zu heiraten. Jahrelang lebten meine Eltern in „wilder Ehe". Als die Familie erkannte, dass sie die beiden nicht auseinander bringen konnte, wurde Mutter zur Bedingung gemacht, sich jüdisch taufen zu lassen, um dann die Ehe eingehen zu können.

Endlich willigte ich ein. Mutter wusste schon, was richtig war für mich.

Es war ein kleines Grüppchen, das meiner Taufe beiwohnte: der ernste Priester, der in seinen fließenden Gewändern und mit der farbigen Stola aussah wie aus einer anderen Welt und mir mit fremden Worten Asche, Salz und Wasser auf Kopf und Stirn strich, und meine beiden Patentanten, die große und die kleine Tante Marta, die von nun an für mein Seelenheil Verantwortung tragen sollten. Anschließend hatte es eine kleine Feier gegeben, und meine Patin machte mit meiner Box-Kamera Bilder von mir. Ich trug ein weißes Satinkleid, das ich selbst entworfen und gezeichnet hatte – etwas, das ich schon etwa seit meinem siebten Lebensjahr tat – und das Mutters Freundin mit Stoff aus unserem Geschäft nach meinen Vorgaben genäht hatte.

Die kleine Tante Marta kenne ich schon von Kindheit auf. Ihr Mann war Vatis Freund gewesen. Unsere frühere Haushälterin, die auch Marta hieß, nannte sie etwas respektlos „Die singende Säge“, was sich auf ihre melodische Art zu reden bezog. Die große Marta war eine starke Persönlichkeit, eine furchtlose Frau, die Mutter als Vertreterin vom Geschäft her kennen gelernt hatte und die sich besonders nach der „Kristallnacht“ um meine Mutter gekümmert hatte. Ihr hatten wir es zu verdanken, dass unser Laden nicht geplündert wurde, obwohl die Scheiben eingeschlagen waren. Das Eisengitter, das sie herunterrollte, und ihr kämpferischer Widerstand, mit dem sie Plünderer in Schach hielt, rettete uns vor dem Schicksal anderer jüdischer Geschäfte. Sie sah in mir das vaterlose Kind, das ihren Schutz brauchte.

Für mich hat sich durch die Taufe nichts verändert – nur das Verhältnis zu meinen Freundinnen. Zuerst fällt es mir nicht auf. Eines Nachmittags spiele ich Ball mit einigen Mädchen.

Plötzlich wirft mir eine den Ball zu mit der Frage: „Ich hab' gehört, du bist jetzt kein Jude mehr. Was glaubst du denn?"

Verwirrt stehe ich da mit dem Ball in der Hand und antworte etwas abwehrend: „Ich glaube an Gott, wie immer." Doch die Antwort befriedigt sie nicht.

„Aber glaubst du nicht auch an Jesus?", bohrt sie weiter. Ich suche nach Worten, um eine richtige Antwort zu geben. Aber ich verhaspele mich und finde keine überzeugende Erklärung.

Ich fühle, wie sich eine unsichtbare Mauer aufbaut, hinter der meine jüdischen Freundinnen sich zurückziehen, mit ungesprochenen Anschuldigungen in ihren Blicken. Obwohl sie nichts über Jesus wissen, außer, dass er nicht der Messias ist, behandeln sie mich wie eine Verräterin. Sie spielen zwar noch weiter mit mir, aber ich bin ein Außenseiter geworden. Ich gehöre nicht mehr zu ihnen.

Ja, ich glaube an Gott. Er ist schon immer da gewesen. Mutter hat mich gelehrt, abends und morgens zu beten. „Das Wort Angst kennen wir nicht", war ihre Antwort auf meine Bitte gewesen, das Licht beim Zubettgehen anzulassen. „Gott ist doch immer bei dir und beschützt dich." Auch in der Schule begleitet er mich, bei einem unerwarteten Mathe-Test oder im Turnunterricht. Einmal fiel ich bei einem Sprung von der Sprossenwand auf das Steißbein und bekam keine Luft.

„Versuch's noch mal", hatte die Lehrerin gefordert.

„Lieber Gott, hilf mir!", ging mein Stoßgebet zum Himmel, und mutig sprang ich noch einmal, trotz der Schmerzen, und der Sprung gelang. Aber Gott kann auch strafen, denke ich. Manchmal habe ich mir die Knie aufgeschlagen oder gestoßen und bekam einen blauen Fleck, nachdem ich frech gewesen war, oder gelogen hatte oder etwas Böses gesagt hatte. Ich weiß jedenfalls, Gott kann in mein Herz sehen.

Früher hatte Tante Hanna, die älteste von Vatis drei Schwestern, großen Anteil an meiner religiösen Erziehung. Sie war die Witwe eines Arztes, der früh gestorben war und sie mit zwei Kindern und einem großen Wohnhaus mit Vorder- und

Hinterhaus in der Passauer Straße neben dem KaDeWe zurückgelassen hatte. Sie war der Mittelpunkt der Familie.

Als Arztfrau konnte sie viele Schreckensgeschichten von kleinen Mädchen erzählen, die unvorsichtig gewesen waren und nicht gehorcht hatten. „Renne nicht, sonst fällst du hin! Halt meine Hand, wenn wir die Treppe runtergehen. Geh nicht so nah ans offene Fenster! Lehn dich nie hinaus!“ und mehr solcher Befehle begleiteten meine Besuche.

Äußerlich war ich artig, aber innerlich lachte ich über ihre besorgten Worte, und manchmal forderte ich sie heraus, indem ich auf den Ledersessel beim Fenster stieg und in den Hof, der drei Stockwerke unter uns lag, guckte. Unter der Schale der guten Erziehung steckte oft ein freches kleines Ding, das Spaß daran hatte, andere zu ängstigen. Meine Mutter hatte ihr Bestes getan, mich selbstständig und angstfrei zu erziehen, und nun machte ich mich über andere lustig, die aus gutem Grund ängstlich waren.

Aber ich liebte meine Tante Hanna. Sie zeigte mir die großen Kunstbücher, ich durfte auf ihrem Klavier herumklimpern, und ab und zu erlaubte sie mir, auf der hohen schwarzen Schreibmaschine ein paar Wörter zu tippen – aber nur, wenn sie dabei war. Auf unseren Ausflügen durch die Stadt nahm sie mich mit in Museen und Kunstgalerien. Danach kehrten wir in ein Café ein, wo ich einen Mohrenkopf und eine Tasse Schokolade bekam. Freitagabends gingen wir in ihre Synagoge, wo wir oben auf der Empore mit den anderen Frauen sitzen mussten. Auf dem Nachhauseweg gab sie sich Mühe, mir die Predigt kindgerecht zu erklären.

Worauf ich mich früher am meisten freute, waren unsere Besuche im Zoo. Schon Tage vorher begann ich, Karottenabfälle, Erbsenschalen und altes Brot zu sammeln. Mit meiner Tüte gingen wir zuerst in den Kinderzoo, wo man die niedlichen Zicklein und anderen Tiere anfassen und füttern durfte, aber wo mich auch einmal ein Lama anspuckte. Höhepunkt war der Ritt auf einem Elefanten, der auf jeder Seite vier

Kinder, in kleinen Sitzen angebunden, mit schwankenden Schritten durch einen Teil des Zoos trug. Dann ging es zu den Affenkäfigen, wo ich mit großem Interesse und viel Faszination die Kunststückchen der Schimpansen bewunderte.

Tiere hatten auf mich eine große Anziehungskraft. War es deswegen, weil ich selber kein Tier halten durfte? Erst nachdem Vati weg war, durfte ich mir für ein gutes Zeugnis einen Hund aussuchen, unsere Dolly.

Manchmal nahm mich Tante Hannchen auf eine lange Fahrt nach Treptow mit, wo sie Verwandte besuchte. Es wäre für mich sehr langweilig gewesen, dieses Zusammensitzen mit ihrer Tante und der Cousine, Alice Wohlfahrt, auf deren Nase ein goldenes Pince-Nez balancierte, eine Brille, die nur auf die Nase geklemmt wurde. Doch die Tatsache, dass Tante Alice ein dickes wuscheliges Meerschweinchen hatte, half mir, die Langeweile des Nachmittags zu ertragen.

Die meisten Familienzusammenkünfte meiner Kindheit, die Geburts- und Feiertage, fanden in Tante Hannchens Haus statt. Auch die religiösen Feste wurden bei ihr gefeiert. Ich „half" bei der Vorbereitung in der Küche oder deckte den Tisch für den jährlichen Seder-Abend bei der Feier des Pessachfestes zur Erinnerung an den Auszug der Kinder Israel aus Ägypten.

Als jüngstes Mitglied der Familie musste ich das „Mane stanu" auswendig lernen und als Teil der Geschichte vom Auszug vortragen. „Warum ist diese Nacht anders als die sonstigen Nächte?" Ich lernte Hebräisch im jüdischen Religionsunterricht, der parallel zum christlichen Religionsunterricht stattfand.

Meine neue Haggada, die Geschichte des Auszugs, lag vor mir, und während die Männer die alten hebräischen Texte lasen und sangen, bewegte ich die Personen auf den Bildern, die man herunterziehen konnte, und folgte der Geschichte. Ich nahm und aß etwas von den bitteren Kräutern, der Meerrettich stieg mir brennend in die Nase, dann kamen geriebener Apfel mit Rosinen und Honig, und ich blickte auf die anderen Symbole der Knechtschaft, die auf kleinen Kristallschüsselchen lagen, ein Ei, ein Knochen. Dann wurde die erste von drei Lagen der Matze, des ungesäuerten Brotes, das mit einer weißen Serviette bedeckt war, herumgereicht. Ich brach ein Stück ab und aß das knusprige weiße Gebäck, das nach nichts schmeckte. Als das Drama seinen Höhepunkt erreichte, zog ich wild an dem Bild, und ließ mit hämischer Freude Pharao und seine Mannen, die mit Pferd und Wagen hinter den Israeliten herjagten, in den über sie einstürzenden Wasserfluten ertrinken.

Nachdem die fröhlichen Psalmenlieder verklungen waren und bevor das traditionelle Essen, das Tante Hannchen tagelang vorbereitet hatte, aufgetischt wurde, kam noch der spannende Moment, auf den ich jedes Jahr wartete: Mein Onkel stand auf und ging an die Tür. Alle blickten auf den Platz am Tisch, der für den Propheten Elia gedeckt worden war. Vielleicht würde er dieses Jahr kommen! Ich hielt den Atem an – aber niemand kam herein, und mein Onkel setzte sich wieder. Enttäuscht wandte ich mich der Suppenschüssel zu, die hereingetragen wurde.

„Der Prophet Elia ist der Vorläufer des kommenden Messias“, hatte Tante Hannchen mir erklärt. „In der Thora hat Gott versprochen, dass er den Messias senden wird, und wir warten noch auf ihn. Er wird den Menschen Frieden bringen.“ Nun, vielleicht nächstes Jahr. Mit diesem Gruß verabschiedete man sich voneinander, wenn man nach Hause ging: „Nächstes Jahr in Jerusalem!“

7

Wie weit erscheint mir das jetzt schon zurückzuliegen! Nur manchmal werde ich daran erinnert. Es ist Samstagnachmittag. Ich bin allein zu Hause. Unsere Haushälterin, die dicke Marta, die wir übernommen haben, als meine Tante Marta, Vatis Schwester, auswanderte, hat uns verlassen und arbeitet bei Siemens. Wir haben jetzt nur noch eine Putzfrau, die auch die Wäsche macht und zweimal die Woche kommt. Ich muss nun vieles tun, was ich gar nicht mag. Besonders Abwaschen und den Küchenboden wischen, auf dessen Linoleum man jedes Fleckchen sieht.

„Kannst du Kuchen backen fürs Wochenende?", hatte Mutter gefragt, „die große Tante Marta kommt am Sonntag."

Kuchen backen macht mir Spaß, und so rühre ich die weiche Butter mit den Eiern glatt. Meine Gedanken wandern zurück. Es ist jetzt schon ein halbes Jahr her, gleich nachdem die dicke Marta gegangen war, aber es war auch an einem Samstagnachmittag gewesen …

Staubsaugen, Kuchen backen, Boden wischen steht auf meinem Programm. Im Herrenzimmer, wo ich das große Radio mit den vielen Röhren eingeschaltet habe, singt eine Frauenstimme eine Koloratur-Arie, die das hohe C spielerisch umschwebt. Sie übertönt sogar den Lärm des Staubsaugers. Ich schalte ihn ab, um besser zuhören zu können. Es ist Erna Sack, die berühmte Sängerin. Ich erinnere mich, ein Plakat gelesen zu haben, das ein Konzert von ihr ankündigt.

Würde Mutter sich freuen, wenn ich ein paar Karten kaufen würde und sie damit überraschte? Der Gedanke lässt mich nicht los. Ich könnte mal eben zum Bahnhof Zoo fahren, wo es die Karten gibt. Den Kuchen müsste ich dann backen, wenn ich wieder nach Hause komme. Ich muss mich halt beeilen.

Ungeduldig stehe ich in der Schlange, die sich vor der Kasse des Konzertsaales gebildet hat. Die kostbare Zeit verrinnt. Plötzlich drehen einige vor mir in der Schlange um und gehen.

Ich sehe, dass das Fenster geschlossen worden ist. Ausverkauft! Alles umsonst. Unmutig über die verlorene Zeit mache ich mich auf den Weg zur S-Bahn.

Jetzt muss ich mich beeilen, damit ich noch fertig werde mit dem Saubermachen, bevor Mutter nach Hause kommt. Ich laufe in schnellem Schritt die zehn Minuten vom Bahnhof Heerstraße bis zu unserem Haus. Das war keine gute Idee gewesen! Ich werde Mutter nichts davon erzählen.

Ich öffne unsere Wohnungstür. Hinter mir öffnet sich die Tür der Nachbarin. Ich drehe mich um. Entgeistert starrt sie mich an.

„Wo bist du denn gewesen?", fragt sie mit aufgerissenen Augen.

„Ich? Ich war nur kurz in der Stadt. Warum?"

„Vor fünf Minuten sind sie gegangen!"

„Wer denn?"

„Ein Lastwagen hielt. Dann kamen zwei SS-Männer. Sie klingelten bei mir, als bei euch keiner aufmachte. Sie wollten dich abholen und in ein Lager bringen."

Immer noch spüre ich den Schock dieser Worte. Diese Gefühllosigkeit, die einsetzt, wenn ein Bein weggerissen wird oder ein Arm. Man merkt nichts vom Schmerz, ist sich nicht bewusst, was passiert ist, bis die körpereigene Narkose abklingt. Dann erst kommt das große Zittern, der Schmerz, das Begreifen, dass man dem Tod nahe ist. Erst als ich es Mutter erzähle, bricht der Damm, und weinend liegen wir einander in den Armen.

„Yolchen", sagt sie unter Tränen, „da hat Gott seine Hand im Spiel gehabt. Er hat dich in der höchsten Gefahr beschützt. Lass uns danken für seine Bewahrung." Sie drückt mich an sich.

An diesem Tag hat sich alles verändert. Trotz aller mütterlichen Erziehungsanstrengungen hat die Angst Einzug in unser so angstfreies Leben gehalten. Aber tief im Innersten habe ich eine Überzeugung, die nicht in Worten auszudrücken ist. Gott hat seine Hand über mich gehalten. Was auch noch auf mich zukommen wird, er wird da sein mit seinem Schutz.

8

Wenn man fünfzehn und verliebt ist, verwandelt man sich in eine Märchenprinzessin. Alle Gedanken haben den Prinzen zum Mittelpunkt. Wie kann ich ihm noch besser gefallen?

Ich werde mir eine neue hübschere Frisur statt der langweiligen Innenrolle machen. Im Badezimmer steht der Spiritus-Brenner, auf dem die Brennschere liegt, mit der man sich Locken in die Schnittlauchhaare zaubern kann. Mit dreizehn Jahren hatte ich einmal fast das ganze Haus niedergebrannt, als ich auf den mir zu langsam gehenden Brenner Spiritus goss. Plötzlich, wie bei Paulinchen im „Struwwelpeter", brannte alles lichterloh. Ich kam mit versengten Haaren davon, und der Hausmeister löschte das Feuer mit der Handbrause, so dass der Schaden auf unser Badezimmer beschränkt blieb. Seitdem hantiere ich damit nur sehr vorsichtig. Gebranntes Kind …

Ich betrachte die Lockenfrisur, die mein ovales Gesicht von allen Seiten umkränzt, im Handspiegel. Gerhard wird es sicher gefallen, aber was wird Mutter sagen, wenn sie nach Hause kommt? Ich werde schon mal den Abendbrottisch decken und Tee kochen, jetzt, da es abends wieder kühler wird. Wehmütig denke ich an den schwindenden Sommer und die Möglichkeiten zum Segeln. Im September kann man das Boot zwar noch nutzen, aber danach wird es bald vorbei sein mit unserer Gemeinsamkeit. Ach, wer weiß, warum sich trübe Gedanken machen?

Dolly rennt zur Tür, ein Zeichen für Mutters Ankunft. Ich öffne, bevor sie den Schlüssel ins Schloss steckt. Erwartungsvoll stehe ich vor ihr. Aber sie geht an mir vorbei, ohne mich anzusehen, bemerkt nicht einmal, dass mein Aussehen sich verändert hat. Sie geht ins Bad und kommt dann heraus, setzt sich an den gedeckten Tisch, ohne ein Wort.

„Was ist denn los?", frage ich und spüre, wie die Angst in mir hochsteigt. „Ist irgendetwas passiert?"

Traurig blickt Mutter mich an. „Yolchen", sagt sie mit Mühe, „ich muss dir etwas sagen. Etwas Schlimmes, darum sei gefasst.“ Dann stockt sie, während mein Herz wie rasend schlägt. Sie richtet sich aus ihrer gebückten Haltung auf, nimmt noch einmal Anlauf. Dann holt sie ein gelbes Stück Stoff aus der Tasche und legt es auf den Tisch. Mitten zwischen Wurst- und Käseplatte liegt der gelbe Stoff. Ich sehe einen Davidstern und darauf das Wort JUDE.

„Was soll denn das?“, rufe ich entsetzt. „Was hat das mit mir zu tun?“ Meine Hände zittern, während ich, wie aus weiter Ferne, Mutters Erklärungen vernehme. Ein neues teuflisches Gesetz tritt am 1. September 1941 in Kraft, nach dem alle Juden öffentlich gebrandmarkt werden sollen. Sie müssen von nun an den gelben Stern tragen, um überall erkennbar zu sein.

„Und unter dieses Gesetz fällst du auch“, schließt sie ihre Erklärung.

Ich springe vom Tisch auf. „Niemals werde ich das tragen!“, rufe ich mit flammenden Augen, „auch du wirst mich dazu nicht zwingen können! Ich lasse mich nicht so demütigen!“

Mutter ist aufgestanden und läuft hinter mir her, versucht mich zu beruhigen. „Aber Yolchen“, sagt sie, „du musst dich dem fügen, sonst ...“

Tränen stürzen mir aus den Augen. „Nie, nie werde ich diesen Judenstern annähen!“ Ich werfe den gelben Stofffetzen auf den Boden und trete darauf herum. „Ich lasse mich doch nicht markieren wie ein Aussätziger! Das ist doch eine Einladung, dass jeder mit mir tun kann, was er will.“

Mutter versucht ruhig zu bleiben, sie hat diese Reaktion erwartet. „Es bleibt dir nichts anderes übrig, Yolchen, es ist ein Gesetz, eine weitere Schikane. Aber es hat keinen Zweck, sich dagegen aufzulehnen.“

„Du hast leicht reden“, schreie ich sie an, „du brauchst das Ding ja nicht zu tragen!“

Mutter beugt sich hinunter und hebt den Stern wieder auf. Sie holt meinen Mantel aus dem Schrank. Ich renne hinter ihr her und falle ihr in den Arm.

„Ich hasse dich, ich hasse dich!“, heule ich, während ich versuche, ihr den Stern zu entreißen, „warum musstest du nur einen Juden heiraten und mich so leiden lassen?" Schluchzend renne ich aus der Diele und werfe mich nebenan auf Vatis große Couch. Ich verberge mein Gesicht in den Sofakissen. Vatis Couch, Vati, den ich liebe – aber den ich loswerden will.

Mutter lässt sich nicht abschütteln. Sie kommt mir nach, streichelt meine Schultern. Ich stoße sie weg. Mutter, die ich liebe – aber die ich doch bekämpfe. Allein – allein gelassen – auswegloses Ausgeliefertsein – das Gefühl ist unerträglich. Nie könnte ich unter Menschen gehen als Gebrandmarkte, die alle Blicke auf sich zieht, hasserfüllte, hämische, abweisende Blicke. Ich, die ich schon rot werde, wenn mich nur der Blick eines anderen streift, soll Zielscheibe sein, ja förmlich dazu einladen, mich als Ausgestoßene zu behandeln. Mein Körper ist vom Schluchzen geschüttelt.

Ratlos sitzt Mutter neben mir auf der Couch. Ihre Trostworte kann und will ich nicht hören, sie prallen an mir ab, die ich mich in meinen Schmerz verbeiße und wie ein verwundetes Tier um mich schnappe.

„Yolchen", sie versucht es noch einmal. Ich spüre ihr Gesicht an meiner tränennassen Wange. „Dein Mantel hat doch ein großes Revers. Wenn wir den Stern unter das Revers annähen, dann kannst du ihn am Hals zuknöpfen, damit man ihn sehen kann, wenn es sein muss. Aber wenn du den Knopf öffnest und das Revers zurücklegst, dann verschwindet er und niemand sieht ihn. Lass es uns so machen, ja?" Sie steht auf und holt Nähzeug. Ich bin zu erschöpft, um mich zu wehren. Langsam beruhigt sich das Schluchzen, aber ich bleibe liegen, matt und wie ausgebrannt.

Diese himmelschreiende Ungerechtigkeit und menschenverachtende Gemeinheit wird nicht das letzte Stück gewesen sein. Was werden sie sich als Nächstes in ihren teuflischen Gehirnen ausdenken? Was die ganze Situation noch schwieriger für mich macht, ist das Gefühl, ungerechterweise als Jude verfolgt zu werden, wo ich mich innerlich vom Judentum zu lösen beginne. In den zwei Jahren des Konfirmanden-Unterrichts in der „Christengemeinschaft" habe ich von Jesus gehört. Er ist für mich nicht mehr die nebulöse Figur, die er noch bei meiner Taufe war, sondern in ihm begegnet mir der Gott des Alten Testaments in einer persönlichen Form, in einem Menschen, der Gottes Wesen und Charakter spiegelt, der mir die Vaterliebe Gottes vor Augen stellt. Sein Programm in der Bergpredigt hat mein Herz ergriffen. Doch nun steht dieser Glaube auf einer harten Probe. Werde ich sie bestehen können?

9

Mitten in meine Träume hinein schrillt die Sirene. Fliegeralarm! Die Engländer fliegen schon wieder einen Angriff auf Berlin. Schlaftrunken ziehe ich mich an, und während draußen die Scheinwerfer den Himmel abtasten und fernes Flak-Feuer zu hören ist, nehme ich mein gepacktes Köfferchen und folge Mutter, die bereits an der Tür auf mich wartet. Auch sie trägt einen Koffer, der immer bereitsteht.

Während wir die Treppe zum Luftschutzkeller hinuntergehen, wird das Abwehrfeuer stärker, kommt näher heran. Wir sind die Letzten im Keller. Die anderen Mitbewohner sitzen schon auf den harten Bänken, die entlang der Kellermauern aufgestellt sind. Wir setzen uns nebeneinander auf zwei freie Plätze nahe der Tür.

Da ertönt die schneidende Stimme eines Mitbewohners aus dem obersten Stock, der mit seiner Frau und zwei Kindern uns gegenübersitzt. Er sieht mich scharf an, aber die Worte sind an alle gerichtet. „Ich kann nicht mit einer Jüdin im selben Keller sitzen. Entweder die Jüdin geht oder ich!"

Mein Körper beginnt zu zittern. Wortlos nimmt Mutter mich an der Hand, zieht mich hinter sich her und öffnet die Tür. Wir gehen hinaus. Dumpf fällt die Tür hinter uns in Schloss. Begleitet vom Lärm der Geschütze steigen wir die Treppen wieder hoch. Langsam, ganz langsam legt sich das Zittern.

10

Jeden Tag, wenn ich aus dem Haus gehe, muss ich an der Breitseite des Gebäudes vorbei. Dort sitzt zu jeder Stunde ein Mann in einem Wintergarten und beobachtet das Geschehen. Wer geht weg? Wer kommt? Alles wird registriert. Es gibt keinen anderen Weg auf die Straße. Die wachsamen Augen des Spitzels folgen mir.

Auf meinem Mantel trage ich den gelben Stern. Ich blicke nicht auf, bis ich um die Ecke gegangen bin. Dann nehme ich meine Schultasche und klemme sie unter den Arm, so dass sie den Stern verdeckt. Wenn ich in der S-Bahn bin und kein bekanntes Gesicht sehe, öffne ich den Knopf meines Mantels und verstecke den Stern unter dem Revers. Im Trubel des Verkehrs fällt ein junges Mädchen nicht so auf, rede ich mir ein, aber wenn ich wieder in die Nähe der Schule komme, halte ich die Schultasche wieder hoch. Es ist ein gefährliches Spiel. Auch Eri und die anderen Schulkameraden tragen den Stern. Eri wohnt beengt mit ihren Eltern, aber sie beklagt sich nicht. Ihre blauen Augen strahlen nicht mehr so. Aber auch die anderen sind verändert. Wir alle tragen die gleiche Last, Ausgestoßene zu sein in einer Gesellschaft, die uns verachtet, ja sogar ausmerzen will.

Mehr und mehr hört man, was wirklich geschieht oder sieht es mit eigenen Augen – zum Beispiel als Mutter mich beauftragt, der kleinen Tante Marta Wäsche zu bringen. Sie hat ein kleines Wäschegeschäft in der Augsburger Straße in der Nähe vom KaDeWe. Nur Mutter und ich wissen, dass sie einer Jüdin Unterschlupf gewährt, sie mit versorgt und versteckt. Ich kenne nicht einmal das Versteck. Nach meinem Besuch mache ich mich auf den Heimweg.

Vor einem Hauseingang hat sich eine Gruppe von Menschen gesammelt, die neugierig in das Tor blicken. Auf der Straße steht ein offener Lastwagen. Ich bleibe mit klopfendem Herzen stehen, die Tasche fest an die linke Brust gedrückt. Plötzlich höre ich metallische Stiefelschritte. Uniformierte treiben eine junge Familie vor sich her, die blasse Mutter mit einem etwa einjährigen Baby auf dem Arm, in der anderen Hand einen Koffer schleppend, gefolgt vom Vater, auch mit einem Koffer, einen etwa dreijährigen Jungen hinter sich herziehend. Seine kleinen Beinchen können nicht Schritt halten. Die Köpfe der Eltern sind gesenkt, doch aus den dunklen Kinderaugen blickt die nackte Angst.

„Was gibt's hier zu gaffen? Weitergehen, nicht anhalten!", befehlen die Uniformierten in rauem Ton, und die Umstehenden setzen sich gehorsam in Bewegung. Über die Schulter blicken sie neugierig zurück. Ich möchte schreien: „Lasst es doch nicht zu! Ihr seht doch, was hier geschieht!", und schweige genauso ohnmächtig still und gehe weiter wie die anderen.

Nicht nur Reinhold ist beim Militär, jetzt hat es auch Gerhard getroffen. Er ruft mich an mit der Neuigkeit, dass er zum Arbeitsdienst muss. Wir können nur noch per Telefon Kontakt halten, alles andere ist zu gefährlich. Er schreibt mir Briefe. Einmal ist er auf der Durchreise in Berlin. Er ruft mich an und bettelt, mich zwischen zwei Zügen sehen zu dürfen.

„Aber Gerhard", ich zögere.

„Könnten wir uns an dem U-Bahn-Ausgang Westend treffen? Ich muss dich unbedingt sehen", seine Stimme ist drängend.

„Also gut, aber nur kurz."

„In einer halben Stunde bin ich da!" Meine Hände zittern, als ich den Hörer auflege. Wir haben einander einige Monate lang nicht gesehen. Ich ziehe mich schnell um und laufe zur Station. Ich bin zehn Minuten zu früh da. In einem Hauseingang warte ich. Da plötzlich sehe ich ihn, wie er mit großen Sprüngen die Treppe hinaufeilt, sich umblickt und mich erspäht. Mit ein paar Schritten ist er bei mir, und wir liegen einander in den Armen. Ich ziehe ihn in den Hauseingang zurück und blicke ihn an.

„Freust du dich nicht, mich zu sehen?", fragt er. „Ich konnte es nicht erwarten, dich wieder zu sehen, ich musste einfach kommen. Ich hab' dich so vermisst!"

„Ich dich auch."

Aber etwas ist anders, fremd zwischen uns. Ich hatte mich so auf dieses unerwartete Treffen gefreut, aber jetzt scheint da eine unsichtbare Barriere zwischen uns zu sein, die ich nicht überwinden kann. Er sieht mich fragend an. „Was ist los? Du scheinst so zurückhaltend zu sein." Ich sehe, wie seine Augen mich besorgt ansehen. Sein rotblondes Haar schaut unter der Mütze hervor. Hier ist mein geliebter Gerhard. Aber diese Uniform, die Stiefel, der Ledergurt mit dem Hakenkreuz auf dem Schloss treiben einen Keil zwischen uns.

„Du siehst so ... anders aus ... in dieser Uniform", ist alles, was ich hervorbringe. „Älter, mehr erwachsen. Ich weiß nicht."

„Ach, lass nur, wir haben nur diese paar Minuten. Ich träume jede Nacht von dir." Er zieht mein Gesicht hoch und küsst mich. Aber es ist nicht das Gleiche, und er fühlt mein Widerstreben. „Liebst du mich nicht mehr?" Er hört mit dem Küssen auf.

„Natürlich liebe ich dich! Ich hab' einfach Angst, dass jemand uns sieht – ich bin immer unter Druck – und du musst gleich wieder gehen." Ich versuche, glaubhafte Erklärungen zu finden, aber es ist die Uniform, das verhasste Zeichen, das uns mehr trennt, als Zeit und Raum es je könnten.

Seine Stimme klingt enttäuscht. „Mein Zug kommt gleich. Versprichst du, mir zu schreiben?" Ich nicke.

„Denk daran, ich liebe dich!"

„Und ich dich auch." Wir winken, als er die Treppe wieder hinuntergeht. Er dreht sich um, und ich lächle. Aber in meinem Herzen ist Zorn. Ein Zorn der Enttäuschung, die aus der Erkenntnis wächst, dass wir auf entgegengesetzten Seiten stehen – nicht durch unser Zutun, sondern durch ein grausames Regime, das Freude daran hat, unschuldige Träume von ungestörtem Glück zu vernichten.

Verstimmt gehe ich nach Hause, und mir scheint, dass ich ganz allein bin.

11

Ende Januar feiere ich meinen sechzehnten Geburtstag. Sweet sixteen. Ein Hohn!

Mutter lebt in dauernder Angst um mich. Werden sie mich doch noch holen? Wir haben schon lange nichts mehr von Vati gehört. Sein letzter Brief klang hoffnungsvoll. Bald würde er genug Geld für unsere Bürgschaft haben, und dann könnten wir in wenigen Wochen zu ihm kommen. Doch diese Seifenblase platzt mit der amerikanischen Kriegserklärung, die dem Angriff auf Pearl Harbor durch die Japaner am 7. Dezember 1941 folgt. Unsere Hoffnung, aus Deutschland zu entkommen, ist zerstört.

Unsere kleine Schule, der einzige Platz, wo wir während dieser Zeit noch Kinder sein dürfen, für kurze Zeit die feindliche Welt um uns herum vergessen können, gibt es nicht mehr. Dieser kleine Hafen relativer Geborgenheit ist durch die Gestapo geschlossen worden. Der tapfere Pfarrer Grüber ist ins KZ abtransportiert worden, unter anderem, weil er Juden-Christen öffentlich konfirmiert und in seinen Predigten kompromisslos die Wahrheit verkündigt hatte.

Weil unsere Klasse von zwölf Kindern kurz vor der Mittleren Reife steht, mietet eine Studienrätin, Frau Dr. Landsberg, mit einigen unserer Lehrerinnen eine Wohnung in der Kalckreuthstraße, um uns dennoch den Abschluss zu ermöglichen. Jeden Morgen kommen wir einzeln, die Schultaschen unter den linken Arm geklemmt, den Stern verdeckend, in das Haus, und verlassen es einzeln genauso unauffällig. In den Pausen bleiben wir im Unterrichtsraum. Es wird nicht laut gelacht, auch sonst versuchen wir, jeden Hinweis auf unsere Anwesenheit nach außen zu vermeiden. Wir sind Meister im Untertauchen geworden.

Die Geschwister Kutschera schaffen den Abschluss nicht mehr, sie werden vorher abtransportiert. Es ist jetzt allgemeines Wissen, dass die so genannten Arbeitslager im Osten in Wirklichkeit Vernichtungslager sind, in denen Menschen zu Tode gequält werden und verhungern.

Seit Juni 1942 ist die „Christengemeinschaft“ der Anthroposophen von der Gestapo verboten. Auch Mutter erhält eine der gefürchteten Vorladungen zur Gestapo. Ich muss mitgehen. Wir sitzen auf Bänken in einem Gang und warten darauf, eingelassen zu werden. Metallische Fußtritte hallen in meinen Ohren, verhärten die Atmosphäre, die mit Angst geladen ist, mir den Atem abschnürt und das Herz rasend pochen lässt. Ein Tier auf der Schlachtbank!

Endlich sitzen wir vor dem Schreibtisch eines Uniformierten, der mit harten Augen aus einer vor ihm liegenden Akte aufblickt. Während er Mutter fixiert, stößt er mit kalter Stimme hervor: „Sie glauben wohl, dass Sie uns zum Narren halten können? Da haben Sie sich aber geirrt. Wenn Sie sich nicht endlich scheiden lassen, dann bringen wir Sie und Ihre Tochter ins KZ!“

Ich komme erst wieder zu mir, als wir auf dem belebten Alexanderplatz stehen. Auf der anderen Straßenseite marschiert eine Kolonne SA-Männer und singt im Schritt mit rauen Stimmen Hetzlieder gegen die Juden. Mutter nimmt mich bei der Hand, und wir eilen mit gesenktem Kopf ins Geschäft.

Freunde und meine Patentanten überlegen, was man tun könnte, um diese Drohung wenigstens für den Augenblick zu entschärfen. Doch trotz aller stichhaltigen Argumente lässt sich Mutter nicht dazu überreden, die Scheidung endgültig zu vollziehen. Sie will ihren Grundsätzen treu bleiben und lässt sich nicht so schnell einschüchtern. Sie versucht einen letzten Ausweg, um mich zu retten. Sie stellt an das Reichsinnenministerium, an das Referat für Mischlingsfragen, ein so genanntes Gnadengesuch um Anerkennung für mich als Mischling erster Klasse, also als arischer Mischling. Bei den Erwägungen um meinen Status komme ich mir vor wie ein verstoßenes, herrenloses Hündchen, kein reinrassiges natürlich, ein Straßenköter, ein Bastard, der mit eingezogenem Schwanz – den Fußtritten hundehassender Menschen ausweichend – durch die Straßen irrt, immer auf der Flucht vor den unbarmherzigen Hundefängern.

Nach einer Zeit macht sich Mutter auf und wird persönlich im Innenministerium vorstellig. Sie kehrt nur im Kostüm zurück, obwohl es draußen kalt ist. Ihren Pelzmantel hat sie „hängen gelassen". Später bemerke ich, dass auch ein Diamantring fehlt. Sie kauft Zeit für mich. Solange das Gnadengesuch läuft, bis zum endgültigen Bescheid, ist ihr von einem Sachbearbeiter gesagt worden, würde ich weder als nicht-arisch noch als arisch angesehen.

Ich bin sozusagen in diesem Augenblick, und wer weiß für wie lange, ein Neutrum, das es nach den Gesetzen eigentlich gar nicht gibt. Es ist zwar nur das Wort eines bestechlichen Mitarbeiters, der sich aus dieser Quelle noch weitere Wertsachen erhofft, aber für mich ist es ein – vielleicht trügerischer – Lichtblick.

Mit sechzehneinhalb Jahren stehe ich am Ende. Nach der Mittleren Reife gibt es keine weiterführende Schule, die mich aufnimmt, keinen Beruf, den ich lernen kann, keine Zukunftsaussichten. Doch ich bin jung, voller Träume, will leben, studieren, Kunst entdecken, Musik hören, wachsen, mich auseinander setzen, lieben. Doch es bleibt nur die Sehnsucht. Und die Ungeduld.

Ich bearbeite Mutter, doch Druck zu machen, damit das Gnadengesuch für mich vorteilhaft entschieden wird. Aber sie zögert. „Lass es so, wie es jetzt ist", versucht sie meine Ungeduld zu zügeln. Doch mit jedem Tag werde ich des Wartens müder. „Es muss doch etwas geschehen. Wenn du nicht willst, dann gehe ich eben selber hin und frage nach." Sie hält mich nicht auf.

Wieder sitze ich auf einem Flur und warte vor dem Raum, an dessen Tür ein Schild hängt, „Mischlingsreferat". In Gedanken lege ich mir die Worte zurecht, während das Herz bis zum Hals schlägt. Endlich darf ich eintreten. Ich bringe einen Teil des ersten Satzes heraus, höflich und untertänig. Plötzlich sehe ich in verengte Augenschlitze unter geschwellten Zornesadern.

Wortkaskaden, Schimpfwörter stürzen wie Peitschenhiebe auf mich ein, reißen mir den Boden unter den Füßen weg, schnüren mit den Hals zur. „Ihr Pack! Ihr Gesindel! Ihr gehört alle ins Arbeitslager, ihr Schweine!", brüllt der Mann.

Ich reiße die Tür auf und beginne zu rennen, die endlosen Korridore hindurch, die Treppen hinunter, durch den Marmoreingang hinaus auf die Straße, schneller, schneller, nur fort, weit fort. „Arbeitslager!", gellt es in meinen Ohren, während ich atemlos durch die Straßen hetze.

Ich fühle mich so erniedrigt, als wäre ich vergewaltigt worden. Abschaum der Menschheit sein, Prügelknabe – das sind meine Zukunftsaussichten. Endgültig in einem Konzentrationslager umzukommen, das wird auch mein Ende sein. Es hat keinen Zweck, sich dagegen aufzulehnen.

12

„Pack deine Tasche und nimm ein paar Bücher mit", sagt Mutter, als sie nach Hause kommt, „du musst für einige Zeit weg. Zur kleinen Tante Marta."

„Aber warum?", erwidere ich unwillig. „Kann ich nicht hier bleiben?"

„Der nette Polizist, dessen Frau bei uns einkauft, kam heute Abend hinten ins Geschäft und hat geraten, dich zu verstecken. Es ist wieder eine Aktion geplant." Aktion ist das unverfängliche Wort, hinter dem sich der Terror des Suchens und Abtransportierens aller Juden eines Bezirks verbirgt.

Tante Marta lebt in einem Jugendstilgebäude in der Regensburger Straße. Sie hat eine große Wohnung, aber seit ihre zwei Söhne ausgezogen sind, muss sie Untermieter aufnehmen, weil mehr und mehr Menschen ausgebombt sind. Das große Bad und die Küche muss sie mit den Untermietern teilen. Ich darf erst kommen, nachdem die Mieter zur Arbeit gegangen sind. Sie lässt mich ein und zeigt mir das Zimmer ihres Sohnes.

„Ich muss jetzt ins Geschäft. Hol dir was zu essen aus der Küche. Geh ins Bad, bevor die Leute nach Hause kommen. Bleib von den Fenstern weg. Sei absolut unsichtbar. Die Mieter kommen vor mir zurück. Ich bringe dir etwas Warmes zu essen mit, wenn ich wiederkomme heute Abend." Ich höre, wie die Haustür abgeschlossen wird. Ich bin allein.

Vorsichtig erkunde ich mein „Gefängnis". Ich bleibe in dem Zimmer, das mir zugeteilt ist, denn im Wohnzimmer verdecken die Gardinen nicht ganz den Einblick vom gegenüberliegenden Haus. Ich nehme ein Buch heraus und beginne zu lesen, aber meine Gedanken schweifen immer wieder ab. Wie langsam die Zeiger der Wanduhr sich bewegen! Die Minuten kriechen dahin, und noch liegt ein ganzer Tag vor mir. So muss es in Einzelhaft sein, nichts zu tun und niemanden zum Reden zu haben.

Meine Gedanken springen herum wie aufgescheuchte Hühner. Sie stellen sich vor, was sich jetzt draußen abspielt. Stiefel trampeln Treppen hoch, dann lautes, forderndes Klopfen und raue Kommandos: „Aufmachen!" Weinende Kinder, Männer und Frauen mit ihren gepackten Koffern werden auf wartende Lastwagen gestoßen.

Sei dankbar, dass du hier sein kannst, sage ich mir immer wieder, wenn die Stunden der Tage und Nächte so langsam wie zähflüssiger Sirup dahinfließen, wenn die Einsamkeit bald unerträglich scheint. Abends kommt Tante Marta herein, und im Flüsterton unterhalten wir uns.

Endlich, nach einigen Tagen, kommt die Stunde der Befreiung. Die Kammerjäger haben mit preußischer Gründlichkeit ihre Arbeit der Ungeziefer-Vernichtung erfüllt. Wie froh bin ich, als ich wieder auf dem Heimweg bin, über die Ritzen, die Zuflucht bieten, und aus denen man zwar benommen, aber lebend, wieder herauskriechen kann.

Mutter wird zunehmend niedergeschlagener. Die dauernde Angst um meine Sicherheit zehrt an ihren Nerven. Sie erwägt, mich mit einem Kindertransport der Quäker nach England zu schicken, dann wieder soll ich in die Schweiz. Doch sie verwirft beide Möglichkeiten. Sie kann und will sich nicht von mir trennen, mitten in einem Krieg, dessen Ende nicht abzusehen ist. Wieder geht sie ins Innenministerium, und diesmal kommt sie ohne ihre goldene Uhr wieder, aber mit der freudigen Nachricht, dass der Sachbearbeiter ihr versichert hat, dass mir nichts geschehen sollte, bis das Gnadengesuch entschieden ist. Wir klammern uns an dieses mündliche Versprechen.

„Wenn ich weder jüdisch noch arisch bin, dann brauche ich auch den Judenstern nicht mehr zu tragen!“, überzeuge ich Mutter und reiße das verhasste Zeichen von meinem Mantel. Doch dann denke ich mit einem Stich im Herzen an Eri, die diese Chance nicht hat, da beide Eltern Juden sind. Seit dem Ende unserer gemeinsamen Schulzeit sehen wir uns kaum noch. Sie wohnt zu weit weg. Ich werde sie zu meinem siebzehnten Geburtstag einladen.

Seit die „Christengemeinschaft“ verboten wurde, gehen wir in eine kleine Kirche in unserer Nähe. Dem Hirtenblick des freundlichen Pfarrer Gürtler ist Mutter aufgefallen, die Sonntag für Sonntag beim ersten Ton des Orgelspiels zu weinen beginnt. Alle aufgestaute Angst und Verzweiflung brechen dabei hervor. Ich sitze daneben, warte auf die Tränen und schäme mich. Was werden die Leute denken? Warum muss sie nur immer weinen? Doch der Pfarrer nimmt sie zur Seite, und sie kann ihm ihr Herz ausschütten und hat einen Verbündeten gewonnen. Als ich ihm erzähle, dass ich früher zusammen mit Eri in einem Chor gesungen habe, der die Lukas-Passion aufführte, lädt er mich ein, im Kirchenchor mitzusingen.

So lerne ich den Organisten und Kantor kennen, der mein väterlicher Freund wird. Er schließt mir die Bach'schen Orgelwerke auf. Ich darf neben ihm auf der Orgelbank sitzen und die Noten umblättern, während er mir Besonderheiten erklärt, z.B. eine Fuge Bachs, die erst normal und dann spiegelverkehrt komponiert wurde. Mit Begeisterung singe ich die Bach'schen Kantaten und großen Choräle, die mein Herz so berühren.

Einmal lädt er Mutter und mich zu sich nach Hause ein. Erst zeigt er uns seinen großen Rosengarten voller verschiedener Rosenarten. Er schneidet eine rosa Knospe ab, die gerade im Aufblühen ist. „Die ist für dich“, sagt er, als er sie mir überreicht, „sie erinnert mich an dich.“ Dann führt er mich in seine Bibliothek, die an allen Seiten mit hohen Bücherregalen gefüllt ist. Als ich mir die Titel ansehe, fällt mir auf, dass verschiedene Sprachen darunter sind.

„Sprechen Sie alle diese Sprachen?“, frage ich.

„Ja, das ist mein Hobby, Sprachen lernen. Ich bin jetzt bei der Vierundsechzigsten angelangt.“

Ich kann es kaum fassen. „Sie können das alles verstehen und auch sprechen?“, frage ich ungläubig.

„Na ja, zum Sprechen habe ich kaum Gelegenheit, aber lesen und verstehen kann ich es schon.“ Ein bemerkenswerter Mann!

Mein siebzehnter Geburtstag fällt auf einen Sonntag, der Wochentag, an dem ich auch das Licht der Welt erblickt habe. Obwohl der Chor heute nicht singt, klettere ich auf die Empore und setze mich neben meinen väterlichen Freund, der gerade die Noten für den Gottesdienst aufstellt.

Ich lächle ihn an. „Können Sie heute etwas Besonderes für mich spielen, etwas Fröhliches? Ich bin heute siebzehn geworden.“

„Herzlichen Glückwunsch.“ Seine Hände schütteln meine, aber dann dreht er den Kopf und sagt leise. „Es tut mir Leid, ich wünschte, ich könnte dir diese Freude machen, aber ich kann heute einfach kein fröhliches Lied spielen, wenn mein Sohn in Stalingrad eingeschlossen ist und um sein Leben kämpft.“

Sein Schmerz berührt mich, und ich nehme seine schlanke Hand. „Das verstehe ich. Ich hoffe, dass er herauskommt.“ Seine Augen spiegeln die traurige Gewissheit, dass es bereits zu spät ist. Langsam konzentriert er sich auf die Musik und beginnt das Präludium.

Nachmittags habe ich Eri eingeladen. Gerhard hat geschrieben, dass er an meinem Geburtstag einen Wochenend-Urlaub hätte. Ich habe Mutter so lange angebettelt, bis sie es erlaubt hat, dass ich ihn zu uns nach Hause einladen durfte. Eri ist zuerst da, und wir sehen uns nach langer Zeit zum ersten Mal. Sie ist erwachsener geworden. Ihre schlanke Gestalt sieht jetzt richtig dünn aus. Das Gesicht mit den großen blauen Augen hat etwas von seiner Weichheit verloren und verleiht ihr ein älteres Aussehen. Mit ihren langen Finger streicht sie ihr braunes welliges Haar zurecht. „Spielst du immer noch deine Geige?", frage ich.

„Natürlich, das kann ich nicht aufgeben. Obwohl ich jetzt keinen Unterricht mehr nehmen kann. Aber ich übe." Dann fügt sie leise hinzu: „Solange ich kann." Es klingelt.

Gerhard kommt in einem dunklen Anzug mit Krawatte und weißem Hemd, nicht in Uniform. Er sieht gut aus – und so festlich! So habe ich ihn noch nie gesehen. Er bringt mir eine Azalee mit, die voller zartrosa Blüten ist. Eri schenkt mir ein Buch, mit dem sie unterwegs den Stern bedeckt hat. Sie wendet sich Gerhard zu. „Und wie geht es dir als Soldat?"

„Die meiste Zeit hasse ich es, aber augenblicklich macht es mir sogar Spaß."

„Wie ist das möglich?", fragen wir beinahe aus einem Mund.

„Ich bin beauftragt worden, in einem Offiziers-Kasino eine Wand zu bemalen. Ich bin schon bald fertig, und es macht mir Spaß."

Während wir Kuchen essen, erinnern wir uns gegenseitig an die schönen unbeschwerten Sommer auf der Golden Hill. Wie weit scheint diese glückliche Zeit zurückzuliegen – obwohl es doch nur eineinhalb Jahre her ist. Wir sprechen über unsere Freunde. Der lustige Erich ist Soldat in Russland. Reinhold, ein treuer Briefeschreiber, in Frankreich.

Eri erschreckt mich mit der Nachricht, dass noch einer unserer früheren Lehrer abgeholt wurde. Wieder sind wir in der traurigen Gegenwart.

„Was machst du jetzt eigentlich?" Eri schaut mich an und wechselt das Thema.

„Ich bin augenblicklich im Geschäft, solange es noch steht, und helfe Mutter. Aber ich weiß nicht, was morgen sein wird."

„Wer weiß das schon?", sagt sie. Wir schweigen. Wir alle wissen, ohne darüber zu reden, was für eine Zukunft auf sie wartet. Es ist nur eine Frage der Zeit, dass sie und ihre Eltern nach Theresienstadt verschleppt werden.

„Bleib' hier bei uns", platze ich heraus, „wir werden dich verstecken."

„Und meine Eltern?" Undenkbar die Vorstellung, sie allein zu lassen. „Und außerdem bist du selbst in Gefahr."

Der Nachmittag geht zu schnell zu Ende. Es ist schon dunkel draußen.

„Ich muss gehen", sagt Eri, „ich habe einen langen Weg." Wir ziehen unsere Mäntel an. Mutter gibt Eri eine Tüte mit Lebensmitteln mit. Sie hält sie über den Stern. Gemeinsam gehen wir in Richtung U-Bahn. Die Januarkälte schneidet ins Gesicht.

Eri läuft zwischen uns. Mit jedem Schritt wird mein Herz schwerer. Gibt es denn keine Möglichkeit, dem Damoklesschwert, das über ihr hängt, zu entrinnen? Wie kann ich es zulassen, dass meine beste Freundin, auf der Schwelle des Erwachsenenlebens stehend, in einem Konzentrationslager grausam vernichtet wird? Sie, deren Lebensziel es ist, wunderbare Musik zur Freude anderer zu machen? Es kann nicht – es darf nicht sein! Ich fühle mich so hilflos, wie das Kaninchen vor der Schlange. Es sieht, wie die Schlange näher kommt, aber es kann sich nicht bewegen vor Angst. Es wartet auf den tödlichen Biss.

Wir sind an der Station angekommen. „Ich muss wohl jetzt auf Wiedersehen sagen." Eri bleibt vor den Stufen stehen. „Danke für den schönen Nachmittag. Danke für alles."

Gerhard nimmt ihre Hand und lässt sie nicht los. „Lebe wohl, Eri", sagt er, „ich werde an dich denken."

Ich umarme sie. Was kann ich sagen? Worte scheinen so leer. Ich darf jetzt nicht weinen und es noch schlimmer für sie machen.

„Danke, Eri." Ich fühle ihr Haar an meiner Wange. Sie

drückt mich noch einmal. Wortlos geht sie die Treppe hinunter und verschwindet. Meine Tränen kann ich nun nicht mehr aufhalten.

13

Der Frühling ist meine Lieblingsjahreszeit. Wenn ich aus meinem Fenster blicke, sehe ich Obstbäume und zartes Grün, und nachts lausche ich dem schmelzenden Gesang der Nachtigallen. Ich bin in einem kleinen Einfamilienhaus in Finkenkrug, einem Vorort von Berlin.

Pastor Gürtler hat eine Familie für mich gefunden, um mich aus der gefährlichen Stadt mit den vielen Aktionen wegzubringen. Die Familie hat vier Töchter, und ich arbeite hier als Au-pair-Mädchen. Sie wissen um meinen Status. Ich habe ein kleines Zimmer unter dem Dach und gehe der Mutter bei ihrer vielen Arbeit zur Hand. Der große Garten trägt zum Lebensunterhalt bei, sonst hat die Familie auch nur das, was man mit Lebensmittelkarten kaufen kann. Einmal in der Woche gibt es Fleisch, am Sonntag. Aber am Wochenende kann ich nach Hause fahren. Mutter päppelt mich dann wieder auf und steckt mir ein Stück Wurst in die Tasche, das ich abends auf meinem Zimmer heißhungrig verspeise.

Heute Nachmittag bin ich ganz allein im Haus. Die Familie ist zu einer Geburtstagsfeier gefahren. Ich schalte das Radio ein, und Geigenmusik erfüllt den Raum. Ich muss an Eri denken, wie sie geübt hat und immer besser auf ihrer Geige wurde.

Durch die Musik wird etwas in mir berührt, was lange verdrängt und begraben gelegen hat. Ich verliere mich in diesem romantischen Geigenkonzert, folge den Tönen, die sich immer höher schwingen, um dann in eine Moll-Melodie zurückzufallen. Ich vergesse alles um mich her und lausche nur diesen Geigentönen, die mich auf einmal so ergreifen, wie es Musik noch nie zuvor getan hat. Gemeinsam haben Eri und ich manches Konzert besucht, doch diese Musik heute scheint etwas in meinem Innern zu berühren, das Worten nicht mehr zugänglich ist. Die ungestillte Sehnsucht nach Harmonie, nach Liebe und Geborgenheit, das Verlangen, mit Gerhard zusammen zu sein, alles bricht auf, als wäre ein Damm gebrochen, und ich gebe mich ganz den Gefühlen von Verlust und Trauer hin.

Ich denke an meinen geliebten Vati. Wo ist er nun? Macht er sich Sorgen um uns? Was machen meine Freundin Eri und ihre Eltern? Wird Gerhard bald an die Front kommen? All diese Gedanken füllen mich mit düsteren Ahnungen. Am Ende höre ich, dass es das Violinkonzert Nr. 1 in g-Moll von Max Bruch war.

Das Telefon schrillt in meine Träume hinein. Es ist Mutter, die mir sagen will, dass Gerhard am nächsten Wochenende Urlaub hat und mich sehen will. „Aber nur auf dem Wasser“, erinnert mich Mutters besorgte Stimme. Freude kommt auf. Ich werde die Familie bitten, dass ich schon Sonnabendnachmittag frei haben kann, und will mich dann mit Gerhard am Bootshaus treffen.

Es ist ein herrlicher Maitag mit weißen Wölkchen am blauen Himmel. Die Luft ist noch kühl, aber das Wasser sieht einladend aus. Gerhard ist vor ein paar Wochen neunzehn Jahre alt geworden. Ich übergebe ihm ein kleines Kästchen. „Was ist denn das?“, fragt er erstaunt.

„Ein nachträgliches Geburtstagsgeschenk. Ich wollte es dir selber geben.“ Vorsichtig packt er es aus und öffnet das Kästchen.

„Ein Ring! Mit meinen Initialen!“ Er drückt mich an sich. „Danke, danke vielmals.“ Dann streift er ihn über den Finger. „Und er passt auch genau.“

„Sieh doch mal, was drinnen steht.“ Er hält ihn nahe an die Augen und liest: „21. Mai 1941.“

„Erinnerst du dich an das Datum?“

„Das ist ja bald zwei Jahre her!"
„Hast du unseren ersten Kuss vergessen?"
„Wie könnte ich! Niemals!"
Er nimmt mich in die Arme und gibt mir einen langen Kuss. „Jetzt habe ich immer etwas bei mir, was mich an dich erinnert."

Verwaist und aufgebockt hat die Golden Hill auf dem Land überwintert. Darum nehmen wir die vernachlässigte Musch und paddeln auf die Havel hinaus. Ich sitze vorne und höre zu, während Gerhard von seinen Erlebnissen als Soldat berichtet. „Ich werde vielleicht bald nach Frankreich abkommandiert", sagt er, und ich bin froh, dass er nicht an die russische Front muss, wo die Deutschen im Rückzug sind.

„Und wie geht es dir?", fragt er.

„Verhältnismäßig gut", antworte ich, „wenn man bedenkt, dass Berlin jetzt als ‚judenfrei' deklariert ist. Von Eri und ihrer Familie weiß ich nur, dass sie jetzt alle in Theresienstadt sind."

Nach einer Weile erzähle ich von meiner Gast-Familie und meinen Aufgaben als Hausmädchen. Wir legen die Paddel nieder und lassen uns treiben. Die warme Nachmittagssonne scheint mir ins Gesicht. Ich schließe die Augen.

„Machst du dir manchmal Gedanken über den Tod?", fragt Gerhard nachdenklich in die Stille hinein. „Ich habe in der letzten Zeit öfter daran gedacht, was wohl passiert, wenn ein Mensch stirbt."

Ich muss an eine Begebenheit mit Eri denken, als wir die Lukas-Passion zusammen sangen und sie bei einem bestimmten Vers nie mitsang. Es ging da um das Grabkämmerlein, in dem man liegt, und sie sagte, sie mag den Gedanken nicht, in einem Sarg zu liegen und von Würmern gefressen zu werden. So sang sie ihn nicht mit.

„Ich glaube an das, was die Bibel über den Tod sagt", antwortete ich. „Als wir die großen Choräle von Bach sangen, die ja auf die Aussagen der Bibel gegründet sind, da wusste ich einfach im Herzen, dass das wahr ist."

„Aber ich kenne die Bibel eigentlich kaum – oder Gott. Ich habe so viele Fragen."

„Ich auch! Aber eins weiß ich sicher – Gott gibt es wirklich."

„Wie kannst du das so bestimmt wissen?", bohrt Gerhard nach.

„Nach all den Dingen, die mir passiert sind, zum Beispiel, als er mich beschützt hat, als die SS kam."

Er ist nachdenklich. „Ich wünschte, ich könnte mehr von ihm wissen."

„Komm doch morgen mit uns in den Gottesdienst. Dann können wir uns nachher noch mal sehen und zusammen durch den Wald gehen, wenigstens bis zur S-Bahn."

Gerhard nickt, und ich freue mich auf eine weitere Begegnung mit ihm.

Sonntagmorgen gehen meine Blicke in der Kirche durch die Reihen, bis ich Gerhards rotblonden Kopf erspäht habe. Er sitzt auf der anderen Seite. Unsere Augen treffen sich nur mit einem Anflug von Erkennen. In der Öffentlichkeit müssen wir vorsichtig sein, denn er trägt seine Uniform. Nach der Predigt gehen wir zum Abendmahl. Nur wenige bleiben, darunter auch Gerhard. Pfarrer Gürtler gibt uns meistens ein persönliches Wort mit nach dem Abendmahl. Diesmal sieht er mich an und zitiert einen Vers aus Tersteegens Lied: „Wie die zarten Blumen willig sich entfalten und der Sonne stille halten, lass mich so, still und froh, deine Strahlen fassen, und dich wirken lassen." Vor der Kirche zögere ich, bis alle anderen gegangen sind. Mutter verabschiedet sich, um das Mittagessen vorzubereiten. „Seid vorsichtig", ermahnt sie uns. Wir gehen auf die gegenüber liegende Seite der Straße, wo der Grunewald beginnt. Gemeinsam gehen wir auf einem Waldweg Richtung Heerstraße.

Gerhard läuft in Gedanken versunken neben mir her. Ich spüre, dass ihn der Gottesdienst tief berührt hat. „Weißt du, dass das mein erstes Abendmahl seit meiner Konfirmation war? Ich wünschte, meine Mutter wäre so wie deine, ich meine, sie hat dich von klein auf gelehrt, Vertrauen und Ehrfurcht Gott gegenüber zu haben."

„Das stimmt. Ich habe schon immer an Gott geglaubt. Ich habe zu ihm gebetet, und er hat auch manche Gebete erhört."

„Ich bete auch – aber mehr mit dem Wunsch, ihn zu finden."

„Du kannst ihn finden, Gerhard, er ist ein persönlicher Gott."

„Aber hast du nie Zweifel?" Seine Augen fixieren meine.

„Natürlich habe ich Zweifel!", lache ich. „Ich habe auch so oft Angst, und ich mache mir Sorgen. Und manchmal zweifle ich auch daran, ob Gott mir wirklich helfen kann."

„So geht es mir auch. Ich möchte ja an ihn glauben – aber dann sehe ich all die Ungerechtigkeit und das Leiden in der Welt …"

„Aber wer ist denn ungerecht? Und wer muss leiden wegen dieser Ungerechtigkeit? Kannst du Gott deswegen anklagen, weil ein Mensch im anderen Menschen einen Feind sieht? Wenn Menschen kämpfen und einander umbringen aus Hass, Selbstsucht und Gier, ist das die Schuld Gottes?!"

„Aber er könnte es doch verhindern – diesen sinnlosen Krieg beenden, dieses Schlachten und Hinmorden von so vielen Unschuldigen."

„Aber er hat dem Menschen doch einen freien Willen gegeben. Also entscheidet jeder Mensch selbst zwischen Gut und Böse. Dann ist doch Gott nicht verantwortlich für die Folgen, wenn der Mensch das Böse wählt, oder was meinst du?"

„Ja, aber warum müssen so viele gute Menschen leiden?" Wir gehen schweigend nebeneinander her. Es ist eine Frage, die ich mir selber stelle. „Ich weiß es wirklich nicht. Ich denke darüber oft nach, wenn ich an Eri und ihre Eltern denke und an all die anderen. Ich wünschte, ich hätte eine Antwort. Vielleicht bringt das Leid etwas im Menschen hervor, was sonst nicht wachsen würde."

„Aber Leiden macht mir Angst. Es tut schon weh genug, von dir getrennt zu sein, und nicht zu wissen, ob wir uns je wieder sehen werden."

Ich nehme seine Hand in meine. „Ach, Gerhard, es gibt so viele Fragen und Ungewissheiten. Aber eins weiß ich: Wenn ich heute sterben müsste, wäre es nicht das Ende! Eine Veränderung, ja, ein Leben in einer neuen Dimension vielleicht, aber ich würde weiter leben – ein Leben, das niemals endet."

„Wie kannst du nur so sicher sein?"

„Weil ich den Worten glaube, die Jesus gesagt hat." Wir sind stehen geblieben. Gerd drückt mich an sich. „Danke, dass du mich heute mitgenommen hast. Ich muss über vieles noch nachdenken."

„Hast du zu Hause eine Bibel?", frage ich.

„Ja, die von meiner Konfirmation."

„Warum nimmst du sie nicht mit und fängst an, darin zu lesen?" Er nickt und legt seinen Arm um mich. Eng aneinander geschmiegt gehen wir die letzten Meter, bis die Station zu sehen ist. Unsere Schritte werden langsamer. „Lass es uns kurz und schmerzlos machen", bitte ich, „ich hasse lange Abschiedsszenen."

„Bitte, gehe noch nicht! Ich muss dir zuerst noch etwas sagen. Ich liebe dich!" Sein Arm drückt mich an sich, und seine Küsse bedecken mein Gesicht. Ich blicke in seine Augen, in denen verschiedene Gefühle kämpfen.

„Ich liebe dich auch, Gerhard. Komm bald zurück!" Ein letzter Kuss, dann drehe ich mich um und gehe über die Straße, ohne einen Blick zurückzuwerfen.

14

„Könntest du bitte mal ins Wohnzimmer kommen?" In der Küchentür steht der Hausherr mit ernstem Gesicht. Ich trockne meine Hände ab und gehe ihm nach. Seine Frau sitzt auf dem Sofa, die Hände im Schoß gefaltet. Sie sieht mich nicht an. „Bitte setz dich", er deutet mit seiner Hand auf einen Stuhl. Ich gehorche mit einem flauen Gefühl in der Magengegend. Er nimmt eine Karte vom Tisch. „Du weißt, dass wir dich aufgenommen haben, weil Pfarrer Gürtler uns darum gebeten hatte.

Und wir sind auch sehr zufrieden mit dir. Du hast in den drei Monaten meiner Frau sehr beigestanden, und die Kinder mögen dich auch. Aber wir haben heute eine Benachrichtigung vom Arbeitsamt bekommen", er reicht mir die Karte über den Tisch, „ob wir nicht wissen, dass wir eine Jüdin angestellt haben." Es ist aus, es ist aus und vorbei – mein trügerisches Geborgensein!

„Und da wir unsere Familie, besonders die Kinder, nicht in Gefahr bringen wollen, möchten wir dich bitten, gleich zu gehen. Wir können dann morgen aufs Arbeitsamt gehen und sagen, dass wir es nicht gewusst haben."

„Es tut uns so leid", sagt seine Frau mit mitleidigem Blick, „ich wünschte, wir könnten dir helfen, aber …"

Ich höre die gut gemeinten Worte kaum, die Gedanken rasen im Kreis. Wo soll ich hingehen? Was kommt jetzt auf mich zu?

„Es wäre gut, wenn du deine Mutter benachrichtigen könntest. Am besten, du fährst jetzt nach Hause. Deine Sachen können wir später zusammenpacken und bringen." Ich ziehe die Schürze aus und gehe ein letztes Mal in mein Zimmer und hole meine Handtasche. Die Kinder sehen betroffen hinter mir her, als ich aus dem Haus gehe. Wie schlafwandelnd laufe ich durch die Straßen, entlang der blühenden Gärten zum Bahnhof.

Der Juniabend ist mild und die Lindenblüten duften in unserer Allee. Ich steige die Treppe hoch und klingle. „Yolchen! Was machst du denn hier?" Das freudige Erstaunen wird zum ängstlichen Erschrecken, als Mutter mein Gesicht sieht. Sie wird ganz blass, als sie meine Erklärung hört. „Du musst aus Berlin weg, es gibt keinen anderen Weg mehr", sagt sie entschieden, „und zwar sofort. Morgen kann es zu spät sein!" Die geballte Angst hinter ihren Worten überträgt sich auf mich.

„Aber wohin soll ich denn gehen?" Ich habe keine Ahnung, wie der nächste Schritt aussehen könnte.

„Ich habe so etwas immer befürchtet … und dann etwas unternommen. Ich habe dir einen Ausweis besorgt, damit du nicht die jüdische Kennkarte mit dem großen J darauf benutzen musst, um dich auszuweisen. Die lässt du jetzt hier. In der

Hauptpost habe ich mir einen Postausweis mit Lichtbild machen lassen und gleich ein Bild von dir dazugegeben und dem Beamten gesagt, er möchte auch einen Ausweis für meine Tochter machen. Hier ist er. Das ist deine einzige Chance zu fliehen." Ich öffne den Ausweis. Ein ernstes Passbild von mir starrt mich an. Über der unteren rechten Ecke ist ein Stempel mit dem Hakenkreuz. „Du musst ihn nur noch unterschreiben", sie zeigt mit dem Finger darauf, „aber schreibe nur deinen richtigen Namen, ohne Sarah."

„Glaubst du, dass ich damit durchkomme?"

„Wir wollen darum beten! Du wirst zu meiner Freundin Anni in Pfaffenhofen in Bayern fahren. Und ich komme nach, sobald ich eine Vertretung im Geschäft habe, und dann sehen wir weiter. Komm, wir haben keine Zeit zu verlieren." Ohne etwas zu packen, folge ich willenlos meiner Mutter die Treppen hinunter.

Auf dem Anhalter-Bahnhof findet Mutter einen Zug nach München. Sie entdeckt ein leeres Abteil, und ich nehme den Fensterplatz. Dann verlässt sie schnell den Zug. Ich drücke das Fenster herunter und schaue sie an. Was kann ich noch sagen? Sorge und Angst spiegeln sich in ihren Augen. Langsam kriecht der Gedanke in mein Bewusstsein, dass dies kein gewöhnlicher Abschied ist.

Von jetzt an werde ich allein sein – nur auf mich selber gestellt. Ohne Vater und Mutter. Ohne Verwandte und wohlmeinende Freunde. Bis hierher hat Mutter mich begleitet mit ihrer Liebe, ihrem Mitgefühl und ihrem kämpferischen Geist. Sie tröstete mich und ermutigte mich, wenn ich es nötig hatte. Wir teilten Freud und Leid miteinander und waren dadurch eng verbunden. Sie war mir Mutter und Vater zugleich, gab mir ihre vorbehaltlose Liebe, selbst wenn ich rebellierte und unvernünftig war. Jetzt ist für sie die gefürchtete Zeit gekommen, und sie muss mich loslassen. Ich sehe den Kampf in ihren Augen – und ihren Beschützerinstinkt, der ihr einziges Kind festhalten will und bewahren will vor unbekannten Gefahren und einer bedrohlichen Zukunft.

Wir halten uns noch einmal an den Händen, als der schrille Pfiff das Signal zum Abfahren gibt. Ich möchte ihre Hand nicht loslassen, aber ihre Finger schlüpfen aus meinen. Mit tränennassen Augen sehe ich, dass sie winkend neben dem Zug herläuft, einsam und verlassen, so wie ich einst gewinkt habe, als Vati wegfuhr, und wie sie mit der Entfernung immer kleiner wird.

Unsere harmonische kleine Familie, jetzt ist sie auseinander gerissen und verstreut in alle Welt.

Ein Ehepaar öffnet die Tür und setzt sich mit ins Abteil. Ich schließe meine Augen. Ich will keinen Menschen sehen, will mit meinem Schmerz allein sein, die sich überstürzenden Ereignisse dieses Tages noch einmal vor meinem inneren Auge vorüberziehen lassen. Dann denke ich weiter. Sicher würde bald der Schaffner kommen und nach einem Ausweis fragen. Würde er zufrieden sein mit dem lächerlichen kleinen Postausweis? Wenn nicht – was würde er mit mir tun? Mich der Polizei übergeben? Das wäre dann der unausweichliche Weg ins KZ. Mutter würde es nie erfahren. Ihre Tochter – verschollen – einfach verschwunden, ohne jegliche Spur. Meine Gedanken werden gepeitscht von Angst. Ich darf ihnen nicht weiter nachgehen. Ich setze mich auf und blicke aus dem Fenster.

Die Tür geht auf – und mein Herz bleibt stehen. Zwei SS-Männer kommen herein. „Na, siehste“, sagt einer zum anderen, „da haben wir ja noch ein gutes Abteil gefunden. Gestatten Sie, mein Fräulein?“ Einer setzt sich direkt neben mich, der andere gegenüber ans Fenster. Das verhasste und gefürchtete Emblem am Kragen sticht mir ins Auge. Erinnerungen steigen auf, ich fühle mich hilflos ausgeliefert. Ich drehe mich zum Fenster und schaue in die Dämmerung hinaus. Nach außen hin versuche ich, unbeteiligt auszusehen, aber innerlich rasen meine Gedanken und mein Herz wie ein außer Kontrolle geratener Motor.

„Die Fahrscheine, bitte und die Ausweise.“ In der Abteiltür stehen der Schaffner und ein uniformierter Mann. Das Ehepaar folgt der Aufforderung gehorsam. Die beiden SS-Männer brauchen nichts vorzulegen. Dann nimmt er meine Fahrkarte, locht sie und ich gebe ihm den Postausweis.

„Den kann ich nicht brauchen. Ihre Kennkarte, bitte."

„Die habe ich vergessen", ist alles, was ich herausbekomme.

„Wo fahren Sie denn hin?" fragt der Uniformierte mit frostiger Stimme.

„Zu meiner Tante nach Pfaffenhofen."

„Sie können nicht ohne Kennkarte fahren."

„Das wusste ich nicht", meine Worte hören sich hilflos an.

„Nun, jetzt wissen Sie es. Das nächste Mal machen wir keine Ausnahme mehr." Er gibt mir den Ausweis zurück und schiebt die Tür wieder zu. Gerettet! Niemand darf sehen, wie meine Hände zittern. Die Augen der SS-Männer folgen mir, als ich aufstehe und auf den Gang gehe. Ich ersticke innerlich in diesem Abteil, aber ich muss gleich zurück, sonst mache ich mich verdächtig.

Ich stehe im Gang und atme tief, um meine Erregung unter Kontrolle zu bekommen. Mit Einbruch der Dunkelheit sind die Rollos heruntergezogen worden, damit kein Licht nach draußen fällt. Das Fenster reflektiert meine siebzehnjährige Gestalt. Das leichte fröhliche Sommerkleid, hellblau mit kleinen Pünktchen, passt nicht zu meinem verängstigten Gesicht. Ich muss mich entspannen, muss versuchen, natürlich zu wirken. Ich gehe zurück ins Abteil.

„Ich hörte, dass sie nach München fahren", eröffnet der SS-Mann neben mir das Gespräch, „da fahren wir auch hin. Zu schade, dass das gute bayerische Bier nicht mehr gebraut wird!" Sein Gegenüber stimmt in sein Lachen ein. „Aber in Frankreich, wo wir gerade herkommen, da konnte man noch gut essen und trinken. Die Franzosen sind zwar keine guten Soldaten, aber die wissen, wie man kocht!"

Ich werde, ob ich will oder nicht, mit hineingenommen in ihre Unterhaltung. Es bleibt mir nichts anderes übrig, als mitzuhören. Im Halbdunkel des Abteils nimmt der Mann mein Schweigen als Zeichen, dass ich interessiert bin, noch mehr von seinen Erfahrungen zu hören.

Bald nimmt die Müdigkeit der anderen überhand, und er wendet sich nur noch mir zu, wenn er redet. Zuerst erzählt er in leichtem Ton über die Vergnügungen im besiegten Paris, die modebewussten Mademoiselles, das gute Essen und den Wein, den er trotz des Krieges noch aufgetrieben hat. Unmerklich fast rückt er näher, bis ich sein rechtes Bein an meinem fühle. Ich ziehe mich weiter in meine Ecke zurück, aber er gibt nicht auf. Als er versucht, seinen Arm um mich zu legen, drehe ich mich abrupt von ihm weg.

Er setzt sich auf, und nach einer Weile des Schweigens fährt er fort, die Erlebnisse der letzten Tage halblaut weiterzugeben, gerade so, als ob er einen Film Revue passieren lässt. Ich muss diesen Film mit ansehen, sehe die Szenen vor meinem Auge, wie die SS Untergrundkämpfer aufspürt und verhaftet, dann wieder eine Szene, wo Juden sich versteckt hatten. Wie ein Jäger auf Safari erzählt er voller Stolz jeden Schritt, der zum Jagderfolg führte. Ich sehe die verängstigten Menschen, Menschen wie ich, die um ihr Leben fürchten. Er fährt fort in einem dumpfen Monolog, als hätte er mich vergessen. Die Schreckensbilder nehmen zu.

Ich fühle mich wie ein Priester im Beichtstuhl. Ich versuche mich innerlich zu distanzieren, versuche nicht zuhören zu müssen, aber ich werde in die menschliche Tragödie einbezogen, die sich durch die Sätze dieses verhärteten Menschen vor mir abspielt. Er sieht noch jung aus, aber der Krieg ist ein schneller Lehrer von Gefühllosigkeit und seelischer Abstumpfung. Wenn erst einmal die Grenze, einen Menschen zu töten, überschritten ist, wird wohl nie wieder das zarte Mitgefühl mit einem anderen Menschen empfunden werden können. Eine amputierte Seele, das scheint der Preis zu sein, den der Mörder zahlen muss, ein Teil seiner Seele stirbt mit dem Opfer und ersteht nie wieder auf.

Eine plötzliche Wut bemächtigt sich meiner. Warum muss ich Opfer dieses Mannes sein? Mit welchem Recht beschmiert er mich mit dem Dreck und Schmutz seines Lebens? Empfindet er eine sadistische Befriedigung, indem er einen unschuldigen

Zuhörer zum Komplizen seiner Schandtaten macht, seine Schuld mit einem Fremden teilt?

„Entschuldigung“, sage ich leise, „aber ich bin wirklich sehr müde, ich würde jetzt gerne etwas schlafen.“ Ich stelle meine Tasche zwischen uns und schließe meine Augen. Doch der Schlaf kommt nicht. Wird diese schreckliche Nacht nie zu Ende gehen? Nach mehrmaligem Halten kommen andere Kontrolleure. Die Auseinandersetzung um meinen Postausweis beginnt erneut. Aber statt zu zittern, reagiere ich trotzig und werde durchgelassen. Gegen Morgen spüre ich den Kopf des SS-Manns auf meiner Schulter. Er ist fest eingeschlafen. Ich schiebe ihn weg. Ich muss selbst kurz vor München eingenickt sein, wo der Zug jetzt in den Hauptbahnhof einfährt.

15

Der Schweinestall stinkt. Die zwei Schweine grunzen, als sie mich sehen, doch ich habe keinen Blick für sie. Ich muss ausmisten. Mit der Heugabel werfe ich den Mist auf eine Schubkarre, fahre hinter den Stall und kippe ihn auf den Misthaufen. Auf dem Rückweg zur nächsten Fuhre bleibe ich stehen. Der graue Novemberhimmel verheißt Schnee. „Was machst du nur hier?“, schießt es mir durch den Kopf. „Wie wird das bloß enden? Wirst du jemals deinen Vater wieder sehen? Wirst du überhaupt überleben, das Ende dieses schrecklichen Krieges erleben?“ Ich bekomme keine Antwort und hebe die Schubkarre wieder an. Die Gummistiefel sind voller Mist. An den Händen habe ich Schwielen vom vielen Holzholen. Unter der Schürze trage ich eine Wolljacke, denn es ist empfindlich kalt. Der Mist dampft, genauso wie mein Atem. Während ich die Nase ausschalte und durch den Mund atme, um den Gestank zu ertragen, streue ich neues Stroh in die Ställe. Von allen Arbeiten, die ich machen muss, hasse ich diese am meisten. Oder vielleicht noch das Saubermachen der

Latrinen in der Werkstatt, wo mich die Lehrjungen das letzte Mal eingeschlossen haben – sogar der Meister lachte, als ich bettelte, mich wieder herauszulassen. Der Meister, der an sich nichts gegen mich zu haben scheint, der es aber es lustig findet, mich zu erniedrigen.

Mutters Freundin Anni hat diese Familie ausfindig gemacht. Der Schreinermeister, dessen Haus und Werkstatt in einem kleinen Dorf mit zwölf Gehöften außerhalb von Pfaffenhofen liegen, war ihr als Nazi-Gegner bekannt. Sie haben mich aufgenommen, und ich werde offiziell als „Pflichtjahr-Mädchen" vorgestellt. Einige Tage nach meiner Ankunft erfährt er die Wahrheit über mich, wahrscheinlich durch Anni, die die Einzige ist, die meine Geschichte kennt. Aber er behält das Geheimnis für sich und erlaubt mir zu bleiben. Er ist ein großer Mann mit schwarzem Haar, großen dunklen Augen und einer etwas diagonal verlaufenden Nase, die sein Gesicht in zwei asymmetrische Hälften teilt. Er spricht langsam und hat eine tiefe Stimme. Zuerst fällt es mir schwer, den bayerischen Dialekt zu verstehen. Er lacht, als ich versuche, die Sprache nachzuahmen. Um es noch schwieriger zu machen, soll ich Wörter wie Oachkatzlschwoaf, also Eichkatzenschweif, nachsprechen, und dann lacht er herzlich, als ich versuche, die neuen Wörter über die Lippen zu bringen. Seine großen Hände sind hart und schwielig vom dauernden Umgang mit Holz und sehr geschickt. Er baut wunderschöne Möbel mit Intarsien oder schnitzt so schöne Dinge wie eine Lampe mit tanzenden Paaren und das Kruzifix in der Ecke überm Esstisch in der Wohnküche. Er repariert Motorräder, besohlt Schuhe und baut für seine sechs- und achtjährigen Söhne kleine Schreinereimaschinen, die mit Motoren angetrieben werden. Sonntagnachmittags spielt er zu meinem Vergnügen Akkordeon oder tanzt einen zünftigen Schuhplattler, während seine Frau auf der Zither spielt. Er braut sein eigenes Bier, weil ihm das Bier in Kriegszeiten zu schwach ist, macht Fruchtwein mit hohem Alkoholanteil, zieht und trocknet seinen eigenen Tabak für seine Sonntagnachmittags-Zigarre, schlachtet das Schwein und macht würzige geräucherte Würste und Schinken, schert das Schaf, renoviert und baut das Haus und die Werkstatt um und tausend andere Dinge mehr.

Für die Eheleute ist Arbeit das Lebenselixier. Seit zehn Jahren sind sie verheiratet, und sie sind stolz darauf, niemals einen Urlaub genommen zu haben. Die einzigen Ruhezeiten sind der Sonntagnachmittag und abends die Stunden nach dem Nachtessen. Bayerische Männer haben eine harte Schale, heißt es, sie sind rau im Umgang, und ihre Sprache ist tatsächlich oft nichts für zarte Ohren. Aber trotz dieser Eigenschaften ist der Schreinermeister ein fairer, hart arbeitender Mann mit einem Drang zur Unabhängigkeit und mit einem starken Willen, für seine Überzeugungen einzutreten. Er konnte auf dem Hof bleiben, weil er eine alte Knieverletzung von einem Motorradunfall her hat und dadurch untauglich ist für die Wehrmacht.

Obwohl er der „Moaster" ist, der Herr über das ganze Anwesen, ist meine „Meisterin" seine Frau. Sie ist die andere Hälfte des energiegeladenen Teams. Mit ihren wässrigblauen, zurückhaltenden Augen hat sie mich, die Fremde, bei der ersten Begegnung von oben bis unten taxiert und dann aufgenommen in ihr Reich. Klein und mollig, das aschblonde Haar zu einem Knoten gesteckt, kämpft sie voller Energie einen nie endenden und enthusiastischen Kampf gegen Schmutz in all seinen Erscheinungsformen. Morgens gibt sie ihre Kampfbefehle aus und beaufsichtigt die Attacken, die sie für den Tag geplant hat. Nichts entgeht ihrem wachsamen Auge. Sie findet Schmutz in vollkommen versteckten und unerwarteten Ecken, und mit einer Befriedigung, die an Erobererstolz grenzt, beginnt sie eine Schlag- und Zerstör-Mission, bewaffnet mit Besen, Schrubbern, Bürsten, Staubtüchern, Scheuertüchern, Lumpen, Scheuerpulver und selbst gemachter Schmierseife. Wenn sie Nachlässigkeit in der Verfolgung ihres Feindes zu entdecken glaubt, wird sie böse.

Der Tag wird von der Uhr bestimmt. Um Punkt sieben Uhr morgens, zwölf Uhr mittags und sechs Uhr abends schrillt die Klingel durch Haus und Werkstatt – das Signal für die Arbeiter, zu den Mahlzeiten zu kommen. Alles Essen muss dampfend heiß auf dem großen Holztisch stehen, wenn sie hereintrotten.

Sie entwirft eine Tabelle, auf der für jede Aufgabe eine Zeit zur Erledigung vermerkt wird, die nicht überschritten werden darf. Von da an bin ich nur noch am Rennen, von halb sieben morgens bis halb acht abends. Ihr ganzer Stolz ist ihr Einmachkeller, zu dem sie ganz allein den Schlüssel hat, den sie auch immer bei sich trägt. Sie inspiziert die Reihen von Gläsern, die akkurat ausgerichtet sie wie zum Appell begrüßen, wählt zwischen Obst und Gemüse oder säbelt ein Stück G'selchts ab, den geräucherten Schinken, oder holt eine Portion eingemachten Sauerkrauts aus den großen Fässern, die die Füße des Moasters dort hineingestampft haben.

Ich versuche, ihren Anforderungen zu genügen. Aber seit ich beim Backen einmal gesagt habe, dass der Holzofen nicht so gleichmäßig bräunt wie unser Elektroofen, habe ich es mir mit ihr verdorben. „I würd' nie oan hob'n wolln", sagte sie ungehalten. So sehr ich auch versuche, es ihr recht zu machen, sie findet immer etwas zu nörgeln und auszusetzen. Sie ist eine Expertin in der kompletten Hauswirtschaft und ich ein entwurzeltes junges Mädchen, das versucht, sich in einer völlig fremden Welt zurechtzufinden. Ich werde danach beurteilt, wie schnell und tüchtig ich ihre Anordnungen ausführe, und mein Wert sinkt, als ich mich beim Wettlauf mit der Uhr einmal beim Schälen von einem Berg Äpfel zuerst in den linken Daumen schneide und dann zu guter Letzt auch noch in den rechten. Sie erwartet Perfektion, ob beim Saubermachen oder Backen und Kochen auf dem großen Holzfeuerherd, ob es jeden Montag das Wäschewaschen der vielen leinenen Laken in den Zinnwannen ist, wo die Wäschestücke auf dem Holzbrett mit Wurzelbürste und Schmierseife geschrubbt werden, ob im Garten Unkraut gejätet wird oder im Stall gefüttert oder auf dem Kartoffelfeld umgegraben wird – auf Perfektion und Geschwindigkeit kommt es an. Beides muss sein, um sie bei mäßiger Laune zu halten. Am Ende des Monats bekomme ich das Gehalt für Pflichtjahr-Mädchen. Es sind fünfzehn Mark.

Trotz oder gerade wegen dieses strengen Regiments beginne ich aufzugehen wie ein Hefekloß. Ausgehungert wie ich bin, lecke ich alle Töpfe aus, bevor ich sie in den Zinnwannen wasche, und das fette Essen macht mich in kurzer Zeit dick und rund. Hier wird noch in Butterschmalz gekocht und gebraten, und das im fünften Kriegsjahr! Viele Schreinerei-Kunden zahlen nicht nur mit Geld, sondern auch in Naturalien. Bald sehe ich aus wie eine echte bayerische Magd mit meinen dicken roten Backen, und auch meine Sprache hat sich so stark angepasst, dass mir ein Kunde sagt: „Dös könnst mir doch net songn, dös du a ‚Saupreiss' bist, Madla!" Meine Hände haben Schwielen, und ich kann die schwersten Lasten heben. Doch trotz allem äußeren Wohlergehen – die Schlange hat ihren Kopf in das Paradies gesteckt.

Ich werde zum Bürgermeister des kleinen Dorfes zitiert. „Pass auf den Niedermeyer auf", warnt mich der Meister, „der is a gonz g'moaner Hund!" Der Gemeindediener der Kreisstadt, der die Lebensmittelkarten ausgibt, hatte ihn schon einmal wegen seiner Einstellung zu Fall zu bringen versucht. Aber er hatte damit keinen Erfolg gehabt. Ich komme in die Stube, die zur Amtsstube umfunktioniert ist. Niedermeyer verhört mich. Dann sagt er plötzlich: „Du bist doch a Jud!" Mein Gesicht wird blass. Woher weiß er das? Oder blufft er nur, weil er etwas vermutet und einen Anlass sucht, seinem Erzfeind eins auszuwischen? Ich berichte ihm von dem Gnadengesuch, von meinem neutralen Status, wie er uns versichert wurde. „Host du dös schriftlich? Oder ondere Beweise?" Ich habe nichts – außer dem Versprechen eines bestechlichen Nazis, der weit entfernt in Berlin sitzt. Der Gemeindediener sieht mich mit einem heimtückischen Lächeln an. „Wenn du moanst, dos du mi zum Norrn holten konnst, donn host di g'irrt. I find scho d'Worheit raus über di. I schreib no Berlin, ons Innenministerium, und donn, wenn i mei Ontwort krieg, donn Gnod dir Gott!"

Völlig verstört komme ich nach Hause und erzähle der Familie von der Drohung. Der Meister läuft auf und ab wie ein gefangener Tiger. „Dös Monnsbuid, des dreckete!", ruft er, „er woass, wie i denk, und er will mi fonga. Es geht ihm net um di, ober um mi!"

„Muass i jetzt gehn?", frage ich ängstlich, weil ich eine Wiederholung der Finkenkrug-Episode befürchte.

„Dös tat dem Saukerl scho g'folln", ruft er aus und schickt einige kräftige Schimpfwörter hinterher, „däs is mei Haus, und du brachst net z'renne wegn dem!"

„Danke, Moaster!" Ich schüttle seine starke Hand.

„Is scho guat", sagt er abwehrend, „brachst koa Ongst hobn, mir schicke di net weg." Er dreht sich um und geht in die Werkstatt. Ich bin voll Dankbarkeit für diesen Mut – aber die Angst hat wieder Einzug gehalten, und ich mache mir Sorgen.

Die Schweine haben wieder frisches Stroh, und ich fahre die Schubkarre in den Schuppen. Von weitem sehe ich den Briefträger auf seinem Fahrrad kommen. Jeden Tag frage ich nach Post von Mutter. Ich habe schon länger nichts mehr gehört. Ihre Briefe sind die Lichtblicke der Woche. Mit niemandem sonst kann ich über meine persönlichen Probleme und Sorgen sprechen. Sie ermutigt mich und tröstet mich, wenn ich mal wieder unter meiner launischen Herrin leide. „Halt aus, Yolchen", schreibt sie, „und sei dankbar, dass du dort sein kannst." Mit dem Verstand sehe ich das ja ein, aber das Gefühl rebelliert. Über das Radio hören wir oft das Kuckucks-Signal und die Ankündigung, dass wieder Bomber auf dem Weg nach Berlin sind. Danach sind die Tage bangen Wartens, bis ich wieder ein Lebenszeichen von ihr in der Hand halte, besonders lang. Der Briefträger stellt sein Rad ab und winkt mir. Schnellen Schrittes laufe ich ihm entgegen. „Heit is Post für di do!", er winkt mir mit einer Postkarte. Eine Karte? Mit Bleistift geschrieben? Was soll das bedeuten? Ich überfliege die wenigen Worte: „Liebes Yolchen, Württembergallee existiert nicht mehr. Ich bin gerettet. Der Herr hat's gegeben, der Herr hat's genommen, gelobt sei der Name des Herrn! In Liebe, deine Mutter." Ich stehe da wie erstarrt. Wie können diese wenigen Worte die Macht haben, mein Leben gänzlich zu verändern? Ich bin heimatlos! Keine sichere Ecke mehr in meinen hintersten Gedanken. „Wenn alles schief geht, dann hast du immer noch dein Zuhause." Es gibt kein Zuhause mehr! Wie benommen gehe ich ins Haus. Auf meinem Gesicht sieht man den Schock. „Wos is los?", werde ich gefragt und erzähle stockend.

„Jo, dös ist fei schlimm, olls z'verliarn, die orma Muatta!" Dann geht man wieder an die Arbeit. Ja, das ist schlimm, aber es geschieht Tausenden von Menschen, jeden Tag, es ist ein allgemeines Schicksal, ausgebombt zu werden. Man sollte dankbar sein, wenn man es überlebt. Dinge sind ersetzbar. – Das hört sich alles so logisch an, ist aber doch so kalt.

Das war MEIN Zuhause – MEINE Familie – MEIN Leben! Es ist, als ob ein Teil von mir mit unter dem Trümmerschutt liegt, der Teil, der nach Sicherheit schreit, nach Zugehörigkeit und Liebe – alles eingebettet in dem kleinen Wort: Heimat.

Abends liege ich im Bett und gehe im Geist noch einmal durch alle Räume. Ich sehe das handgeschnitzte antike Flämische Esszimmer mit den schweren Eichenmöbeln, den Butzenfenstern und den vielen Zinn- und Fayencetellern und Krügen, dem antiken Delftgeschirr, dass Vati immer höchstpersönlich abwusch, die unvergleichliche große Kriegskogge mit den vielen Segeln und Tauen und kleinen Kanonen, die ich nie anfassen durfte, die vielen wertvollen Gemälde, das beinahe lebensgroße Bild von Abraham und Hagar und Ismael, als er sie auf Saras Wunsch hin in die Wüste trieb, das Bild, vor dem ich manches Mal gestanden hatte, sodass sich mir alles einprägte. Ich sehe die vielen anderen Dinge und Antiquitäten vor mir, mit denen Vati unsere Wohnung zu einem künstlerischen, harmonischen und heimeligen Platz gemacht hatte, der mich geprägt hat. Ich denke an meine persönlichen Dinge, mein Lieblingskleid aus türkisfarbenem Seidensamt, das Mutter mir auf meinen Wunsch kaufte, als ich sie zwei Wochen im Laden vertrat, meine Sammlung von Glastierchen, meine Tagebücher und selbst geschriebenen Geschichten und Gedichte, meine Zeichnungen, meine Bücher und Fotoalben – alles ist zerstört, verschwunden in einem Augenblick. Nichts davon kann je wieder ersetzt werden. Als ich anfange, meinen Verlust zu begreifen, überkommt es mich, und ich drücke mein Gesicht in das Kissen, damit niemand mein Schluchzen hört.

Langsam begreife ich, dass die schlechten Launen meiner Chefin, unter denen ich zu leiden habe, nicht durch meine Unzulänglichkeit verursacht werden. Ich beobachte ihr Gesicht, wenn sie morgens in die Küche kommt. Sie ist ärgerlich und aus dem Gleichgewicht, bevor ich nur „Guten Morgen" sagen kann. Ich sehe, wie sie ihren Mann anschaut, wenn er wortlos durch die Küche geht. Oft herrscht eisiges Schweigen, wenn sie gemeinsam am Tisch sitzen. Manche Tage vergehen, ohne dass sie ein Wort mit ihm spricht. Sie trägt mir wichtige Botschaften auf, die ich ihm in der Werkstatt ausrichten soll, oder sie schickt mich, um ihn ans Telefon zu rufen. Ihre Unzufriedenheit kommt aus einer wachsenden Entfremdung von ihrem Mann, und die daraus resultierende Spannung wird wie durch einen Blitzableiter abgebaut. Und der bin ich. Die Atmosphäre ist gespannt. Das überträgt sich auf die Kinder, die mit Rebellion reagieren, was wiederum für neue Spannung sorgt. Ich versuche, mich aus dem Machtkampf herauszuhalten, und bin vorsichtig, für die eine oder andere Seite Sympathie zu zeigen, obwohl ich mehr auf der Seite des Meisters stehe, der mir in seiner rauen Unkompliziertheit mehr liegt als die reservierte zwanghafte Art seiner Frau.

Neben dem Verlust meiner Heimat und der nie endenden Angst, doch noch abtransportiert zu werden, lauert in meinen Gedanken die Sorge um Gerhard. Ich habe schon lange nichts mehr von ihm gehört. In seinem letzten Brief aus Frankreich, dem er ein Büchlein über Kunstgeschichte beigefügt hat, steht, dass er nach Russland an die Front muss. Ich sage mir, dass es natürlich ist, in einer Zeit des Umbruchs keine Post zu bekommen, aber die Sorge bleibt. Und damit die Vorahnungen, die durch Mutters Brief bestätigt werden. Gerhards Mutter hat sie angerufen, mit der Nachricht, dass Gerhard nach nur drei Wochen an der Front in Russland verwundet ist. Er liegt mit einem Beckenschuss im Lazarett. Mutter hat mir die Adresse beigelegt.

Ich kann kaum auf den Abend warten, an dem ich mich in mein kaltes Zimmer zurückziehen kann. Im Bett sitzend schreibe ich mir alles vom Herzen, meine Sorge um ihn und seine Verletzung, meinen Wunsch, ihn bald wiederzusehen – in dem Heimaturlaub, der nach den meisten Verwundungen gewährt wird. Ich schreibe von meinen Wünschen für eine schnelle Genesung und von meiner Sehnsucht und meinem Verlangen nach ihm. Ich schreibe ihm, dass ich für ihn bete und sehr auf einen Gruß von ihm warte. Morgen früh muss ich mit dem Fahrrad in die Stadt fahren, da will ich den Brief gleich aufgeben. Mein armer Gerhard, irgendwo in den Weiten Russlands im kalten Winter in einem Lazarett mit Schmerzen! Ich kann den Gedanken kaum ertragen. „Lieber Gott", bete ich, „beschütze ihn und gib ihm Kraft." Dann schlafe ich ein.

Bald ist Weihnachten. Inmitten all der Festvorbereitungen ist mein Herz schwer. Ich habe nichts von Gerhard gehört. Tagtäglich warte ich auf Post, aber jedes Mal umsonst. Ungeduld und Sorge wachsen. Endlich sehe ich den Postboten durch den Schnee stapfen. Ob er wohl heute etwas für mich hat? Er kommt in die Küche und nimmt als Erstes einen Brief heraus und übergibt ihn mir mit einem Lächeln. „Du bist z'erst dro. Host long gnua g'wort." Voller Vorfreude renne ich in mein eiskaltes Zimmer, setze mich auf mein Bett und reiße den Umschlag auf

„Mein liebes Yolchen", fängt Mutters Brief an, „ich wünschte, ich könnte heute bei dir sein." Ein Stich geht mir durchs Herz. Schnell überfliege ich die folgenden Sätze. „Ich möchte meinen Arm um dich legen, statt dir diese Nachricht in einem Brief zu übermitteln. Ich habe dir zuletzt geschrieben, dass Gerhard in einem Feldlazarett lag, nachdem er am 8. November 1943 verwundet wurde. Er war vier Wochen in diesem Lazarett und kämpfte um sein Leben, und es ging auch schon aufwärts mit ihm. Dann steckte er sich mit Scharlach an. In seinem geschwächten Zustand war es zu viel für ihn. Am 12. Dezember, dem 3. Advent, hat Gott ihn heimgeholt."

Gerhard – mein Gerhard – tot? Für immer und unwiderruflich getrennt? Ihn niemals wieder sehen, nie mehr seine Stimme hören, seine Briefe lesen? Ihn nie wieder im Arm halten, ihn küssen, vertraute Augenblicke mit ihm teilen? Er hat doch noch gar nicht begonnen zu leben mit seinen neunzehn Jahren! Wie kann er da tot sein? Das kann doch nicht sein! Es ist unfair, er kann mich doch nicht einfach so verlassen – wir gehören doch zusammen!

Ich fühle nur eine blutende, schmerzhafte Wunde, dort, wo ein Teil von mir herausgerissen wurde. Ich fühle mich schwach und leer, wie nach einem Blutverlust. Noch im Schock kehre ich in die Küche zurück. Selbst meine Chefin sieht, dass etwas nicht stimmt. „A Freund von mir is in Russland g'folle", murmele ich. Ich höre meine eigene Stimme wie aus weiter Ferne und möchte schreien: Das ist eine Lüge! Er ist nicht tot!

Sie hält einen Augenblick inne und sieht mich betroffen an. „Dös tuat mia leid", sagt sie und fährt fort, im Topf auf dem Herd zu rühren.

Ich bin in einer eisigen Einöde, allein, umgeben von gefrorener Leere. Keine menschliche Stimme, kein Laut durchbricht die Stille. Ich sitze auf einer Eisscholle und treibe im weiten Meer, wie unter einer Glasglocke, die mich isoliert und abschirmt. Mechanisch verrichte ich meine Arbeit. Erst abends im Bett überfliege ich die Zeilen noch einmal. Der Damm bricht, und Schluchzen schüttelt meinen Körper. Nacht für Nacht weine ich mich in den Schlaf. Trauer ist eine erdrückende Last, Alleingelassensein ein dumpfer Schmerz, der nicht zu stillen ist. Warum habe ich keine Schulter, an der ich mich ausweinen kann? Warum ist da kein tröstendes, ermutigendes Wort, sondern nur Teilnahmslosigkeit um mich her? Ich werfe eine Reihe von Anschuldigungen gegen den Himmel und schreie mein Warum? hinaus. „Warum, Gott, hast du es nicht verhindert, dass ein so junges und viel versprechendes Leben abgeschnitten wird? Warum bist du nicht dazwischengefahren, als Eri und ihre Eltern abgeholt wurden? Warum hast du nicht die Bombe ein wenig anders geleitet, sodass sie nicht unser Haus zerstörte? Warum hast du Vati nicht geholfen, uns noch rechtzeitig herauszuholen? Warum muss ich all diesen Schmerz mutterseelenallein ertragen?“

Ich finde keine Antwort – nur verheerende Hoffnungslosigkeit und Verzweiflung sind in mir in diesen Tagen Begleiter.

Weihnachten ist gekommen und gegangen. In der Werkstatt finde ich ein Stück Birkenholz. Ich mache ein kleines weißes Kreuz daraus, wie die Kreuze, die über den Gräbern der in Russland gefallenen Soldaten stehen. Ich hänge es über mein Bett, und sehe vor meinem inneren Auge das einsame Grab in der endlosen Russischen Steppe, das meine Liebe hält. Einige Tage nach Weihnachten erhalte ich einen Brief von Gerhards Mutter. Sie schreibt, dass sie mir Näheres mitteilen möchte über die letzten Wochen vor seinem Tod. Meinen Brief, in dem ich ihn trösten wollte, hat er nie bekommen. Sie legt einen Brief bei von einem Katholischen Priester, der Gerhard in seiner Leidenszeit betreut hatte. Er beschreibt, wie er zu Gerhard hingezogen war wegen dessen Tapferkeit, mit der er die Schmerzen ertrug, und wegen seiner Sorge um die anderen Verwundeten um ihn her, mitten in seinem eigenen Kampf ums Überleben. „Wir haben oft miteinander gebetet“, schreibt er, „und er hat immer seine Kameraden in sein Gebet mit eingeschlossen. Einmal sagte er mir: ‚Ich bete für sie, dass sie ihre Kraft in Gott finden. Ich könnte das alles nicht ertragen ohne seine Hilfe.‘ Sein Leben und Tod waren ein Glaubenszeugnis der Kraft Gottes. Er starb im Frieden und in der Hoffnung auf seinen Herrn.“

Gerhard, mein Liebster, dass ich das weiß, dass du ihn gefunden hast, oder dass er dich gefunden hat, den du suchtest, als du am Altar knietest, dass ich wissen darf, dass du am Ende die Gabe des Glaubens empfangen hast, die dir in deinem Schmerz und in der Todesstunde geholfen hat – das ist dein letztes und größtes Geschenk an mich!

In meiner Schublade liegt ein kleines Neues Testament. Mutter hat es mir gegeben, aber es liegt dort seitdem ungelesen. Wo soll ich anfangen zu lesen? Was suche ich eigentlich? Ich schlage das kleine Buch auf, und meine Augen fallen auf einen dick gedruckten Satz: „Wir wissen aber, dass denen, die Gott lieben, alle Dinge zum Besten dienen ..." Ich habe den Römerbrief aufgeschlagen. Das ist doch ein Hohn! Alles zum Besten dienen? Umgekehrt erfahre ich es, es dient mir alles zum Schlechtesten. Alles, was mir widerfährt, ist doch niederdrückend, zerstörend, entmutigend. Trotzdem lese ich die Sätze davor. „Denn wir sind zwar gerettet, doch auf Hoffnung. Die Hoffnung aber, die man sieht, ist nicht Hoffnung, denn wie kann man auf das hoffen, was man sieht? Wenn wir aber auf das hoffen, was wir nicht sehen, so warten wir darauf in Geduld." – Will Gott mir etwas sagen? Dass ich hoffen und warten soll? Dass er weiß, was mit mir geschieht und er es zugelassen hat? Ich verstehe es zwar nicht, wie all das Leid zu meinem Besten dienen soll ... Aber vielleicht ist das ein Rettungsring, den er mir zuwirft. Ich will mich daran klammern, damit ich nicht untergehe. Ich unterstreiche den Vers und klettere ins Bett. Es ist das erste Mal, dass ich ohne Tränen einschlafe.

16

Es scheint, dass der Sommer 1944 nie kommt. Ich zähle die Tage bis zum Endes des Pflichtjahres. Es geht mir alles zu langsam. Ich möchte weg von der immer lauernden Angst vor dem Beamten Niedermeyer. Jeden Morgen ist der erste Gedanke: Werden sie heute kommen, um mich abzuholen? Oft habe ich den Wunsch wegzulaufen. Aber der Verstand hat gesiegt. Ich muss es bis zum bitteren Ende durchstehen. Die Arbeit ist zur

Routine geworden. Meine Fertigkeiten haben sich verbessert. Ich habe mich vom ungeschickten Teenager zur zuverlässigen Haushälterin gemausert. Ich darf sogar alleine kochen und backen – ohne dauernde Beaufsichtigung! Doch die kalte, launenhafte und nörgelnde Art meiner Chefin zieht mich innerlich herunter und belastet mich. Mutter schreibt, dass unser Geschäft ausgebombt ist, und dass sie in einem anderen Laden wieder aufmachen musste. Es ist für den Staat wichtig, dass Ausgebombte auf Bezugsscheine Bettwäsche und Handtücher kaufen können. Die Wohnung, in die sie gezogen war, ist auch getroffen worden, und so ist sie wieder umgezogen.

Endlich kommt der Tag, an dem mein Pflichtjahr beendet ist. Ich habe alles gepackt, mich von jedem verabschiedet und fühle mich wie ein Vogel, dessen Käfig geöffnet wird. Jugendlicher Optimismus bricht durch und gaukelt mir vor, dass alles, was von jetzt an passieren kann, nicht halb so schlimm sein wird wie das, was ich hinter mir lasse.

Das Wiedersehen mit Mutter hilft mir über den ersten Schock hinweg, als ich in das zerstörte Berlin komme, das aus tausend Wunden blutet. Ich will unser Haus sehen. Unsere Straße mit den Linden und den Villen, umgeben von Gärten, hat sich nicht verändert. Erst als ich unserem Haus näher komme, sehe ich die Zerstörung. Zerborstene Ziegelwände recken anklagende Finger in den Himmel. Zwei leere Löcher, wo einst unser Küchenfenster war, starren mich an wie blinde Augen. Der Rest ist ein Durcheinander von zerborstenen Balken und zermalmten Ziegeln. Vorsichtig balanciere ich auf dem Rest einer Außenwand und blicke hinab wie in ein offenes Grab. Zwischen dem Schutt entdecke ich den handgeschnitzten Löwenkopf des Schreibtischsessels, auf dem ich immer saß, um meine Schularbeiten zu machen, während Vati mir gegenüber die Zeitung las und ein Nickerchen machte. Wenigstens braucht er diese Zerstörung nicht zu sehen! Während ich durch tränenverhangene Augen schaue, wohin ich meinen Fuß setzen kann, steht vor meinem inneren Auge ein Entschluss wie ein Plakat: Hänge dein Herz nie an Dinge! Es tut zu weh, wenn sie dir genommen werden.

Ich wische meine Tränen weg und gehe zum hinteren Eingang. Das Treppenhaus ist noch teilweise begehbar, beinahe bis zu unserer Tür. Ich strecke mich hoch auf der obersten Stufe und stecke meinen Arm durch ein Loch in der Wand. Auf der anderen Seite stand mein Bücherregal. Auf den Zehenspitzen stehend fühlen meine Finger etwas Weiches. Ich ziehe es mit Mühe durch den engen Spalt. Ich klopfe den Schuttstaub ab und sehe, es ist ein kleines Fotoalbum, dessen Bilder ich mit meiner ersten Box-Kamera aufgenommen habe. Innen sind Bilder von meinen Eltern, von Ulli und mir mit zehn Jahren. Noch einmal greife ich durch das Loch. Zuerst erreiche ich nichts, doch dann spüre ich wieder etwas und ziehe es heraus. Noch ein kleines Album. Bilder des verzauberten Sommers, als Eri und ich Gerhard und seine Freunde trafen, und wir auf der Golden Hill segelten. Freude erfüllt mich, als hätte ich einen verborgenen Piratenschatz entdeckt. Ich öffne die Seiten mit staubigen Fingern und streichle die geliebten Gesichter mit meinen Augen. Welch ein Geschenk! Das ist Gottes Art, mich in der Stunde des Schmerzes und Verlusts zu trösten. Er lässt meine Freunde, meine Liebe auferstehen, und bewahrt sie davor, langsam verblassende Erinnerungen zu werden. Ich kann sie wieder sehen, und sie reden zu mir durch ihre Bilder.

Mitten am Tag erschreckt mich das Heulen der Sirene. Mutter und ich gehen in einen Unterstand, der vor dem Haus ausgehoben worden ist. „Gibt es keinen Luftschutzkeller hier?“, frage ich.

„Die Keller sind nicht so sicher. Viele Menschen werden immer wieder verschüttet, wenn das Haus einstürzt.“ Auf Bänken sitzen schon eine Anzahl Leute. In der Mitte hängt eine Laterne von den Balken der Decke. Kaum sind wir drinnen, beginnt schon der höllische Lärm der Flak, und die Flugzeugmotoren dröhnen über uns hinweg. Dazwischen höre ich ein heulendes Geräusch, das mit einem explosionsartigen Krachen endet. Die Bomben fallen schon. Wieder ein Heulen. Instinktiv hebe ich meine Arme über den Kopf. Werden wir getroffen? Nein, wir sind verfehlt worden. Aber schon wieder heult eine andere Bombe auf uns zu, begleitet von rasenden Gedanken: „Lieber Gott, beschütze uns!" An der Lautstärke der Explosion zu messen, hat sie ganz in der Nähe eingeschlagen. Eine Welle nach der anderen zieht über uns hinweg. Sie lassen ihre tödliche Ladung auf uns herunterfallen, die wir zusammengekauert in unserem zerbrechlichen Mauseloch hocken. Zwischen dem ohrenbetäubenden Lärm ist manchmal eine kleine Pause. Doch dann höre ich andere Laute, die ich mir zuerst nicht erklären kann. Dann merke ich, sie kommen von den Menschen um uns herum. Es ist das Geräusch von klappernden Zähnen. Zähne, die in Todesangst klappern, eine unvergessliche Begleitung bei diesem Abstieg in die Hölle des Krieges.

Es scheint eine kleine Ewigkeit vergangen zu sein, bis über der brennenden und rauchenden Stadt das Signal der Entwarnung ertönt. Benommen klettern wir hinauf in den diesigen Sonnenschein des Julinachmittags, wie wandelnde Tote, die aus ihren Gräbern auferstehen.

„Ich muss nach dem Geschäft schauen", sagt Mutter nüchtern.

„Was, du willst jetzt ins Geschäft? Nach all dem? Wie kannst du das nur verkraften?" Ich fühle mich völlig ausgelaugt und kraftlos.

„Man gewöhnt sich daran", antwortet sie. Wie kann man sich jemals daran gewöhnen, täglich dem Tod ins Auge zu sehen? So muss es wohl Gerhard und den anderen Soldaten ergangen sein. Ich quäle mich kraftlos durch den Rest des Tages.

„Wir brauchen einen Urlaub", entscheidet Mutter und überlässt der Verkäuferin das Geschäft. Wir fahren in die Berge, in die Nähe der Zugspitze. Unten in Garmisch haben meine Eltern ihre Flitterwochen und manchen Ski-Urlaub verbracht. Drei Wochen lang erholen wir uns in diesem hoch liegenden abgeschiedenem Bergdorf in Tirol, das einer Oase gleicht, weil es der Krieg noch nicht berührt hat. Auf unseren Wanderungen durch die herrliche Bergwelt sprechen wir über meine Zukunft. Wie soll es jetzt weitergehen? Solange wir auf das Gnadengesuch hin nichts Schriftliches in der Hand haben, ist es für mich zu gefährlich, in Berlin zu bleiben. Nach der Erfahrung des Bombennachmittags zieht es mich auch nicht dorthin zurück. Obwohl es meine Heimatstadt ist. Mutter hat einige Adressen von Bekannten. Wir fahren von einem zum anderen, von Garmisch bis zum Starnberger See. Überall werden wir freundlich empfangen, aber niemand hat eine konkrete Lösung für mein Problem. Es gibt einfach keinen Ort, wo ich hinpassen könnte, wo ich wie auf einem Drahtseil zwischen Legalität und Illegalität balancieren kann, wie ich es das letzte Jahr getan habe. Die Adressenliste schrumpft, und mit ihr meine Hoffnung.

„Ich sehe keine andere Möglichkeit für dich“, sagt Mutter endlich, „als dass du wieder zu deiner bayerischen Familie zurückkehrst.“

„Das kann doch nicht dein Ernst sein!“, sage ich ungläubig, „du selbst hast mir doch gesagt, dass du es da nie so lange ausgehalten hättest wie ich!“

„Hast du eine bessere Lösung oder einen anderen Vorschlag?“ „Sie werden mich nicht mehr nehmen wollen“, ich verbeiße mich in Illusionen, in der verzweifelten Anstrengung, das Unvermeidliche doch noch abzuwenden. „Warum rufst du nicht an und fragst?“

„Eher sterbe ich, als dass ich vor dieser Frau zu Kreuze krieche!“

„Dann rufe ich an!“ Mutter ist resolut und geht in die Telefonzelle. Ich will weder zuhören noch über die Möglichkeit nachdenken. Mutter kommt zurück. „Sie hat gesagt, dass sie noch niemanden gefunden hat und dass du zurückkommen kannst.“ Ich krümme mich. „Yolchen“, Mutter nimmt meine Hand und blickt mir in die Augen, „ich weiß, wie du dich fühlst, aber du bist auch alt genug, um zu wissen, dass es Dinge gibt, die man tun muss, obwohl man sie nicht tun will.“

„Das ist die Geschichte meines Lebens!“, klage ich.

„Lass uns hoffen, dass es nicht für lange ist. Vielleicht geht der Krieg bald zu Ende. Der Niedermeyer bekommt vielleicht keine Antwort, weil in Berlin alles ausgebombt ist. Halte noch etwas aus – und sei stark!“ Sie drückt mich an sich und küsst mich.

Ein Hund, von seinem Herrn geschlagen und mit rauem Tritt aus dem Haus getrieben, der mit eingezogenem, aber wedelndem Schwanz kriechend sich wieder diesem Herrn naht – so sehe ich mich, als ich wieder zu dem Ort zurückkehre, den ich vor sechs Wochen verlassen habe, und mich dabei frei fühlte wie ein Vogel. Ich sehe ein triumphierendes Funkeln in den kalten blauen Augen meiner Chefin. Sie genießt meine offensichtliche Demütigung und mein Unbehagen. Ich bin ihr nun völlig ausgeliefert, eine Sklavin ohne Rechte, aber mit vielen Pflichten.

17

Ein Jeep hält vor dem Haus. Durch das Küchenfenster sehe ich, wie zwei amerikanische Soldaten herausklettern und das Haus des Bürgermeisters betreten. Ich stehe auf von der Bank und gehe ihnen entgegen. Bevor ich an die Tür komme, wird sie von außen aufgerissen, und die Soldaten kommen herein. Einer hält ein Gewehr auf den Bürgermeister gerichtet. „Hands up! Quickly, up, up!“, ruft er, während der andere ihn nach Waffen abtastet. Bevor ich übersetzen kann, hält der Mann die Hände hoch, und ich schreie in das allgemeine Durcheinander hinein: „Hold it! He is the mayor!“

Der Soldat lässt das Gewehr sinken und zeigt auf die schwarzen Schaftstiefel des Mannes. „I thought he was an SS. Tell him to take off his boots.“ Ich übersetze dem Bürgermeister, dass er seine Stiefel ausziehen soll, um nicht für einen SS-Mann gehalten zu werden. Zitternd setzt sich der Mann auf die Küchenbank, während ich in Englisch mit den Soldaten rede. Sie tragen mir auf, ihm zu sagen, dass alle Waffen im Dorf abgegeben werden müssen – bis morgen Nachmittag. Wenn danach irgendwo eine Waffe gefunden werden würde, müsste das ganze Dorf dranglauben. Ich übersetze, und er nickt. Dann schwingen die Soldaten sich wieder in den Jeep und fahren weiter.

Zusammengefallen, den Kopf über die Brust gebeugt, sitzt der einst so stolze Gauleiter und Kreisbauernführer am Tisch. Sein Haarschnitt und der Oberlippenbart erinnern an den „Führer“. Ich setze mich wieder und nehme das englisch-deutsche Wörterbuch in die Hand, das ein Amerikaner mir dagelassen hat. Ich blättere darin, während mein Gegenüber teilnahmslos vor sich hinstarrt. Merkwürdig, ich spüre so etwas wie Mitleid mit ihm, wie er da vor mir sitzt, ein zerstörter, in sich zusammengefallener Mensch. Aus Angst hat er nach mir rufen lassen, da ich im Dorf die Einzige bin, die Englisch kann. In den letzten Wochen haben sich die Ereignisse überschlagen. Ich lege das Buch nieder, blicke aus dem Fenster und lasse alles noch einmal revuepassieren.

Ein drei viertel Jahr musste ich es noch bei meiner gestrengen und launischen Herrin aushalten, bis Mutter in Pfaffenhofen eintraf – mit dem letzten Zug vor dem Einmarsch der Russen in Berlin. Mein Terrier Dolly und ein Koffer, das war alles, was sie retten konnte. Mit Annis Hilfe hat sie ein Zimmer in einem kleinen Dorf einige Kilometer von mir entfernt gefunden, bei Resi, einer jungen Bäuerin mit vier kleinen Kindern, deren Mann Soldat war. Kurz danach konnte ich endlich vom Bauernhof weggehen, nachdem unverhofft ein junges uniformiertes Mädchen auftauchte, eine Luftwaffenhelferin, die froh war, meine Stelle einnehmen zu können und ihre Uniform los zu werden. Ich packte meine Habseligkeiten auf mein Fahrrad und zog bei Resi ein. Endlich waren Mutter und ich wieder zusammen, und eine glückliche Zeit folgte. Ich half Resi auf dem Feld, im Haus und mit den Kindern, während die amerikanische Front immer näher kam.

Die letzten Wochen waren aufregend gewesen. Einquartierung, dann fliehende deutsche Soldaten, Artilleriefeuer, weiße Tücher aus den Fenstern und das Warten auf den „Feind", dessen Panzer in einiger Entfernung vorüberrollten. Einige Tage später wurde außerhalb des Dorfes ein amerikanisches Feldlazarett aufgebaut. Es hielt mich nicht mehr zu Hause. Ich näherte mich zaghaft den Zelten und sprach einen Soldaten an, der einen Zaunpfeiler in die Erde schlug. „I am so glad to see you!", rief ich in meinem besten Schulenglisch, „You are liberating us!" Keine Antwort, er drehte mir den Rücken zu. Dann hörte ich ein geflüstertes Wort, das ich zuerst nicht verstand: „Non-fraternisation". Ich wusste nicht, dass es bedeutet, dass die Soldaten nicht mit feindlichen Zivilisten sprechen durften. Es war ja noch Krieg. Dann drehte er sich um, schaute vorsichtig um sich und machte dann eine Bewegung des Trinkens. „Do you have any liquor? I have chocolate. Tonight when it is dark I will come to the village." Ich nickte und war enttäuscht. Mein Befreier wollte kein Gespräch, sondern nur Alkohol gegen Schokolade tauschen. Abends um neun nahm das Tauschgeschäft seinen Lauf, und nach Jahren der Entbehrung ergötzte ich mich Stückchen für Stückchen an einer „Hershey Bar", an echter Schokolade!

Kurz zuvor hatte die SS einen geheimen großen Vorrat an Spirituosen aufgelöst, und jeder Dorfbewohner hatte einige Flaschen erhalten, die nun als Tauschmittel gut waren.

Als der Bürgermeister mich rufen ließ, weil laufend Soldaten zu ihm kamen, mit denen er sich nicht verständigen konnte, ging ich mit gemischten Gefühlen in sein Haus. Warum sollte ich einem überzeugten und ehemals einflussreichen Nazi helfen? Aber die Möglichkeit, mit Amerikanern zu sprechen und meine Sprachkenntnisse auszuprobieren, war zu verlockend.

Während meiner Zeit als Dolmetscherin spielte sich vor meinen Augen der Zusammenbruch des Dritten Reiches ab, und zwar in der Person des Bürgermeisters. Hatte er zu Beginn noch aufrecht und mit erhobenem Kopf am Tisch gesessen, so wurde sein Rücken von Tag zu Tag gebeugter und sein Gesicht immer hagerer. Die Nervosität stieg mit jedem Fahrzeug, das vor dem Haus hielt. Er ahnte wohl, was auf ihn wartete.

Wieder ein aufregender Tag! Der amerikanische Offizier, der die Waffenabgabe befehligt, ist außer sich. Eine nicht abgegebene Waffe ist gefunden worden. Ich muss als Dolmetscher mit zum Haus des Waffenbesitzers kommen. Die wütenden Worte und die Miene des Offiziers lassen nichts Gutes ahnen. Ich fürchte, dass er die Drohung, das Dorf niederzubrennen, wahr machen wird. Ich versuche, ihn umzustimmen, aber es scheint zwecklos. Im Krieg gelten andere Regeln. Was wird aus uns werden, wohin sollen wir fliehen? Plötzlich peitschen Schüsse durch den nahe gelegenen Wald. Der Offizier gibt Befehl, den Schüssen nachzugehen. Die Amerikaner verlassen augenblicklich das Anwesen und machen sich auf die Jagd nach den Soldaten, die sich im Wald versteckt haben. Sie kehren nicht wieder zurück. Wir sind noch einmal davongekommen!

Zwei Tage später sitzt der Bürgermeister in der Küche. Ich sehe, dass er braune Straßenschuhe trägt. Das Erlebnis mit den Stiefeln hat Spuren hinterlassen. Er starrt ins Nichts, und zuckt erst zusammen, als ein Jeep vor dem Haus hält. Die Angst ist ihm von den Augen abzulesen. Ich gehe zur Tür und begrüße die Soldaten „May I help you?“

„Danke, aber das wird nicht nötig sein“, winkt der kleinere von beiden in fließendem Deutsch ab. Er stellt sich vor und erklärt, dass er von der CIC ist, dem Counter-Intelligence-Corps. Ich kann mir darunter nichts vorstellen. Dann wendet er sich an den Bürgermeister. „Sie haben fünfzehn Minuten, um sich fertig zu machen und sich zu verabschieden. Sie können einen Koffer packen. Dann kommen Sie mit uns.“

Gehorsam steht der Mann auf und geht in die Diele. Ich höre, wie er mit schweren Schritten die Treppe hinaufsteigt, während der andere Soldat den Eingang bewacht.

Während wir warten, erzähle ich ihm von meinem Vater. Dass wir nun schon jahrelang nichts mehr von ihm gehört haben und dass wir auch nicht wissen, wo er sich befindet.

Er will noch mehr über mich wissen, vor allem, wie ich überlebt habe. Er selbst ist ehemaliger deutscher Jude. Daher auch das gute Deutsch. Er bietet sich an, Nachforschungen anzustellen, und ich gebe ihm die einzige amerikanische Adresse von Angehörigen, die ich kenne, die von meiner Cousine Ursula, deren Mann Arzt in Beverly Hills in Kalifornien ist. Der Soldat schreibt sich meine und deren Adresse auf und verspricht, dem nachzugehen.

Wir hören Schritte auf der Treppe. Hinter dem Bürgermeister kommt seine Frau die Stufen herunter. Er trägt ein Köfferchen in seiner Hand, das er noch einmal absetzt, um seine Frau zu umarmen. Mit dem Taschentuch, mit dem sie sich die Tränen abwischt, winkt sie hinterher, bis der Jeep in einer Kurve verschwindet.

Warum fühle ich Mitleid mit ihnen? Sie sind Nazis. Sie ernten, was sie gesät haben. Aber sie sehen so verzweifelt aus. Ich weiß, wie sie sich fühlen. Ich verabschiede mich von der weinenden Frau. Meine erste Dolmetscher-Tätigkeit ist beendet.

18

Endlich, endlich ist der Krieg zu Ende! Ich sitze im offenen Jeep neben meinem Boss, Leutnant Perry, der die Abteilung für Reisepässe in der Militärregierung in Pfaffenhofen leitet. Wir sind auf dem Weg nach München. Die Autobahn ist gähnend leer, nur ab und zu kommt uns ein Militärlastwagen oder Jeep entgegen. Nach unserem Umzug in die Kreisstadt Pfaffenhofen habe ich weiteren Privatunterricht in Englisch und Schreibmaschine genommen und mich bei der amerikanischen Militärregierung, die ihren Sitz im Rathaus hat, beworben. Ich werde angestellt und stelle Reisepässe aus, für diejenigen, die in eine andere Stadt fahren wollen.

Nach all den Jahren der Verfolgung und Unterdrückung, dem Damoklesschwert der Angst, das über jedem Tag meiner Jugend hing, ist mein Leben endlich sicher und glücklich geworden. Ich bin neunzehn Jahre alt, arbeite bei den Amerikanern und hoffe, irgendwie bald nach Amerika gehen zu können. Wir haben als Angestellte der Militärregierung Privilegien, die andere Deutsche nicht haben. Wir können täglich eine warme Mahlzeit in der Kantine einnehmen, wo wir weiches, weißes Brot bekommen, das man mit Erdnussbutter bestreichen kann. Mutter hat eine Arbeit in dem Soldatenheim bekommen, und sie bringt manchmal köstliches rundes Gebäck mit nach Hause, das man Doughnuts nennt. Mein Chef, ein blonder gut aussehender Mann mit freundlichem Lächeln in den Augen, macht mir ab und zu eine kleine Freude, zum Beispiel mit einem Stück duftender Seife, das gerade in dem Moment kommt, als mein letztes Stück einfacher deutscher Seife zur Neige geht und man keine mehr kaufen kann. Er hatte mit Interesse meine Geschichte gehört und von sich aus über eine Flüchtlingsorganisation in Amerika eine Suchmeldung nach meinem Vater aufgegeben.

Als ich höre, dass er nach München fahren will, bitte ich ihn, mich mitzunehmen. Und das nicht nur wegen der Autofahrt, sondern weil ich von einer Anlaufstelle in München gehört habe, bei der man Auskunft über Überlebende der Konzentrationslager bekommen kann. Ich will Gewissheit haben über das Schicksal von Eri und ihren Eltern.

Jede Gelegenheit, Auto zu fahren, genieße ich in vollen Zügen. Der offene, hart gefederte Jeep, in dem ich sitze und den Wind mein Haar zerzausen lasse, während wir durch die Landschaft sausen, ist mein Traumauto. Ich habe angefangen, Fahrstunden zu nehmen, in einem Vorkriegs-Opel. In dem eckigen schwarzen Kasten sitzt man so gerade wie auf einem Esszimmerstuhl. „Kupplung treten! Zwischengas geben! Gang schalten! Zwischengas! Kupplung rauslassen!“ – Wenn die

Freude am Fahren mich einmal übermannt, dann werde ich gleich durch die Worte meines dicken Fahrlehrers gebremst, der mit dem Blick auf den Geschwindigkeitsmesser, der fünfunddreißig Stundenkilometer zeigt, neben mir hockt. „Willst Rennfohrer werdn, Madla?"

Leutnant Perry pfeift eine lustige Melodie. „Kennen Sie das Musical Oklahoma?" Wie sollte ich es kennen! Er erzählt etwas vom Inhalt und beginnt dann in einer warmen Baritonstimme zu singen: „Oh, what a beautiful morning, oh, what a beautiful day." Ich stimme bald in den Refrain mit ein, und er singt danach „Surrey with a fringe on the top" und andere Lieder aus dem Musical, bis wir in München ankommen. Er findet die Adresse, wo ich hinmöchte, und verspricht, mich in zwei Stunden wieder abzuholen.

Ich steige die Treppen hoch und finde das Büro, in dem mehrere Menschen in einem Nebenraum über Listen gebeugt sitzen. Die Anspannung in den Gesichtern und die beklemmende Atmosphäre um mich herum lassen mein Herz schneller schlagen. Was werde ich finden? Werden sie überlebt haben? Es gibt ja Überlebende. In diesen Listen stehen ihre Namen. Vielleicht werde ich bald wieder mit Eri zusammen sein können! Dennoch. Die Angst ist groß. Ich muss mich regelrecht zwingen, in den Nebenraum zu gehen. Eben ist ein Mann aufgestanden. Eine der Listen ist frei. Ich setze mich davor. Ich kann es kaum ertragen, sie in die Hand zu nehmen. Lieber Gott! Lass ihren Namen auf der Liste sein!

Die Liste ist alphabetisch geordnet. Wo ist das W? Ich blättere und meine Finger zittern. Von oben gehe ich die Namen mit dem Finger durch. Mein Gott, dies ist nicht wie ein Telefonbuch, das ist ein Buch über Leben und Tod! In meiner Nervosität glaube ich einen Fehler gemacht zu haben, und fange erneut von oben an. Das Begreifen kommt wie ein Keulenschlag auf den Kopf. Eris Name steht nicht auf der Liste! Sie sind alle umgekommen. Ermordet, verhungert, vergast, wer weiß es? Was ich in den dunkelsten Nächten der Verzweiflung gefürchtet habe, ist wahr geworden. Sie haben nicht überlebt! Das Gefühl äußerster Hilflosigkeit, das mich damals übermannt hat auf dem Weg zur U-Bahn, es umgibt mich wieder.

Warum habe ich sie nicht am Arm genommen und bin mit ihr gerannt, um sie zu verstecken? Weil ich wusste, dass die Bluthunde uns früher oder später ausgeschnüffelt hätten? Oder weil es noch einen winzigen Hoffnungsschimmer des Überlebens gab? Warum nur bin ich am Leben geblieben? Ich kann es einfach nicht fassen.

Im Vorzimmer setze ich mich, um auf Leutnant Perry zu warten. Ich kann nicht anders, ich stelle mir vor, was sie leiden musste. Eri, meine Freundin mit den klaren blauen Augen, dem sauber gescheitelten braunen Haar, mit ihrem offenen Lachen, ihren langen schlanken Fingern, die schöne Musik machten. Eri mit ihrer mädchenhaften Figur, an der Schwelle des Erwachsenen-Lebens stehend. Was musste sie leiden auf dem Weg nach Theresienstadt – während der Zeit der Furcht und Entbehrungen dort – und dann auf dem Weg in die Gaskammern von Auschwitz? Es übersteigt mein Vorstellungsvermögen. Wie kann ich den Schrecken nachempfinden, wie Vieh zur Schlachtbank geführt zu werden, in eine als Dusche getarnte Gaskammer hineingeschoben zu werden, erniedrigt und nackt, wo statt des Wassers tödliches Gas über die Masse nackter, sich windender Menschen ausströmt? Meine Eri, die schauderte bei dem Gedanken, in einem sauberen Sarg zu liegen, von allen Seiten umgeben von Frauen, die sich verkrampfen und in Todesangst schreien. Um jeden Atemzug kämpfend, und fühlend, wie sich die Lungen mit dem tödlichen Gas füllen, während der ohrenbetäubende Lärm der Schreie, des Heulens und Betens in den Ohren gellt. Jede Sekunde eine unerträgliche Ewigkeit des aneinander Hängens, aufeinander Tretens inmitten von Exkrementen, hervortretenden Augen, keuchend, um Luft ringend, ins Leere greifend – endlos schreiend, schwächer werdend – bis die Lungen aufgeben, das letzte Wimmern erlischt – nach fünfzehn Minuten ewiger Folter. Dann das Öffnen der Tore. Wie Mist herausgekarrt zu werden, nachdem die letzten Goldzähne aus den offenen Mündern herausgebrochen sind, in die Krematorien gefahren zu werden, wie Brennmaterial, das die Menschentötungsfabrik durch lange Schornsteine am Laufen hält, mit schwarzem Rauch, der Tag und Nacht aufsteigt und den süßlichen Geruch von brennendem menschlichen Fleisch in die Nase eines zornigen und schmerzerfüllten Gottes aufsteigen lässt. Aber warum? Warum müssen Menschen andere Menschen so viel leiden lassen?

19

Es ist ein kühler Oktobermorgen. Ich sitze in meinem Büro an der Schreibmaschine. Leutnant Perry steht vor mir, als ich aufblicke. „Ich habe dir etwas zu sagen", beginnt er. „Du sollst nach oben kommen zur CIC. Du kannst gleich gehen." Verwundert mache ich mich auf den Weg. Was wollen die von mir? Das Counter-Intelligence-Corps arbeitet einen Stock höher hinter verschlossenen Türen. Die anderen Abteilungen der Militär-Regierung sind nicht nur räumlich vom CIC getrennt. Hier geht es um Geheiminformationen und -aktivitäten. Ich werde in das ehemalige Amtszimmer des Kreisbürgermeisters eingelassen. Es ist ein imposanter Raum mit einem Balkon und Ausblick auf den Marktplatz. Hinter einem schweren Schreibtisch mit Schnitzereien erhebt sich ein Offizier aus einem roten Ledersessel mit hoher Lehne und fordert mich auf, Platz zu nehmen. Der Offizier, der mich hereingeführt hat, setzt sich neben mich. „Wir möchten Ihnen einige Fragen stellen", beginnt der Mann hinter dem Schreibtisch. Es ist wie ein Verhör, und ich merke bald, dass sie schon einiges über mich wissen. „Wir haben eine Arbeit für Sie, die für uns von Bedeutung ist. Es geht um Geheiminformationen, und Sie werden Geheimnisträger sein. Sie werden mit niemandem darüber reden oder Informationen weitergeben können. Wir haben bereits mit Leutnant Perry gesprochen, und er hat sich bereit erklärt, Sie uns zur Verfügung zu stellen. Was sagen Sie dazu?" Ich nicke und sage ja. Tausend Gedanken schwirren durch meinen Kopf, als sie mir das angrenzende Büro zeigen, das mein Arbeitszimmer werden soll. Auch von diesem Fenster aus überblickt man den Marktplatz bis zu der Kirche mit dem spitzen Kirchturm am anderen Ende. Auf einer Seite des Raums steht ein hohes Regal. Darin stehen lauter gleich aussehende kleine Büchlein. „Diese SS-Soldbücher sind entdeckt worden", erklärt der Offizier „und wir möchten, dass Sie sie nach Namen auswerten und Listen machen, damit wir dem Ganzen nachgehen können." Aha. Nachgehen bedeutet verhören und gegebenenfalls gefangen nehmen. „Sie können jetzt wieder runtergehen, und nach der Mittagspause können Sie anfangen."

Ich verabschiede mich von meinen Kolleginnen und dem freundlichen Leutnant Perry, der mir die Hand reicht und mir viel Erfolg wünscht. Etwas wehmütig, aber doch mit einem gewissen Kribbeln im Bauch beginne ich meine neue Arbeit.

Ich bin ganz allein in meinem Büro und tippe Listen. Es klopft, und herein tritt Leutnant Perry mit einem Blatt Papier in der Hand. Sein Gesicht strahlt, er schwenkt das Papier und legt es auf meinen Schreibtisch. „Hier, das ist für Sie!" Ein Telegramm! Das sehe ich mit einem Blick. Ich verschlinge den Text. Es ist unterzeichnet von meinem Vater! Tränen der Freude steigen mir in die Augen. Ich kann kaum die wenigen Wörter lesen, Wörter, die lang verloren Geglaubtes wieder zum Leben erwecken. Mein Daddy lebt, wir haben einander wieder gefunden! Ich springe auf und umarme den Leutnant, der es durch eine Flüchtlingsorganisation ermöglicht hat, den Kontakt herzustellen. Ich stürme in das Büro meines Chefs, und er gibt mir frei, damit ich Mutter die Nachricht sofort überbringen kann. Den Rest des Tages feiern wir! Nun ist es nur noch eine Frage der Zeit, bis wir wieder vereint sind! Ich werde ihm sofort einen Brief in Englisch schreiben, ihn an unserer unbändigen Freude und Dankbarkeit teilhaben lassen. Jetzt fängt ein neues Leben an!

20

An diesem Morgen gehe ich mit Furcht und Zittern ins Büro. Heute erwartet mich eine Sache, der ich mich nicht gewachsen glaube. Ich setze mich an meinen Schreibtisch, der links neben dem großen Schreibtisch meines Chefs steht. Seit die Listen der SS-Männer fertig sind, ist hier mein Platz. Nun habe ich die Aufgabe, bei den Verhören zu dolmetschen, die Protokolle zu schreiben oder zu übersetzen und bin generell in den ganzen Betrieb der Dienststelle mit einbezogen. Ich liebe meine Arbeit und meine Kollegen. Ein starkes kameradschaftliches Band ist entstanden durch die gemeinsamen Aufgaben, die immer neu und verschiedenartig sind. Als Geheimnisträger sind wir eine verschworene Gemeinschaft. Kein Tag ist wie der andere, und Überraschungen oder plötzliche Aufregungen sind an der Tagesordnung. Ich fühle eine innere Befriedigung, einen kleinen Teil dazu beizutragen, dass das geballte Unrecht, das ein menschenverachtendes Regime so vielen Unschuldigen angetan hat, an den Mittätern gesühnt wird. Nicht einmal Mutter weiß, was sich hier hinter verschlossenen Türen abspielt. Und das ist auch besser so, sonst würde sie sich zu sehr aufregen. Mir macht die Aufregung nichts aus, im Gegenteil. Für mich gehören sie zu der „guten Sache“ dazu, all die Unwägbarkeiten, Verwicklungen und die prickelnde Spannung, das Zusammensetzen von kleinen Mosaiksteinchen und die Befriedigung, am Ende den richtigen Hinweis und die Auflösung gefunden zu haben.

Doch was heute auf mich zukommt, flößt mir Angst ein. Aus dem Gefängnis wird ein Mann gebracht und mir gegenüber auf einen Stuhl gesetzt. Schon viele haben wegen aller möglichen Schandtaten auf diesem Stuhl gesessen, aber diesmal ist es anders. Ich kann mich kaum dazu überwinden, den Mann anzusehen. Mein Chef beginnt das Verhör, indem er den Mann fixiert und seine Augen nicht mehr von ihm nimmt. Seine Finger spielen mit dem Aktendeckel, der vor ihm liegt. Daran erkenne ich seine innere Erregung. „Your name, age and last place of work“, die Stimme ist hart, und ich übersetze ins Deutsche.

„Mein letzter Arbeitsplatz war das Konzentrationslager Dachau.“ Ein scharfer Stich geht mir durchs Herz. Dachau war weniger als fünfzig Kilometer von uns entfernt. Wie oft fürchtete ich, dorthin abtransportiert zu werden.

„Und Ihre Aufgabe?“, übersetze ich.

„Ich habe dort in der medizinischen Abteilung gearbeitet.“

Die Fragen werden präziser. Hat er Experimente an Menschen gemacht? Ja. Welcher Art waren die Experimente? Wurden sie an lebenden Menschen ausgeführt? Nennen Sie uns Einzelheiten! Wie viele Menschen haben Sie so gefoltert?

Jede Frage, jede Antwort geht durch mich hindurch, durch mein Gehirn und mein Herz, wird übersetzt und wird Teil meiner Erinnerung. Ich darf nicht darüber nachdenken, obwohl es Schreckensbilder wie aus dem Horrorfilm eines Wahnsinnigen sind, die die monotone Stimme des Mannes ohne jegliche Gefühlsregung zu Protokoll gibt.

Mir fehlen oft die Worte, ich bleibe stecken beim Übersetzen der Einzelheiten dieser sadistischen „Experimente“. Die Ungeheuerlichkeiten, die dieser Mensch, der da vor mir sitzt, beschreibt, als wären es normale wissenschaftliche Untersuchungen, übersteigen mein Fassungsvermögen.

Mein Chef schiebt den Stuhl zurück, geht zum Fenster und blickt auf das alltägliche Gewühl des Markttages hinunter. Auch er ringt um Fassung. Ich sitze über mein Papier gebeugt, und der Stift in meiner Hand zittert. Ich kann kaum noch schreiben. Kalter Schweiß steht auf meiner Stirn, und mir wird elendiglich schlecht. Ich höre auf zu schreiben. Mein Chef dreht sich um und sieht mein blasses Gesicht.

„Wir vertagen auf morgen“, sagt er plötzlich und läutet nach dem Gefängniswärter, der den Mann wieder fesselt und aus dem Raum herausführt. „Sie können für heute nach Hause gehen“, sagt er zu mir. Mechanisch decke ich die Schreibmaschine zu, aber ich kann die Bilder nicht verdrängen, die mich auf der Straße und auf dem Weg nach Hause nicht mehr verlassen und mich bis in die Träume hinein verfolgen. Morgen wird es wieder weitergehen.

21

Die formellen Vorbereitungen für unsere Auswanderung ziehen sich nun schon ein Jahr lang hin, obwohl Vater tut, was er kann. Durch meine Arbeit baut sich in meinem Herzen Stein für Stein eine Wand des Hasses auf. Durch Gottes Gnade bin ich verschont geblieben, Opfer dieses unmenschlichen Apparates zu werden, aber ich empfinde, dass das, was anderen Opfern angetan wurde, in gewisser Weise auch mir angetan worden ist. Nicht nur wegen der Menschen, die ich verloren habe. Ich gebe der Rache Raum und nehme jede Gelegenheit wahr, an der Aufdeckung und Bestrafung von Verbrechen mitzuarbeiten. Mit Genugtuung höre ich, dass sich ein Verdächtiger, den ehemalige Zwangsarbeiter von der Straße weg in unser Büro geschleppt haben, als sie in ihm den Mörder vieler Polen und Juden erkannten, nach einem Verhör in seiner Zelle erhängt hat. Ich bin aufgebracht, als ich höre, dass man weniger hochrangige Nazis wieder auf freien Fuß gesetzt hat. Ich kann die Schadenfreude nicht verbergen, als man mir erzählt, dass Niedermeyer, mein alter Erzfeind, auf der Straße zusammengeschlagen worden ist.

Ich will, dass jeder, der dazu beigetragen hat, für das unendliche Leid zahlen muss – ohne jede Barmherzigkeit. Jede Verhaftung wird zum persönlichen Triumph. Meine Arbeit wird für mich immer mehr zum Kreuzzug für die Gerechtigkeit, während ich dolmetsche und meinen Teil dazu beitrage, die Verantwortlichen vor Gericht zu bringen. Der Hass hält mich in seinem gnadenlosen Griff.

Morgen müssen wir nach München zum amerikanischen Konsulat fahren. Mutter hat eine große Sorge, weil sie im letzten Kriegsjahr in die Scheidung einwilligen musste, nachdem sie fast sieben Jahre lang dagegen gekämpft hatte. Was wird der Konsul dazu sagen?

Nach längerem Warten werden wir eingelassen. Der Konsul bietet uns zwei Stühle an, und wir sitzen in großer Spannung vor seinem Schreibtisch. „Sie wissen, dass es da bestimmte Probleme gibt", er nimmt seine Brille ab und deutet auf eine Aktenmappe, die vor ihm liegt. Mutter sitzt kerzengerade auf ihrem Stuhl. Ihre Augen sind voller Angst auf sein Gesicht gerichtet.

„Ich habe hier die Scheidungsdokumente vorliegen. Ein Ehemann, von dem Sie geschieden sind, kann nicht Ihr Sponsor sein."

Mutter sieht ihn entsetzt an, dann beginnt sie leise zu weinen. „Aber Sie verstehen nicht …", versuche ich zu erklären.

„Ich verstehe schon, es geschah unter Druck."

„Meine Mutter hat jahrelang gegen die Nazis gekämpft. Die Gestapo hat sie mehrere Male vorgeladen und mit Deportation bedroht. Aber sie wollte nicht in eine Scheidung einwilligen. Beinahe sieben Jahre hat sie sich gewehrt, aber am Ende gab es keinen Ausweg mehr."

Mutter holt ihr Taschentuch heraus und wischt sich die Augen. Sie kann nicht sprechen.

„Sie hat das aus Liebe zu mir getan – um mich zu retten!" Ich bin selber den Tränen nahe.

„Ich kann das alles verstehen", die Stimme des Konsuls verrät Mitgefühl. „Trotzdem ist das hier ein legales Dokument, das wir nicht einfach ignorieren können."

„Können Sie nicht irgendetwas für uns tun?", bitte ich ihn. „Wir sind nun bald neun Jahre von meinem Vater getrennt, und er wartet schon über ein Jahr, dass wir zu ihm kommen können."

Der Konsul legt die Papiere nieder, und denkt nach. Nach einer Weile beugt er sich zu Mutter. „Ich sehe nur eine Möglichkeit", sagt er, und wir blicken ihn gespannt an. „Wir werden Ihnen erlauben nach Amerika einzureisen, unter der Bedingung, dass Sie, sobald Sie dort sind, Ihren Mann wieder heiraten." Mutter und ich springen auf, ergreifen seine Hände und schütteln sie. Die Erleichterung und Freude sind beinahe zu viel. „Aber", sagt er zu mir gewandt, „ich sehe hier, dass Sie in ein paar Monaten einundzwanzig Jahre alt sein werden. Wir werden die Auswanderung beschleunigen müssen, da Sie danach volljährig sind, und Ihr Vater dann keine legale Berechtigung mehr hat, Sie anzufordern. Wir müssen Sie darum zu einer D.P. machen, einer Displaced Person, denn das sind die Einzigen, die augenblicklich emigrieren können. Sie müssen durch ein D.P. Camp gehen."

Freudestrahlend verlassen wir sein Büro. Wir würden durch Sibirien gehen, um zu Vater nach Amerika zu kommen!

22

Es ist Heiligabend, und wir sitzen auf dem Bettrand an unserem einzigen Tisch. Anni hat uns ein Weihnachtsgeschenk gebracht, ein Stückchen echte Butter und ein kleines Säckchen mit Zucker. Wir bestreichen eine Scheibe des dunklen schweren Brotes mit der Butter und bestreuen es vorsichtig mit Zucker. Andächtig genießen wir jeden Bissen. Er versüßt uns die triste Umgebung. Seit wir im Dezember unsere Sachen gepackt haben und in dieses D.P. Camp außerhalb von München in der ehemaligen Funk-Kaserne gekommen sind, hat sich unser Leben drastisch verändert.

Der Kasernenraum, der uns zugeteilt worden ist, ist schmal und lang. Vor dem Fenster steht ein alter Eisenofen, dessen Rohr durch ein Stück Pappe, das die Scheibe ersetzt, nach draußen führt. Das Brennmaterial ist feuchtes Holz. Das qualmt so entsetzlich, dass man das Fenster aufreißen muss, wodurch es im Raum natürlich wieder eiskalt wird. Entlang beider Seiten des Raums stehen Etagenbetten mit Holzböden und Strohsäcken als Matratzen. Ein paar Stühle und enge Schränke sind das ganze Mobiliar. Wir teilen das Zimmer mit einer Mutter, ihrer kleinen Tochter und einem alten Ehepaar. Die alte Frau, die unter mir schläft, hält uns nachts durch ihren schlimmen Husten wach. Mein Bett wackelt, wenn sie husten muss. Ihr alter Mann, der sie lieblos behandelt, schläft gegenüber.

Wir gelten jetzt als Verschleppte, als „Displaced Persons". Von dem Augenblick unserer Ankunft an werden wir auf demütigende Art und Weise unserer Menschenwürde beraubt. Wir werden ein Glied in einer Kette entwurzelter, niedergetretener Überlebender, die wie Tiere von einer Prozedur zur nächsten geschleust werden. Zusammengepfercht in engen Gängen warten wir, um entlaust zu werden. Männer mit Entlausungspumpen pusten weiße Wolken in unsere Kleidung, dann geht es zur medizinischen Untersuchung, wo wir uns ausziehen müssen. Dann geht es ans Ausfüllen von endlosen Formularen, und immer wartet man in langen Reihen schlurfender Schritte.

Obwohl die UNRRA, die Flüchtlings-Organisation der Vereinten Nationen, das Camp unterstützt und Nahrungsmittel aus den USA bereitstellt, bleiben für die Flüchtlinge selbst nur Überreste – der Großteil wird von korrupten Angestellten auf dem Schwarzmarkt umgesetzt. Während der Weihnachtswoche zum Beispiel bekommen wir in Wasser gekochten salzigen Haferschleim zum Frühstück und zum Abendbrot, und zur Hauptmahlzeit wenige Pellkartoffeln und eine rote Beete oder anderes Gemüse. Um der Langeweile des langen Tages zu entgehen, schließe ich mich einer Gruppe junger Leute an, die sich im Keller bei einer Tischtennis-Platte treffen. Wir sitzen herum und schauen endlosen Tischtennis-Spielen zu. Ich erfahre, dass die meisten aus Polen, Ungarn und anderen östlichen Ländern stammen – und dass sie Überlebende aus verschiedenen Konzentrationslagern sind. Ihre Jugend hat ihnen geholfen, den Hunger und die Entbehrungen durchzustehen, aber sie tragen seelische Narben. Ein junger Mann, der Deutsch kann, fordert seinen ungarischen Freund auf, mir zu erzählen, was er erlebt hat. Er übersetzt es für mich. Er erzählt mir von dem sadistischen Spiel, das einige der Wärter sich zu ihrer Unterhaltung ausgedacht hatten. „Er spuckte auf den Boden“, erzählt er, „und dann zeigte er auf mich. Ich musste auf allen Vieren auf dem Boden kriechen, und dann zwang er mich, das Ausgespuckte aufzulecken. Wenn ich es nicht getan hätte, wäre ich erschossen worden.“ Ich kann die Szene kaum glauben, aber ich sehe an seinen hasserfüllten Augen, dass er die Wahrheit sagt.

In „unserem“ Zimmer sitzen wir um den Tisch herum und freuen uns an dem Tannenzweig, den Anni mitgebracht hat. Es ist das einzig Weihnachtliche in diesem Raum. Mutter stimmt ein Weihnachtslied an und ich falle ein. „O du fröhliche, o du selige, gnadenbringende Weihnachtszeit“, schallt es durch das graue Zimmer, und auf einmal vergesse ich die armselige Umgebung und singe aus ganzem Herzen mit. Weihnachten ist doch das Fest der Freude und des Friedens, und nach vielen Jahren Krieg ist es das zweite Weihnachten, das wir im Frieden feiern können.

Jedes Mal, wenn eine neue Liste der Abreisenden erscheint, ist unser Name nicht darauf, bis wir erfahren, dass man im Büro eine Wertsache erwartet. Mutter trennt sich von ihrem letzten Ring. Jetzt trägt sie nur noch ihren Ehering. Wie von Zauberhand steht auf der nächsten Liste zum Abtransport nach Bremen auch unser Name. Es ist ein eisig kalter Winter. Wir werden auf Güterwagen verladen. Der Boden ist mit Stroh bedeckt, und in der Mitte steht ein Kanonenofen. Jeder erhält ein graues Pappkästchen, ehemals eine Ration für amerikanische Soldaten, als Wegzehrung. Männlein und Weiblein strecken sich nachts auf dem Stroh aus, die Füße möglichst in der Nähe des Ofens, für den wir unterwegs bei einem der vielen Aufenthalte Kohlen von wartenden Güterzügen „organisieren“. Sechsunddreißig lange, eiskalte Stunden sind wir in diesem dunklen Güterwagen, bis wir endlich in Bremen ankommen.

Dort werden wir in einer Schule untergebracht. Die Klassenzimmer sind zu Schlafräumen umfunktioniert worden. Aber auch hier gibt es keine Heizung. Wir sitzen, in unseren Mantel gehüllt mit Handschuhen und Mützen auf dem Kopf, zugedeckt im Bett, um etwas warm zu bleiben. Nur zu den Mahlzeiten gehen wir in den Speisesaal. Ich bekomme furchtbare Zahnschmerzen, aber es gibt einen Zahnarzt. Ich muss durch beißende Kälte laufen, dann mit einer Straßenbahn fahren, um in seine Praxis zu kommen. Er macht mir eine Brücke, um den Zahn zu retten. Schmerzmittel gibt es keines. Er bohrt und macht die Füllung also ohne jegliche Narkose. Ich gehe mit klopfender, stechender Backe durch die Kälte zurück. Mehrere Male muss ich wiederkommen.

Auch hier in Bremen stehen wir erst einmal wieder nicht auf der Liste der Abreisenden. Wir haben nur noch meine Armbanduhr. Wir lassen sie im Büro, und tatsächlich, auf der nächsten Liste erscheint wieder unser Name. Jetzt wird es wirklich ernst! Wir schicken ein Telegramm an Vater, um ihm unsere Ankunft mitzuteilen.

Mit einem Zug werden wir an den Hafen von Bremerhaven gefahren. Ich traue meinen Augen nicht – das soll das Schiff sein, das uns über den Ozean befördern soll? Auf diesem kleinen Äppelkahn sollen tausend Menschen untergebracht werden? Es ist ein Truppentransporter. Wir werden im Bauch des Schiffes in einen großen Raum geführt, der mit je drei übereinander liegenden Hängematten ausgestattet ist. In die unterste legen wir unser Gepäck, in der mittleren schläft Mutter, und ich klettere in die oberste. Fünfundzwanzig Frauen teilen den Raum ohne Bullauge und Lüftung mit uns. Gegenüber sind Toiletten und ein großer Waschraum, in dem nackte Frauen sich unbekümmert waschen. Ich gehe nach oben aufs Deck. Nur raus aus dieser Enge!

Draußen atme ich die kalte Luft tief ein. Ich will dabei sein, wenn das Schiff ablegt, und beobachte von der Reling aus die Aktivitäten auf dem Kai. Der Landesteg wird eingezogen, und die Arbeiter machen die großen Taue los, damit sie nach oben gezogen werden können. Ein Schlepper fährt in Position, um das Schiff aus dem Hafenbecken zu ziehen. Morgen auf den Tag genau ist es neun Jahre her, dass Daddy uns vorausgefahren ist. Dankbarkeit überkommt mich. Wie habe ich auf diesen Moment gewartet! Neun lange schwierige Jahre lang! Wie habe ich ihn mir ausgemalt, ersehnt, erträumt – und nun ist er endlich Wirklichkeit geworden. Das letzte Tau-Ende klatscht ins Wasser.

Das ist das Ende meiner Zugehörigkeit zu diesem Land, das einst meine geliebte Heimat war, die mich geprägt hat, das aber auch das Land war, das mich ausstieß und verfolgte, hasste und verletzte – das Land, das mir mein Zuhause nahm, meine Freunde tötete, mich meiner Jugend und Ausbildung beraubte – das mich nichts weiter lehrte als Angst. Endlich darf ich es verlassen! Mein Entschluss steht fest: Ich werde niemals wieder deutschen Boden betreten! Entschieden drehe ich der Küste meinen Rücken zu und laufe zum Bug des Schiffes. Tief atme ich die würzige Seeluft ein – mein neues Leben beginnt!

23

Der erste Tag an Bord ist ein amerikanischer Feiertag, George Washingtons Geburtstag. Zur Feier des Tages bekommen wir ein Festmahl, das gekrönt wird von einem Schüsselchen Eis. Echtes Eis! Jahrelang habe ich kein Eis mehr gegessen. Ich kratze mein Schüsselchen aus, bis es wie sauber geleckt ist. Die anderen stehen auf, aber ich sitze immer noch und kratze. Da, schwupp!, erscheint ein zweites Schüsselchen vor mir. Ich blicke auf in das lächelnde Gesicht des Stewards, der mich beobachtet hat. Dankbar löffle ich auch dieses Schälchen aus. Und ehe ich mich's versehe, steht bereits ein drittes Schälchen vor mir! Ich freue mich über das Eis, aber viel mehr noch über dieses Zeichen menschlicher Freundlichkeit und Zuwendung.

Ich löffle es genüsslich aus – zu Ehren meines neuen Heimatlandes!

Außer dem Speiseraum, der nur zu den Mahlzeiten geöffnet wird, gibt es keine anderen öffentlichen Räume auf dem Schiff. Entweder man bleibt in seiner Kabine, oder man geht auf Deck. Dort gibt es keine Sitzgelegenheiten, sodass viele sich auf Decken setzen, die sie auf dem Boden ausbreiten, wenn das Wetter es zulässt. Ich bin meistens oben, um der schlechten Luft zu entkommen, und mich an „meinem“ Element, dem Wasser, zu erfreuen. Der weite Blick bis zum Horizont, das Spiel der Wellen und des Windes üben eine starke Faszination auf mich aus. Wenn die Sonne durch die Wolken bricht oder der Mond sich nachts auf dem glitzernden Meer spiegelt, träume ich von der Zukunft. Was wird dieses Land hinter dem Horizont für uns bereithalten?

Wie eine kleine unbedeutende Nussschale treiben wir auf dem unendlich weiten Meer, ein Stück Treibholz, besetzt mit zusammengekauerten Überlebenden. Eine äußerlich abgerissene Bande heimatloser Menschen, von denen jeder seine eigene Geschichten von Tragödie und Triumph mit sich trägt. Sie alle haben dieselbe große Hoffnung, die Hoffnung auf Freiheit und Menschenwürde, die sie durch die Hölle der Konzentrationslager und anderer verheerender Erfahrungen getragen hat.

Nun bringt uns jede Meile der Erfüllung unserer Hoffnung näher. Doch es mischt sich auch etwas Beklemmendes in meine Überlegungen. Wird der Traum wahr werden, oder wird er in Enttäuschung enden? Wird die Freiheit wirklich das sein, wovon ich in den Zeiten der Sklaverei geträumt hatte? Werden die tiefen Wunden, die die unmenschliche Behandlung gerissen hat, heilen? Kann es so viel Verständnis und Vertrauen geben? Kann ein positives und gesundes Lebensgefühl wiedergewonnen werden, bei einer Psyche, die durch Jahre in Angst und Unterdrückung so geschädigt ist?

Endlich! Nach zehn Tagen sehen wir am 3. März 1947 von ferne die einmalige Silhouette von New York. Alle sind auf

Deck versammelt und drängen an die Reling. Still, beinahe andächtig fahren wir an der Freiheitsstatue vorbei, die ihre Fackel wie in einer Willkommensgeste hochhält. Wir alle sind die perfekte Illustration für ein Gedicht von Emma Lazarus:

Give me your tired, your poor,
your huddled masses,
yearning to breathe free,
the wretched refuse of your teeming shore.
Send them, the homeless, tempest-tossed to me,
I lift my lamp beside the golden door!

Gib mir deine Müden, deine Armen,
die zusammengekauerten Massen,
die sich danach sehnen, frei zu atmen,
die Übriggebliebenen deiner bevölkerten Ufer.
Schick mir die Heimatlosen,
vom Sturm Hin-und-her-Getriebenen,
schick sie zu mir,
ich halte die Fackel, gleich neben dem goldenen Tor!

Mit prickelnder Erregung sehe ich die Wolkenkratzer, denen wir uns langsam nähern. Schleppboote ziehen uns in den Hafen. Von weitem sieht man eine dunkle Menschenmenge, die sich hinter Absperrungen am Pier drängt. Eine Frau vor mir hält ein Fernglas vor die Augen. Ich tippe sie auf die Schulter. „Darf ich einmal kurz durchschauen?“, frage ich, und sie reicht mir das Glas. Wo soll ich bei dieser Menschenmenge anfangen zu suchen? Ich setze das Glas an die Augen. Die erste Person auf die mein Blick fällt ist – Daddy! Ich erkenne ihn sofort. Ich springe wie verrückt auf und ab und winke und schreie: „Daddy! Daddy!“, aber wir sind noch zu weit entfernt, als dass er mich sehen könnte. Noch zwei lange Stunden müssen wir unsere Ungeduld bezähmen, bevor wir vom Schiff herunterdürfen. Ich renne mit Mutter im Schlepptau in die Richtung, in der ich ihn zuerst gesehen habe. Ein grüner Holzzaun ist zwischen uns. Zwei Arme strecken sich uns durch den Zaun entgegen. Mit Freudentränen greife ich eine Hand und Mutter die andere. Trotz der Tränen sehe ich, dass er sich kaum verändert hat. Er sieht aus wie auf dem Bild, das ich all diese Jahre in meinem Herzen herumgetragen habe. Erst als wir durch Immigrationsstelle und Zoll gegangen sind, können wir einander in die Arme fallen und küssen, einander festhalten, um nie wieder loszulassen.

In der Taxe lehne ich mich eng an meinen Vater, der zwischen Mutter und mir sitzt. Er sieht mich immer wieder mit feuchten Augen an. Sein kleines Mädchen, das er das letzte Mal als Zwölfjährige gesehen hat, die neben seinem Zug herrannte, ist jetzt eine Erwachsene von einundzwanzig Jahren. Ich teile seine Gedanken. Werden wir die verlorenen Jahre je aufholen können, diese wichtigen, charakterformenden Jahre, in denen ich seinen väterlichen Schutz und Unterstützung und seine starke Hand gebraucht hätte? Wie kann ich ihm je all die Erlebnisse und Begegnungen vermitteln, die meinen Glauben entwickelt haben, einen Glauben, der ihm fremd ist?

Wir sind im zehnten Stock eines Hotels mit atemberaubendem Ausblick auf viele Wolkenkratzer untergebracht. Ich gehe ans Fenster meines Zimmers. Keine ausgebombten Gebäude mehr, keine zerstörten Städte, keine Ruinenfelder, auf denen Kinder spielen. Keine grauen Menschen mehr, die sich durch zerfallene Straßen vorsichtig ihren Weg bahnen. Keine endlosen Schlangen mehr, um für Brot oder Kartoffeln anzustehen.

Dies hier ist das Paradies, voller vibrierendem, farbigem, energiegeladenem Leben!

„Lasst uns zum Essen gehen“, schlägt Dad vor. Wir gehen durch die Häuserschluchten, und ich versuche, die Dächer der Wolkenkratzer zu erspähen. Wie kann man nur in solchen Babylonischen Türmen arbeiten und sich konzentrieren – bei einem solchen Ausblick? „Später fahren wir zum Empire State Building, dem höchsten Gebäude der Welt“, verspricht Dad, als er meinen Blicken folgt. „Von dort aus hat man einen herrlichen Blick über die ganze Stadt.“ Er öffnet eine Tür und schiebt uns hinein.

„Was ist das?“, frage ich.

„Das hier ist eine Cafeteria. Hier, nimm das“, sagt er, schiebt ein Tablett in meine Hand und geht vor mir her. „Nun such dir aus, was dein Herz begehrt.“ Ich schaue auf die Theke. Wie ist so etwas möglich? So viel herrliches Essen! Mehr, als ich je gesehen habe, alles aufgestellt in appetitlichen bunten Reihen. Der Anblick ist überwältigend. Ich schaue nach links und rechts, ich kann mich einfach nicht entscheiden.

„Du musst dich beeilen“, sagt Vater, „da sind Leute hinter dir.“ Ich greife nach dem erstbesten Teller, der vor mir steht. Auf einem Salatblatt, umgeben von einer roten Tomate und weißen Zwiebelringen, ruht ein saurer Hering. Das ist meine erste Mahlzeit in Amerika!

24

Kaum kann ich es glauben, dass der goldene Staat Kalifornien von jetzt an meine neue Heimat sein soll. Nach der langen Zugfahrt, drei Tage und zwei Nächte durch die Weite des Kontinents, empfangen uns strahlend blauer Himmel, warmer Sonnenschein und eine Blütenfülle, die aus jedem Eckchen Erde mit vitaler Kraft hervor sprießt und in leuchtenden Farben den Blick anzieht. Ich kann nicht genug bekommen von dem Pazifischen Ozean mit seinen langen Sandstränden und dem blauen Meer, das am Horizont mit dem Himmel eins wird, den weißen Schaumkappen der Wellen, die friedlich ans Ufer rollen. Dahinter sanft ansteigende Hügelketten mit hellen Villen bebaut, umgeben von Palmen und dunkelgrünem Gebüsch, das gekrönt wird von den satten leuchtenden Farben der Bougainvilleen. Eine Farbsinfonie, die einen Maler zu immer neuen Motiven anreizen würde. Mein Hunger und Durst nach Leben, nach unbeschwertem Jungsein ist unersättlich. Ich möchte alles nachholen, was ich versäumt habe, alle Freuden auskosten, das Leben, das mir geschenkt worden ist, in vollen Zügen genießen, mich hineinwerfen in das vergnügungsorientierte leichte Leben.

Eine Woche nach meiner Ankunft finde ich Arbeit, und zwar bei einer kleinen Versicherungsgesellschaft in Los Angeles, die um ihr Überleben kämpft. Ich wohne bei Vaters Schwester, Tante Marta. Bald merke ich, dass ich für sie der Ersatz sein soll für ihre früh verstorbene Tochter. Als Kind hatte ich diese Cousine mit ihrem schönen Gesicht und den sanften braunen Rehaugen besonders verehrt. Sie war Ärztin und war nach Palästina ausgewandert, um dort in einem Krankenhaus zu arbeiten. Dabei steckte sie sich mit Tuberkulose an und erlag nach kurzer Zeit dieser Krankheit. Tante Marta hat ihren Tod nie verwunden.

Meine Eltern haben wieder geheiratet und leben in Vaters Apartment ganz in der Nähe. Mein ganzes Gehalt von hundertzwanzig Dollar im Monat gebe ich ihnen und lebe von zweieinhalb Dollar Taschengeld, das mir Tante Marta gibt. Da bleiben kaum noch zehn Cents für Süßigkeiten übrig. Meine Garderobe besteht aus abgelegten Kleidern meiner Cousine Ursula, der Arztfrau aus Beverly Hills. Die Kleider passen, aber die Schuhe sind eine halbe Nummer zu klein und drücken. Aber ich bin glücklich und zufrieden.

Durch Ursula, die mich zu einer Veranstaltung in Hollywood mitnimmt, habe ich einen jungen Mann kennengelernt, der vor dem Krieg aus Deutschland nach Amerika gekommen ist, gerade sein erstes Auto, ein Cabrio, gekauft hat und mich einlädt, mit ihm Kalifornien zu entdecken. Jedes Wochenende erkunden wir neue Sehenswürdigkeiten, gehen an den Strand oder fahren in die Berge.

Die Versicherung hat Schwierigkeiten, die Gehälter ihrer Angestellten zu zahlen, und so wechsle ich nach drei Monaten zu einer Großhandelsfirma, die Modeschmuck vertreibt. Jetzt verdiene ich schon hundertfünfzig Dollar im Monat. Bevor ich Henry kennen lernte, hatte ich sonntagmorgens verschiedene Kirchen in der Nachbarschaft besucht, alle mit so ungewohnten Namen wie „Episcopal-“ oder „Unity-Church“, aber ich fühlte mich verloren und heimatlos, und die Gottesdienste sprachen mich nicht an. Nun gehe ich lieber mit Henry auf Entdeckungsfahrt und genieße das Abenteuer neuer Erfahrungen.

Doch manchmal habe ich das nagende Gefühl, dass irgendetwas fehlt. Früher hatte ich so gerne im Kirchenchor gesungen. Vielleicht finde ich wieder eine Möglichkeit zu singen. In der Zeitung lese ich eine Annonce, dass für einen Chor in Hollywood noch Sänger gesucht werden. Ich fahre hin und werde angenommen. Es ist ein neuer Chor, der für Film-Produktionen singen will. Wir studieren Songs wie „Tea for Two“, „Star Dust“ oder „Smoke gets in your eyes“ ein, und es macht mir Spaß, statt Bach nun Gershwin zu singen.

Heute Abend ist wieder Chorprobe. Ich sitze im Bus nach Hollywood. Ein merkwürdig aussehender Mann um die vierzig steigt ein. Er hat krauses rötliches Haar und trägt eine dicke Brille, hinter der man die Augen kaum erkennen kann. Er hat einen blau-weiß gestreiften Seersucker-Anzug an. Unter seinem Arm hält er eine schwarze Bibel. Warum muss er sich ausgerechnet neben mich setzen? Ich schaue zum Fenster hinaus. „Entschuldigen Sie“, er dreht sich mir zu, „können Sie mir bitte sagen, wie spät es ist?“ Ich sehe auf meine Uhr. „Es ist viertel nach sieben.“

„Ach, ich hoffe, dass ich nicht zu spät komme.“ Er redet weiter mit dieser Leichtigkeit, die mir an den Amerikanern gefällt, mir selbst aber noch schwer fällt.

„Wo fahren Sie denn hin?“ Ich versuche, mich in dieser Kunst der leichten Konversation zu üben.

„Ich fahre zu einem Treffen von jungen Leuten, um eine Frau zu hören, die gerade aus Europa zurückgekommen ist.“

Aus Europa? Meine Neugier erwacht. Wer fährt denn schon nach Europa – im Juli 1947?

„Sie sollten sie einmal hören. Sie werden es nicht bereuen! Sie spricht jeden Mittwochabend. Wollen Sie nicht mitkommen?"

Was soll das? Ist das eine Art Anmache? „Nein, danke, ich habe schon etwas vor."

„Aber vielleicht nächsten Mittwoch?" Er gibt nicht so schnell auf.

„Vielleicht." Ich werde mich doch nicht auf so etwas einlassen! Was will dieser Mensch überhaupt von mir?!

„Diese Frau spricht im College Department der First Presbyterian Church of Hollywood. Ich könnte Sie nächsten Mittwoch dort treffen."

Hat er Kirche gesagt? Schlag diese Einladung nicht aus!, bricht eine kleine innere Stimme in meine Überlegungen ein.

„Haben Sie etwas zum Schreiben?", fragt der Fremde.

Ich sehe in meiner Tasche nach, aber alles, was ich finde, ist ein Kassenbon von einem Drugstore. Unter dem gedruckten „Thank you" schreibt der Mann eine Adresse auf. Ich stecke den Zettel wieder in meine Tasche. „Entschuldigen Sie, ich muss aussteigen."

Höflich steht er auf und lässt mich vorbei.

„Danke", sage ich.

„Bis nächste Woche!" winkt er.

Was für ein merkwürdiger Mensch!

Zwei Wochen später fällt der Übungsabend des Chores aus. Ich nehme den Bus wie gewohnt, steige aber an der von dem Mann angegebenen Straße aus. Von weitem ist die Kirche mit dem viereckigen Turm schon zu sehen. Als ich näher komme, erblicke ich den blau-weißen Seersucker-Anzug. Der Mann steht an der Ecke und empfängt mich: „Ich habe auf Sie gewartet." Hinter den dicken Gläsern lächeln seine Augen. „Ich wusste, dass Sie kommen würden." Wie konnte er das wissen, wo ich mich doch erst vor einer Stunde entschlossen habe? Wir gehen in eine große Halle voller junger Leute. Am Empfangstisch wird mir ein junges Mädchen vorgestellt. Emmy Lou ist von nun an meine „große Schwester", die mich begleitet, mich anderen vorstellt und mir alles erklärt. Eine sehr offene Art ist das, mit der Gäste hier empfangen werden!

Ich sitze inmitten der jungen Leute und lasse alles auf mich wirken, das fröhliche Singen, das so anders ist als die alten Kirchenlieder, die ich kenne; die Gebete, die spontan von mehreren Jugendlichen kommen und mit geschlossenen Augen gesprochen werden, so dass ich sicher bin, dass sie nicht aus irgendeinem Gebetbuch abgelesen sind. Ein junger Mann leitet die Gruppe. Emmy Lou erklärt, dass er Lou heißt und der Sohn von Dr. Evans, dem Pastor der Kirche, ist. Lou fragt, ob jemand ein „Zeugnis" hat. Ich frage mich, was das wohl ist, und höre dann verschiedene Erlebnisberichte. Immer wieder fallen Sätze wie: „Gott hat mir gezeigt", „Gott hat zu mir gesprochen" oder „dann hat sie Jesus angenommen." Man sieht es ihren Gesichtern an, dass sie etwas mit Gott erlebt haben. Die Zuhörer freuen sich, aber ich bin wie vor den Kopf geschlagen. Wie kann jemand den Mut haben, aufzustehen und über so private Dinge öffentlich zu reden? Was meint das Mädchen, wenn sie sagt: „Sie hat Jesus angenommen?" In was für eine Gruppe bin ich da geraten?!

Jetzt erscheint die Frau, wegen der ich gekommen bin. Sie wird liebevoll als „Teacher" vorgestellt, und Emmy Lou flüstert mir zu, dass sie Henrietta Mears heißt. Sie ist wohl um die sechzig, mittelgroß mit kräftiger Figur, ist gut gekleidet und trägt große Ohrringe. Ihre grauen Haare sind modisch frisiert, und ab und zu tupft sie mit einem Spitzentüchlein ihre kurzsichtigen Augen, die lebhaft hinter ihrer Brille funkeln. Sie geht aufrecht und selbstbewusst nach vorne und strahlt eine natürliche Eleganz aus, wie sie Menschen aus gut situierten Familien eigen ist. Mit einer etwas rauen Stimme beginnt sie zu reden. Die Wörter stürzen geradezu heraus, so, als versuchten sie, ihre vorauseilenden Gedanken einzuholen. Mit Humor bringt sie die ganze Gruppe mehrmals zum Lachen. In ihren lebhaften Gesten, mit denen sie das Gesagte unterstreicht, kommt ihr Enthusiasmus zum Ausdruck. Sie kommt immer wieder auf die vor ihr liegende Bibel zurück, die sie mit Autorität und geistreich auslegt, und deren Aussagen sie durch lebendige Beispiele illustriert. Keiner bleibt unbeteiligt. An den Gesichtern sehe ich, wie alle mit hineingenommen sind und konzentriert folgen. Manche unterstreichen in ihren Bibeln bestimmte Worte oder Passagen.

Ich bin fasziniert und innerlich bewegt von dem Gebet, mit dem Teacher den Abend abschließt. Sie spricht so, als stünde sie Gott direkt gegenüber, und redet mit ihm wie mit einem alten Freund. So oft wie heute habe ich den Namen Jesus noch nie gehört. Nach dem Programm bleiben die jungen Leute noch zusammen. Zwanglos stehen sie in Grüppchen zusammen und unterhalten sich mit einem Glas Limonade in der Hand. Emmy Lou stellt mich mit einem gewissen Stolz in der Stimme wieder als „the girl from Germany" vor, und ich werde wie ein Exot bestaunt. Eines weiß ich, als ich mich von ihr verabschiede: Ich werde wiederkommen!

25

Die Tannenwälder in den San Bernardino-Bergen duften genauso angenehm wie frische Heuwiesen in Bayern. Ich gehe allein durch den Wald auf dem Camp Gelände in Forest Home. Drei Wochen nach meinem ersten Besuch hatte mich Emmy überredet, doch zu einer Freizeit mitzukommen. „Was ist eine Freizeit?", wollte ich wissen. „Das ist wie Urlaub in den Bergen mit ein paar hundert jungen Leuten, mit Teacher und anderen bekannten Rednern. Die Gemeinschaft ist ganz toll!"

„Aber ich muss doch arbeiten", hatte ich zu bedenken gegeben. „Dann komm doch wenigstens für das erste Wochenende mit". Emmy Lous Enthusiasmus hatte gesiegt.

Als ich Mutter von meinen Plänen erzähle, drückt sie mir zwanzig Dollar in die Hand und wünscht mir eine schöne Zeit. So werde ich im Bus, der der Kirche gehört, mitgenommen. Nur schweren Herzens fahre ich Montagmorgen wieder zurück. Das Wochenende hat mich zu dem Entschluss gebracht, wiederzukommen, um noch mehr zu hören, und so bitte ich meinen Chef, mir zwei Tage Urlaub zu genehmigen. Am Donnerstag nehmen mich zwei Studenten der Gemeinde mit zum verlängerten Labor Day-Wochenende im Camp.

„Eine Meile näher am Himmel“ steht auf dem Schild über der Straße, die zum Camp führt. Ich bin froh, wieder hier zu sein, und halte Ausschau nach Emmy Lou. In der rustikalen Hütte, die wir zu viert teilen, fällt sie mir um den Hals. „Wie schön, dass du wieder gekommen bist!“ strahlt sie mich an. Es ist nicht nur die neue Freundschaft, die mich hierher gezogen hat, es sind auch die vielen unerledigten und verdrängten Dinge in meinem Leben, die mich belasten.

Als Letztes war da die Erfahrung mit Henry. Nach einer Fahrt in die Berge bat ich ihn, mich bei der Kirche abzusetzen, weil ich beim Sonntagabend-Treffen dabei sein wollte. Ich weiß noch genau, wie er reagierte.

„Überleg dir gut, was du tust“, sagt Henry drohend, als er hält. „Wenn du da hineingehst, sehen wir uns heute zum letzten Mal.“

„Aber Henry, nach allem …“

„Überleg es dir gut!“

Ich mache die Tür auf und steige aus. Wie kann er nur so intolerant sein! Bedeutet ihm unsere Beziehung denn gar nichts?

„Du hast gewählt.“ Die Entschlossenheit in seiner Stimme verunsichert mich. Soll ich wieder zurück ins Auto? Nein, niemand wird mich je wieder zu etwas zwingen können! Auch Henry nicht. Das Privileg, als freier Mensch aus freiem Entschluss und aus eigener Überzeugung zu handeln, ist zwar noch selten erprobt, aber ich bin auf keinen Fall bereit, das hohe Gut der Freiheit wieder aufzugeben. Zu lange hat es sich als unerreichbarer Wunsch meinem Zugriff entzogen. Jetzt, da ich es endlich besitze, wird es mir niemand mehr nehmen. „Dann also tschüss!“

Ohne Antwort zieht Henry von innen die Tür zu und braust

davon. Ich sehe ihm nach, trotzig und traurig. Es tut weh, so stehen gelassen zu werden, nach all dem, was uns in den letzten Monaten verbunden hat. Auf der einen Seite kann ich ihn verstehen, seine Angst vor dem Neuen, das er als Jude ablehnt. Warum eigentlich? Er ist doch kein religiöser Mensch. Meine Eltern leben doch auch zusammen als Jude und Christ. Warum muss es immer diese Konflikte unter Menschen geben? Ich habe darauf keine Antwort. Ich weiß nur, ich werde Henry nie wieder sehen.

„Hebe deine Augen auf zu den Bergen, von welchen dir Hilfe kommt", das Mendelssohn'sche Chorlied, das ich als Quartanerin in der Höheren Jüdischen Privatschule Lessler am Roseneck gesungen habe, kommt mir in den Sinn, als ich bei der abendlichen Zusammenkunft im Freien die zackigen Bergspitzen gegenüber anschaue. Plötzlich finden sich Noten in meinem Kopf, reihen sich aneinander und erstrahlen mit neuer Bedeutung. „Deine Hilfe kommt", hatte der Alt gesungen, und wir hellen Soprane fielen ein. „Deine Hilfe kommt vom Herrn, der Himmel und Erde gemacht hat. Er wird deinen Fuß nicht gleiten lassen, und der dich behütet, schläft nicht ..." Woher kommen die plötzlichen Tränen, die den Blick auf die Bergspitzen verschleiern, die im rosa-goldenen Licht der untergehenden Sonne glänzen? Wie kann Musik so zart an Erinnerungen rühren, die so schmerzhaft sind, dass sich alles in mir verschließt, sobald das Gespräch darauf zu kommen droht – ganz so wie die Fühler einer Schnecke sich beim ersten Kontakt mit dem neugierigen Finger eines Kindes sofort zurückziehen? Und doch tut auch die zarteste Erinnerung weh, es ist ein Schmerz, der wie Wellen eines Fieberschauers durch den ganzen Körper rauscht und aus den Augen herausquillt. Darf ich der Erinnerung freien Lauf lassen? Wie eine Meute aufgeregter Jagdhunde zu meinen Füßen kauern sich die Gedanken, nur auf den erlösenden Pfiff wartend, um sich mit Geheul und Gekläffe auf die Spur des fliehenden Wildes zu machen. Werden sie mir folgen, wenn ich sie zurückpfeife?

Oder werden sie eigene Wege verfolgen, meiner Kontrolle entlaufen, und mit einer Beute zurückkommen, vor der mir graut?

Die Dunkelheit bricht schnell herein in Kalifornien, und über mir erscheint ein Meer von Sternen. Ich sitze auf einem Stein, der mir die gespeicherte Wärme der Sonne wohlig wiedergibt. Die Umrisse der duftenden Tannen zeichnen sich gegen den dunklen Himmel ab. Aus der Ferne höre ich Lachen und Gitarrenspiel. Heute Abend möchte ich allein sein, mit niemandem sprechen müssen. Wie ein blasser Nebelstreifen zieht sich über mir die Milchstraße durch den sternenbesäten Himmel. Die Nächte der Plejaden, in denen man Hunderte von Sternschnuppen sehen kann, sind schon vorbei. Trotzdem halte ich Ausschau. Der Griff nach den Sternen, die romantische Sehnsucht nach dem Unendlichen, Gewaltigen, Ewigen – was immer der Mensch sich darunter vorstellt. Es ist nur eine Ahnung, und doch eine Art innerer Gewissheit, wie Schiller es ausdrückt in seiner Hymne an die Freude: „Brüder, überm Sternenzelt muss ein lieber Vater wohnen …"

Ich weiß, ich bin an einem Wendepunkt meines Lebens angekommen. Dinge, die ich lange vergraben habe, treten mir beim Zuhören und Bibellesen plötzlich vor Augen. Es gibt kein Entrinnen vor der Stimme Gottes, die durch die Worte von Teacher zu mir redet. Ich habe Angst, die schmerzenden Wunden zu berühren, doch ich möchte auch Heilung und Reinigung. Es gibt zu viele unverarbeitete Dinge in meinem Leben. Ich sehe, dass diese jungen Leute hier etwas haben, was ich nicht habe, und in meinem Herzen macht sich ein Verlangen breit nach dem Glauben, den sie haben. Aber ich weiß auch um die lebensverändernden Konsequenzen, die auf die grundsätzlichen Fragen folgen würden. Bin ich dazu bereit? Die innere Gewissheit wächst, dass ich mich den Fragen stellen muss. Die Zeit des Sich-Treiben-Lassens und der selbstsüchtigen Vergnügungssuche ist zu Ende.

Ich erhebe mich von meinem Stein. Mich fröstelt. Die Dunkelheit um mich her ist undurchdringlich geworden. Ich bewege mich in die Richtung, aus der Stimmen und gedämpftes

Lachen kommen. Eine Gruppe junger Leute sitzt unter einer Laterne, um die Nachtfalter flattern. Immer wieder lachen sie. Sie haben keine dunklen Gedanken, sie sind vertieft in das ewig-junge uralte Spiel der Geschlechter, dem Suchen nach dem Anderen, der ihre Sehnsüchte stillen kann. Es tut gut, in ihrer Nähe zu sein. Für heute Nacht waren die Hunde gehorsam. Sie haben auf meinen Pfiff gehört und sind zurückgekehrt.

„Ihr seid hierher in die Berge gekommen", die volle, etwas raue Stimme von Teacher erfüllt die große Halle, „und Gott hat heute Morgen jedem etwas zu sagen. Aber unfinished business (ich übersetze es etwas frei: unverarbeitete Vergangenheit) kann euch davon abhalten zu hören, was er euch persönlich sagen will. Wir werden jetzt auseinander gehen, jeder für sich, ohne miteinander zu reden. Nehmt eure Bibeln mit, und sucht euch ein Plätzchen, wo ihr ganz allein sein könnt. Weicht nicht länger aus, sondern hört auf Gottes Stimme. In einer Stunde kommen wir dann hier wieder zusammen."

Schweigend, nur das Knirschen des Sandes unter den Füßen, verteilen sich die jungen Leute. Wohin soll ich gehen? Auf einem kaum sichtbaren Pfad komme ich nach einigen hundert Metern in ein teilweise ausgetrocknetes Flusstal. Emmy Lou hatte mir von Teachers Wunder erzählt. Als sie vor Jahren ein Gelände für ein Freizeitzentrum suchte, kam sie auch hierher nach Forest Home. Aber die Besitzer wollten so viel Geld für das ganze Areal, dass Teacher darauf verzichten musste, obwohl es für ihre Zwecke ideal war. Doch nach einem verheerenden Hochwasser, bei dem im nächsten Frühjahr der Fluss das ganze Gebiet überschwemmte, bekam sie das Grundstück für ihr Freizeitzentrum – und zwar zum halben Preis.

Und was hat sie daraus gemacht! Ich merke, ich bewundere diese Frau mit ihrer Vision und ihrer Gabe, Menschen zu ihrem eigenen Weg mit Gott zu ermutigen. Teachers Wunder ist jetzt am Ende des Sommers zu einem kleinen Bergbach zusammengeschrumpft. Ziellos laufe ich stromaufwärts. Eigentlich wollte ich doch die Zeit so nutzen, wie es vorgeschlagen war. Dort liegt ein glatter Stein in der Sonne. Er lädt zum Sitzen ein. Was nun?

Meine Augen blicken wieder übers Tal zu den schon vertrauten Bergspitzen, und sofort ist die Melodie wieder in meinem Ohr: „Meine Hilfe kommt, meine Hilfe kommt vom Herrn, der Himmel und Erde gemacht hat …“ Unfinished business? Du liebe Zeit, mein ganzes Leben besteht aus unbewältigter Vergangenheit! Warum habe ich gestern Abend die Gedanken verdrängt, die mit den Wunden der Vergangenheit verbunden sind? Die Sonne brennt auf meiner Haut. Nur das Rauschen des Baches, der von Fels zu Fels stürzt, ist zu hören. Ich liebe das Geräusch von lebendigem, fließendem Wasser. Wie König Ludwig II. von Bayern, der sich neben seinem Schlafgemach einen künstlichen Wasserfall anlegen ließ. Es ist ein beruhigendes Geräusch. Genieße die Sonne, die Ruhe und den Frieden, sage ich mir. Ich schließe die Augen und wende mein Gesicht der Sonne zu. Lass doch die Vergangenheit ruhen. Schlafende Hunde weckt man nicht.

Du drückst dich ja nur vor dem, was Teacher angesprochen hat. Du möchtest doch, dass Gott auch zu dir spricht, also stell dich! –

Nun gut, Gott, beginne ich endlich mein inneres Zwiegespräch. Ich weiß, dass ich nicht einfach Pläne für mein Leben machen kann. Du hast mich herausgerissen und vor dem Schlimmsten bewahrt. Ich fühle, dass ich kein Recht habe, mein Leben nur für mich zu leben, denn offensichtlich hast du mich nicht nur einfach so am Leben gelassen, während Eri, ihre Eltern, mein lieber Gerhard und Millionen Anderer tot sind. Hättest du nicht direkt eingegriffen, wäre ich jetzt auch schon tot. Ich weiß nicht, was du dir gedacht hast, als du mich am Leben gelassen hast. Ich weiß auch nicht warum, und ich werde es nie wissen. Aber wenn du etwas mit mir vorhast oder mich gebrauchen willst, dann zeige es mir bitte. Ich bin bereit! –

Was? Du kannst mich nicht gebrauchen? Siehst du denn nicht, dass es mir ernst ist? Ich möchte aufhören, nur für mich zu leben. Ich möchte anderen helfen. –

Du kannst mich trotzdem nicht gebrauchen? Aber warum, Herr? –

Weil ich ein geteiltes Herz habe ... Geteilt zwischen Liebe und Hass. Liebe für manche Leute, wie diese Freunde hier, und Hass für andere. –

Wenn du die Deutschen meinst, Herr, dann bitte ich dich doch zu verstehen. Du bist der Einzige, der wirklich weiß, was ich unter ihnen gelitten habe, welche Ängste ich ausgestanden habe, wie sehr sie mich verletzt haben. Und nicht nur verletzt. Sie haben meine beste Freundin getötet. Und sechs Millionen Andere, von denen jeder für jemand anderen der beste Freund oder die beste Freundin war. Du kannst doch nicht von mir erwarten, dass ich das vergesse! Es ist viel zu tief in mir, zu sehr ein Teil meines Lebens. Ich kann es nicht einmal berühren oder darüber sprechen. Es ist wie eine dünne Haut über einer Wunde. Wenn jemand die Stelle zufällig berührt, fängt sie an, wehzutun und neu zu bluten. Du kannst doch nicht von mir erwarten, dass ich das vergesse! –

Du willst gar nicht, dass ich vergesse? Nur, dass ich vergebe? Da verlangst du aber noch mehr, Herr! Wie kann ich diese unsagbare, unglaubliche Last von Ungerechtigkeit und unmenschlicher Grausamkeit, die an Männern, Frauen und Kindern verübt wurde, je vergeben? Das ist einfach unmöglich. Du kannst doch von mir nicht fordern, dass ich das alles vergebe! Das kann ich einfach nicht, das übersteigt meine Kräfte! –

Herr, warum bist du so still? Was habe ich denn gesagt? Dass es unmöglich für mich ist, dass ich das nie tun könnte? –

Was, genau das wolltest du von mir hören? Dass ich das alleine nicht kann? –

Du erwartest es nicht einmal von mir?! Ja, was dann? –

Jesus? Du meinst ... er kann es tun. Er ist der Einzige, sagst du! Ich erinnere mich, als er am Kreuz hing und auf den Tod wartete, da betete er: „Vater, vergib ihnen, denn sie wissen nicht, was sie tun“. Er betete für seine Feinde, die ihn ans Kreuz genagelt haben. Ja, ich erinnere mich an seine Bergpredigt: „Liebet eure Feinde. Tut wohl denen, die euch hassen, segnet, die euch fluchen; bittet für die, die euch beleidigen". Auch als Judas kam und ihm den Verräterkuss gab, sprach er ihn als „mein Freund" an. Jesus. Jetzt soll ich ihm eine Gelegenheit geben, mir zu helfen, meinen Feinden zu vergeben?

Und wie soll das gehen? –

Ich soll ihm alles überlassen, Jesus alles übergeben? Das hört sich zu einfach an. Nun gut, ich werde es versuchen. Hier – Jesus. Bitte nimm all die Verletzungen, all die Ablehnung, all das Leid, all die Tränen. All die Ungerechtigkeiten. All die bösen Worte, Blicke und hasserfüllten Taten, alles was mir unaufhörlich Angst eingejagt hat. Hier, ich übergebe es dir, wie zu einem Berg aufgetürmt. –

Du möchtest noch mehr? Nicht nur, was andere mir angetan haben, sondern auch das, was ich dir angetan habe durch mein Trachten nach Rache, meine Verachtung, meine Schadenfreude, mein Verlangen nach Verurteilung, meine Forderung nach Bestrafung, meine Selbstgerechtigkeit, Lieblosigkeit und Kälte, meine kritische und selbstsüchtige Einstellung, meine Rebellion und meinen Ungehorsam, meinen Stolz und meine Rechthaberei ... Das ist einiges. –

Jetzt möchtest du noch all die Menschen, die ich nie wieder sehen möchte, wie sie da waren, von meiner Kindheit an. Ich soll sie dir übergeben. Gut. Ich fange an. Hier sind sie ... Der Junge, der den Stein nach mir warf, die Leute im Dorf, die uns Schimpfworte nachriefen, die Lehrerin, die uns vor der Klasse angriff, und hier der Spion im Wintergarten, der uns bespitzelte, der Hausgenosse, der uns aus dem Luftschutzkeller herausekelte, der Beamte, der mich beschimpfte und bedrohte, die SS-Leute, die mich abholen wollten, die Gestapo-Männer, die uns terrorisierten, die SA-Truppen, die unsere Scheiben einschlugen, die mit ihren gegrölten Liedern mein Herz vor Angst erstarren ließen. Und hier sind die vielen, die einfach wegsahen oder den mit dem Stern Gekennzeichneten vom Bürgersteig drängten oder mit Verachtung straften, die KZ-Wärter mit ihren unmenschlichen Experimenten ... Die Schlange wird länger und länger. Ich darf keinen vergessen. Hilf mir, sie alle aus der Erinnerung ans

Tageslicht zu befördern und sie dir zu übergeben! Sie dir zu überlassen. Was wirst du mit ihnen tun – und mit mir? –

Du vergibst ihnen allen?! –

Herr Jesus, jetzt fange ich an zu verstehen, warum du ans Kreuz gehen musstest. Um für die Schuld der Welt zu zahlen, für meine Schuld und meine persönlichen Sünden, der Unschuldige für die Schuldigen. Du hast sie freiwillig auf dich genommen, und du sagst: „Dir sind deine Sünden vergeben!" Ich darf frei sein von der Anklage der Schuld! Ich kann dir nur danken für diese Erkenntnis. Jetzt kann ich auch den anderen, die an mir schuldig geworden sind, vergeben, so wie du mir vergeben hast! –

Was ist nur mit mir geschehen? Ich fühle mich so leicht, wie von einer großen Last befreit! Ich spüre, wie mein Inneres klar und rein wird, wie das Wasser des Bergbachs dort drüben, das mit seinen kristallklaren glitzernden Fluten allen Unrat, der sich aufgestaut hat, wegschwemmt. Du reinigst mich und füllst mich mit etwas, was warm aufsteigt in meinem Herzen und überfließt. Wie Wellen überkommt es mich. –

Es ist deine Liebe, Herr, die mich füllt. Es ist zu wunderbar! Ich möchte dich anbeten. Die Tränen sind Tränen der Freude.

Gott ist ein Gott, der Wunder tut! Keine Anstrengung, keine Willenskraft, keine menschlichen Vorsätze können das erreichen, was er für mich getan hat! Ich habe nur getan, was Teacher uns geraten hat: Let go – and let God! Lass los – und lass Gott machen! Ich will es ihr erzählen, sonst zerspringt mir das Herz vor Freude. Aber vorher möchte ich Gott noch um ein besonderes Wort, um ein Motto für mich und mein neues Leben bitten, bevor ich zu ihr gehe. Teacher sagt zwar, man solle die Bibel nicht aufs Geradewohl aufschlagen, aber ich weiß nicht, wo ich nachsehen soll, und darum mache ich es jetzt einfach so. Meine Augen fallen auf einen Satz Jesu im Lukas-Evangelium: „Wer seine Hand an den Pflug legt und blickt zurück, der ist nicht geschickt zum Reich Gottes."

Ich danke Gott für diese Bestätigung. Von jetzt an will ich nach vorne schauen, meine Augen auf das Ziel gerichtet, während ich „das Feld für ihn pflüge“! Ich danke ihm, dass er mir jetzt erlaubt, ihm nachzufolgen und zu dienen. Ich will es aus ganzem Herzen tun – und mit einem ungeteilten Herzen!

26

„Seht diese große Weltkarte vor euren Augen“, Teacher zeigt auf die Wand hinter sich. „Wir sind Gott hier auf diesem Berg begegnet. Wir haben seine Stimme gehört und Entscheidungen für ihn getroffen. Er ruft uns auf, mit dieser guten Nachricht, mit dem Evangelium in alle Welt zu gehen. Jetzt fordere ich jeden von euch heraus, diesem Aufruf Gottes zu folgen. Bitte ihn, dir zu zeigen, für welchen Ort auf dieser Weltkarte du verantwortlich sein willst im Gebet, mit deinen Gaben, oder mit deiner Person. Ihr könnt jetzt euren Namen über einen bestimmten Ort auf dieser Weltkarte schreiben.“ Ohne zu zögern gehe ich nach vorne und schreibe meinen Namen über meine Geburtsstadt Berlin. Sie ist meine Stadt.

Jetzt, ab dem 1. September 1947, auf eine neue Art und Weise.

Es ist mein letzter Urlaubstag. Ich wache auf mit einem Traum, der mich innerlich froh und sicher macht. „Heute wird Gott mir eine Arbeit schenken!“, erkläre ich Tante Marta am Frühstückstisch.

„Es ist ja auch bald an der Zeit“, ihre Stimme klingt besorgt. „Du hättest dich auch schon früher bemühen können.“ Seit ich vor zwei Wochen von meinem Chef hörte: „Es tut mir Leid, aber die Geschäfte gehen sehr schlecht. Ich muss Sie und Ihre Kollegin leider entlassen“, wundert sie sich schon über meinen Gleichmut. Für sie bin ich immer noch die Ersatz-Tochter, und es fällt ihr schwer, sich von ihrem Wunschbild zu lösen – obwohl ihr manches an meiner Einstellung fremd ist. „Was tust du so früh um sechs Uhr?", hat sie mich vor ein paar Tagen gefragt, „ich sehe immer Licht in deinem Zimmer."

„Ich studiere." Ihr Gesicht leuchtet auf. Lernen und Studieren gilt viel bei ihr.

„So, möchtest du deine Ausbildung weiterführen?"

„Ja, ich lese das Buch, das mich weise machen wird."

„Was ist das?"

„Die Heilige Schrift, das Alte und das Neue Testament." Sie bleibt still, aber ich kann Enttäuschung auf ihrem Gesicht lesen.

Ein anderes Mal war ich voller Freude über das, was ich mit den anderen jungen Leuten der Gemeinde im College Department erlebt hatte, nach Hause gekommen. Ich hatte zu einer Sammlung für eine deutsche Jugendgruppe aufgerufen, und viele hatten sich daran beteiligt, so dass wir mehrere große Pakete nach Deutschland schicken konnten. Voller Freude berichtete ich ihr von diesen Aktivitäten. Ihr Gesicht wurde unwillig. Endlich brach es aus ihr hervor: „Ich kann das nicht mehr hören! Ich möchte das Wort Kirche in meinem Haus nicht mehr erwähnt haben!"

Ich halte mich daran, bis wir einmal im Auto meiner Cousine unterwegs sind, und ihr Mann mich nach meinen Aktivitäten fragt. Da erzähle ich ihm von der Jugendgruppe. Tante Martas Ärger ist nicht zu übersehen. Bald kann sie nicht länger an sich halten, und es bricht regelrecht aus ihr hervor: „Ich würde mich schämen, Christ zu sein, nach alldem, was die Christen den Juden angetan haben!" Ich bin von der Heftigkeit ihrer Worte bestürzt und fühle mich angegriffen. Doch ich kann sie in ihrer vehementen Anklage auch verstehen. Ich nehme mich zusammen und antworte ruhig: „Ich schäme mich nicht, sondern bin stolz, Christ zu sein. Christ sein bedeutet, dass Christus in dir lebt. Wahre Christen lieben die Menschen, so wie Jesus sie liebt, und das bedeutet alle Menschen. Ich würde nie willentlich etwas tun, was einem anderen Menschen Schaden zufügt. Die Leute, die den Juden diese schrecklichen Dinge angetan haben, waren keine Christen, auch wenn sie sich so bezeichnet haben. Das waren keine echten Jünger Jesu, der uns sogar auffordert, unsere Feinde zu lieben und denen Gutes zu tun, die uns verfolgen. Jesus erwartet Liebe zum Nächsten und Vergebungsbereitschaft."

Danach spreche ich dieses Thema nicht mehr an, sondern versuche, das, was Jesus sagt, in meinem Leben sichtbar werden zu lassen. Eines Abends fängt Tante Marta mit diesem Thema wieder an und stellt eine Frage zu dem, was in einer Radio-Predigt gesagt wurde. Ich staune und beantworte dann ihre Frage. Seither beginnt sie immer wieder darüber zu reden. Wenn ich sonntagabends in der Jugendgruppe bin, hört sie heimlich den Predigten am Radio zu.

Als ich ihr vor vierzehn Tagen die Neuigkeit von meiner Entlassung verkündete, sagte ich: „Jetzt mache ich erst einmal Urlaub, den ersten nach einem Jahr. Und außerdem verdient ja Mutter selber, und Dad arbeitet auch wieder. Ich möchte mich einfach mal ausruhen."

Heute sind die zwei Wochen, die ich mir erlaubt habe, um. Sie reicht mir die Tageszeitung, und ich sehe die Stellenanzeigen durch. Zwei Stellenvermittlungen haben gute Angebote, und ich schneide sie aus. „Also viel Glück dann", ruft sie mir nach.

Zuerst gehe ich zu der Stellenvermittlung mit dem besser bezahlten Job. Die Beraterin hinter dem Schreibtisch sieht mich an. „Es ist ein guter Job. Sie zahlen 185 Dollar. Wie schnell können Sie tippen?"

„Etwa 45 bis 50 Wörter pro Minute."

„Sagen Sie ihnen, dass Sie 60 tippen können. Ich habe schon zwei Mädchen hingeschickt, und die wurden nicht eingestellt, weil sie nicht schnell genug tippen konnten. Hier ist die Adresse, Sie können sich gleich vorstellen."

Ich verlasse das Gebäude mit der Adresse in der Hand. Warum soll ich lügen? Eine Arbeit bekommen auf Kosten der Ehrlichkeit? Ich schiebe den Zettel in meine Tasche und nehme die Annonce der zweiten Agentur heraus. Sie liegt nur ein paar Häuser entfernt und ich bin gleich dort im Büro. „Na sowas! Dass wir uns hier wieder sehen!" Die Kollegin, die mit mir entlassen wurde, ist auch hier auf Arbeitssuche. Ich erzähle ihr von der ersten Agentur. Sie möchte die Annonce sehen. „Aber das ist doch ein gut bezahlter Job!“, ruft sie aus. „Warum versuchst du es nicht einfach?“

„Meinst du? Aber ich werde nicht lügen.“ Eigentlich hat sie Recht. Ich danke ihr, und ohne mich anzumelden verlasse ich die Agentur wieder und fahre zu der angegebenen Adresse. Es ist ein bekannter Großhandelsbetrieb, der Kühlschränke, kleine Elektrogeräte und Radios vertreibt.

Ich werde in das getäfelte Büro des Inhabers geführt. Ich begrüße ihn und überreiche die Papiere der Agentur. „Ich höre bei Ihnen einen leichten Akzent heraus. Könnte der deutsch sein?“, fragt der ältere Herr freundlich.

„Ja, ich bin vor einem Jahr aus Deutschland gekommen.“

„Ach, ja dann erzählen Sie mal, wie ist das Leben dort?“ Ich schildere einige Eindrücke und Erlebnisse. Er möchte mehr hören. Schnell sind wir in einer lebhaften Unterhaltung. Dann lehnt er sich zurück. „Wann können Sie anfangen?“

„Ich bin sofort bereit!“

„Das ist gut. Dann gehen Sie jetzt erst zum Lunch, und danach werden wir Sie vorstellen und in Ihre Arbeit einweisen.“ Voller Freude springe ich die Treppen hinunter. Keine Lügen – stattdessen ein warmer Empfang. Danke, Herr, das war superleicht! Vor dem Lunch rufe ich Tante Marta an. „Habe ich es dir nicht gesagt, dass Gott mir heute eine Arbeit geben wird? Ich komme erst um halb sechs nach Hause, ich fange nämlich gleich nach dem Mittagessen an!“

27

Die ersten Tage sind hektisch. Ich betreue zehn verschiedene Vertreter, deren Namen und Gesichter ich mir einprägen muss. Auch viele andere Angestellte stellen sich mir vor, denn sie müssen alle an meinem Schreibtisch vorbei.

„Guten Tag. Wie geht's?“ Ich blicke verdutzt auf.

„Danke gut. Aber woher können Sie Deutsch?“ Ich sehe, dass der Gruß von einem Vertreter einer anderen Abteilung kommt.

„Ich habe das als Kind in meiner Familie gelernt, zwar nur im Dialekt, aber später im College habe ich Hochdeutsch gelernt. Auf Wiedersehen!“ Auf dem Weg in sein Büro winkt er mir noch kurz zu.

Einige Tage später klingelt mein Telefon. „Ein schöner Tag heute. Wie geht's?“

„Ach, Sie sind es wieder.“

„Darf ich Sie einladen, mit mir zusammen essen zu gehen?“, fragt die Stimme am anderen Ende, „ich kenne ein schönes Restaurant direkt am Meer.“

„Ich weiß nicht ...“, antworte ich zögernd. Ich möchte nicht, dass mein Vorgesetzter hört, dass ich einen privaten Anruf habe.

„Warum sagen Sie nicht einfach ja? Ich könnte Sie um sieben abholen.“

„Also, ich weiß nicht ...“

„Wie ist Ihre Adresse?“

Ich versuche geschäftsmäßig zu reden, als ich die Adresse meiner Eltern angebe.

„Gut, Ich bin um sieben Uhr da. Goodbye!“

Abends laufe ich zum Haus meiner Eltern. Sie sollen sehen, mit wem ich ausgehe. Es klingelt, ich laufe zur Tür und treffe meinen Kollegen auf der Treppe. „Guten Abend. Darf ich noch einmal fragen, wie Sie heißen, ich hab Ihren Namen nicht behalten – damit ich Sie meinen Eltern vorstellen kann.“

„Ich heiße Sam, Sam Entz." Ich führe ihn hinein.

„Mutter, darf ich dir Sam Entz vorstellen." Er reicht ihr seine Hand. „Guten Tag, Wie geht es Ihnen?"

„Ach, wie schön, dass Sie Deutsch sprechen!" Mutter strahlt über das ganze Gesicht und schüttelt seine Hand. Ihr gefällt dieser hoch gewachsene bebrillte Mann mit den blauen Augen und den Lachfältchen, der sogar ihre Sprache spricht. Er hat die Figur eines Sportlers und starke Hände. Sein rundes Gesicht wird von aschblonden Haaren umrahmt, die die kommende Glatze schon nicht mehr verdecken können. Sie schätzt ihn auf etwa zehn Jahre älter als ihre Tochter. Auch ihr Mann ist zehn Jahre älter als sie. Ja, sie spürt an seiner offenen warmen Art, dass sie ihm ihre einzige Tochter anvertrauen kann. Sie bringt uns zur Tür und blickt aus dem Fenster, als wir in das weinrote Chrysler Cabrio einsteigen und wegfahren.

Am Meer angekommen, parken wir und gehen durch den weichen Sand zu einem Leuchtturm, setzen uns auf die Stufen und schauen dem Schauspiel der untergehenden Sonne zu, bis sie am Horizont in den Wellen versinkt, die den rot-goldenen Himmel wiederspiegeln. Während des Essens erzählen wir von unseren Familien. Ich erfahre, dass Sam das jüngste von sieben Kindern eines mennonitischen Farmers aus Süd-Dakota ist, der auch ein Laienprediger ist. Sam ist also in einer christlichen Familie aufgewachsen, aber ich höre heraus, dass er selbst noch kein Christ ist. Ich will wissen, was Mennoniten sind, und er erklärt, dass sie ihren Ursprung im 16. Jahrhundert in den Niederlanden und Deutschland haben, dass sie reformiert sind und dass sie Pazifisten sind, die keinen Wehrdienst leisten. Auch heute noch wird bei ihnen viel Deutsch gesprochen. Er selbst ist als Kind im hutterischen Dialekt aufgewachsen, benannt nach Jakob Hutter, der zur Zeit der Reformation als Wiedertäufer verbrannt wurde. Sams Vater ist als Sechzehnjähriger aus vom Bruderhof der Hutterer weggegangen, weil er sich mit seinem Stiefvater nicht vertrug. Er wurde von der Familie seiner Mutter aufgenommen, deren älteste Tochter er später heiratete. Gut zu wissen, dass es Eltern und Geschwister gibt, die für ihn beten!

Nach einem besonders guten Essen und einer lebendigen Unterhaltung fahren wir im offenen Cabrio den Wilshire Boulevard entlang. Entspannt lehne ich mich auf den dunkelroten Ledersitzen zurück. Plötzlich spüre ich, wie seine Hand nach meiner greift. Ich ziehe sie zurück. Was soll diese intime Geste, wo wir uns gerade erst seit ein paar Stunden kennen?! Er legt seine Hand wieder auf das Steuer und fährt weiter – mit beleidigtem Schweigen. Auch ich rede kein Wort mehr. Ich bin ärgerlich über diese kindische Reaktion. Mit so einem Mann werde ich nie wieder ausgehen! Wie kann man nur so stur sein und keinen Ton mehr sagen! Vor Tante Martas Apartment, zu dem ich ihn in knappen Worten hindirigiere, hält er, steigt aus dem Auto und öffnet meine Tür.

„Danke für das Essen“, sage ich steif, während ich aussteige.

„Nicht der Rede wert“, brummelt er und schlägt die Tür hinter mir zu.

„Gute Nacht“, sage ich und laufe schnell ins Haus. Was für ein Dickkopf! Und der Abend hatte so gut angefangen!

Einige Wochen sind vergangen. Jedes Mal, wenn Sam an meinem Schreibtisch vorübergehen muss, grüßen wir einander höflich, aber er bleibt nicht stehen. An einem Samstag muss ich vormittags arbeiten. Ich bin die Letzte, die unsere Abteilung verlässt. Ich höre Schritte hinter mir, während ich zum Ausgang eile.

„Hallo“, Sam hat mich eingeholt. „Ist das nicht ein herrlicher Tag heute?“

„Ja, es ist wirklich schön.“

„Ich denke, ich werde heute mal mein Boot herausholen.“ Meine Ohren sind gespitzt.

„Sie haben ein Boot?“

„Ja, ein Viersitzer-Speedboat, man kann sehr schnell damit fahren, das macht großen Spaß.“ Bilder von lange vergessenen Szenen tanzen vor meinem inneren Auge. Blauer Himmel,

Wind, Wellen, sprühende Tropfen im Gesicht – oh, wie ich es geliebt habe, auf dem Wasser zu sein!

„Ich bin oft Segeln gegangen. Aber das ist schon lange her", füge ich wehmütig hinzu.

„Hätten Sie Lust, heute Nachmittag mitzukommen?"

„Aber gerne!" Ich würde mit Frankenstein ausgehen, nur um wieder auf ein Boot zu kommen!

Diesmal kommen wir besser miteinander aus. Speedboatfahren ist anders als Segeln, mehr wie Auto fahren auf dem Wasser, doch weil ich auch das liebe, genieße ich diese neue Erfahrung. Schnell über die Wellen zu fliegen und manchmal unsanft aufzuklatschen hat einen besonderen Reiz. Es macht Spaß, wenn eine Welle uns erwischt und uns nass spritzt. Oft muss ich von Herzen über Sams humorvolle Bemerkungen lachen. Nach einer Weile tauschen wir die Plätze, und er lässt mich steuern. Ich bin froh und entspannt und teile meine Freude mit ihm. Auf dem Nachhauseweg im Auto erzähle ich ihm von meinem befreienden Erlebnis in den Bergen, das mein Leben so völlig verändert hat. Er hört aufmerksam zu und stellt nachdenkliche Fragen. In meiner Tasche habe ich ein kleines Johannes-Evangelium, das ich ihm dalasse, und er verspricht, es zu lesen. Es ist die natürlichste Sache der Welt, mich am Abend mit einem Gute-Nacht-Kuss von ihm zu verabschieden.

Bei unserer dritten Verabredung erlaubt er mir, sein weinrotes Cabrio mit den Weißwandreifen zu fahren. Es muss ein Opfer für ihn sein, auf der Vorderbank nach rechts zu rutschen und mir das Steuer zu überlassen. Endlich darf ich einmal ein fast neues Traumauto fahren! Der warme Wind spielt mit meinen langen Haaren, während Häuser und Bäume vorbeifliegen. Welch ein Luxus im Vergleich zu den Jeeps oder meinem alten Vorkriegs-Opel, auf dem ich fahren gelernt habe! Der Wagen hat Automatik, es gibt kein Kuppeln mit Zwischengas, und ich trete nur bequem aufs Gaspedal. Ich fühle mich wunschlos glücklich, als ich vor einem schönen Restaurant außerhalb der Stadt parke.

Nach einem guten italienischen Essen sitzen wir wieder im Auto. Bevor er den Wagen startet, dreht sich Sam zu mir um. „Ich weiß nicht, wie ich es in Worte fassen soll“, beginnt er, „aber nachdem du das letzte Mal weg warst, habe ich das ganze Büchlein gelesen, das Johannes-Evangelium, das du mir gegeben hast, und es ist etwas mit mir geschehen, was ich nicht erklären kann. Mir sind beim Lesen richtig die Tränen gekommen.“

Ich höre still zu. Sicher ist Gott am Wirken, denke ich. „Möchtest du am Sonntag mit mir zur Kirche gehen?“, frage ich ihn.

„Ja, gerne. Ich bin schon lange in keiner Kirche mehr gewesen, das heißt, ich bin schon regelmäßig hingegangen, aber nur zu den Tanzveranstaltungen im Gemeindesaal, um dort vielleicht ein Mädchen kennen zu lernen.“

Tanz in einer Kirche? In Amerika scheint alles möglich zu sein.

„Ich bin schon lange auf der Suche“, fährt er fort und legt seinen Arm um mich, „und ich bin sicher, dass du die Frau bist, auf die ich gewartet habe.“ Er beugt sich zu mir und küsst mich. „Ich liebe dich sehr und möchte dich gerne heiraten.“

Einfach so! Ich falle aus allen Wolken! Hat er vergessen, dass das heute erst unsere dritte Verabredung ist?

„Ich weiß, dass es für dich sehr plötzlich kommt“, er hat mein schockiertes Gesicht gesehen, „aber ich bin mir so sicher. Ich hatte eigentlich gar nicht vor, es zu sagen, aber es ist einfach so gekommen.“

Ich sitze da wie betäubt. Wie kann er nur so sicher sein? Ich bin auch gerne mit ihm zusammen, aber Heiraten? Die Beziehung fängt doch gerade erst an, sie muss doch noch wachsen. Und dann ist da das große Hindernis: Ich würde nie einen Mann heiraten, der kein Christ ist! Unbeirrt fährt er fort. „In der Firma musste ich schon meinen Urlaub einreichen. Wir könnten am Samstag, dem neunzehnten Juni, heiraten und dann auf unserer Hochzeitsreise nach Süd-Dakota fahren, und du könntest meine Familie kennen lernen.“

„Jetzt halt aber mal an! Wie kannst du alles schon planen, und ich habe noch kein Wort gesagt!“

„Alles, was du sagen brauchst, ist ja!“

„Du bist unmöglich! Kein Wunder, dass du der beste Verkäufer deiner Abteilung bist! Du würdest noch den Eskimos Kühlschränke verkaufen!“

„Das habe ich auch schon getan! Während meiner College-Zeit in Süd-Dakota habe ich im härtesten Winter den Farmern Kühlschränke verkauft!“

„Aber mit mir kannst du das nicht machen! Ich kann es nicht leiden, wenn mir jemand Druck macht! Außerdem ist das eine viel zu ernste Sache. Darüber redet man nicht so leichtfertig!“ Er sieht mich durchdringend an. „Ich spreche nicht leichtfertig. Ich habe sehr viel nachgedacht. Ich bin beinahe zehn Jahre älter als du, und ich treffe keine unbedachten Entscheidungen. Aber ich habe gefunden, wonach ich die ganze Zeit gesucht habe, und ich liebe dich!“ Ich höre seine ernst gemeinten Worte – aber in meinem Herzen sind noch zu viele Vorbehalte.

Zwei Monate folgen, in denen ich hin und her gerissen bin zwischen Überredung und Widerstand, Gefühlen und Gehorsam. Nach einem Kinobesuch im Graumans Chinese Theatre am Hollywood Boulevard sitzen wir im Auto, noch erfüllt von dem Gregory Peck-Film. Er legt seinen Arm um mich, und plötzlich überkommt mich ein starkes Gefühl: Das ist es, was dir bis jetzt kein anderer geben konnte. Dieser Mann schenkt dir Wärme, Schutz, Sicherheit und Geborgenheit, die Dinge, die du so vermisst hast in all den Jahren des Aufwachsens. In diesen Armen kann dir nichts geschehen … Trotzdem fühle ich mich oft wie in einem Kanu, allein auf einem großen Fluss, von der Strömung mitgerissen. Jeden Augenblick droht mein zerbrechliches Boot an einem Felsen zu zerschellen. Trotz gelegentlicher Anzeichen, dass Gott zu ihm spricht, habe ich keine Gewissheit über Sams geistliches Leben. Ich weiß nicht, ob er nur in die Kirche oder Jugendgruppe mitgeht, um mir zu gefallen, oder ob es aus eigenem Antrieb geschieht. Der Druck, den er auf mich ausübt, beginnt mich mürbe zu machen. Die Spannung droht mich manchmal zu zerreißen. Nach einem Abend, an dem er mich vor die Wahl stellt, entweder ja zu sagen oder die Beziehung zu beenden und ich mich nicht entscheiden kann, werfe ich mich zu Hause vor meinem Bett auf die Knie und flehe Gott um Hilfe an.

„Bitte, Herr, hilf mir! Du weißt, dass ich deinen Willen tun möchte. Bitte komm mir zur Hilfe! Ich übergebe dir Sam. Wenn du nicht willst, dass ich diese Beziehung weiterführen soll, dann mache es mir klar – und ich werde deiner Führung gehorsam sein. Wenn du willst, dass alles weitergeht, dann gib mir bitte einen klaren Hinweis, damit ich sicher bin, dass es dein Wille ist. Ich halte mich ganz heraus und überlasse alles dir. Was immer du entscheidest, das will ich tun." Endlich habe ich inneren Frieden, und die Unruhe meines Herzens legt sich. Die Entscheidung liegt nicht mehr in meiner Verantwortung.

Für einige Tage muss ich ausziehen, um für Tante Martas Nichte, die sich aus New York angemeldet hat, Platz zu machen. Ich ziehe zu meinen Eltern und schlafe auf ihrer Couch. Am Morgen sitzen wir zusammen am Frühstückstisch. „Ich muss mal meine Bibel holen", sage ich und schiebe meinen Stuhl zurück. Ich erinnere mich gerade daran – kurz bevor ich aufwachte, sagte eine Stimme zu mir: „Lies Jesaja 44." Ich muss doch mal sehen, was da steht. Mit der Bibel in der Hand komme ich zurück, schlage die Stelle auf und beginne laut zu lesen:

„So spricht der Herr, der dich gemacht und bereitet hat und der dir beisteht von Mutterleibe an: ... Ich will Wasser gießen auf das Durstige und Ströme auf das Dürre. Ich will meinen Geist auf deine Kinder gießen und meinen Segen auf deine Nachkommen, dass sie wachsen sollen wie Gras zwischen Wassern, wie Weiden an den Wasserbächen ..."

Ich kann nicht weiterlesen. Überströmende Freude erfüllt mich. Das ist Gottes Antwort auf mein Gebet, eine herrliche Verheißung! Gott wird seinen Geist auf das Durstige gießen. Sam ist durstig. Und die Nachkommen will er segnen – die

Kinder, die er uns schenken wird, sollen gesegnet sein! Ich kann mein Glück kaum fassen. Den ganzen Tag lobe ich Gott in meinem Herzen für diese persönliche Bestätigung. Am Abend ruft Sam aus einer Telefonzelle an.

Seine Stimme hört sich verloren an. „Was machst du heute?"

„Mir geht es sehr gut, ich bin glücklich!"

„Was ist passiert?"

„Gott hat mir seinen Segen zu unserer Ehe gegeben."

„Ist das ein Ja?", fragt eine ängstliche Stimme.

„Ja, ja!", rufe ich in den Hörer hinein.

Ich höre einen Freudenschrei am anderen Ende. „In ein paar Minuten bin ich da!"

Sein Gesicht strahlt, als er hereinkommt, aber dann wird es ernst. „Könnt ihr beide uns bitte allein lassen?", fragt er Mutter und mich. Wir gehen in die Küche und schließen die Tür. Ich drücke Mutters Hände. „Er möchte bei Vater um meine Hand anhalten. Er will es richtig wie in der alten Heimat machen."

Nach einer Weile werden wir hereingerufen. Dad gibt mir einen Kuss und sagt: „Mögt ihr beide zusammen glücklich werden!" Mutter weint und umarmt uns. Dann nimmt Sam ein kleines Kästchen aus seiner Tasche. „Ich habe das schon lange mit mir herumgetragen und habe auf den Tag gehofft, an dem ich ihn dir an deinen Finger stecken kann. Nun ist er da!"

Es ist ein glitzernder kleiner Diamantring. Ich kann den Blick nicht von meinem Finger losreißen. Ich bin verlobt!

28

Wie Sam es schon bei unserer dritten Verabredung vorgeschlagen hatte, heiraten wir am 19. Juni und machen uns in einem brandneuen Buick-Cabrio auf unsere Hochzeitsreise, in der wir in zwei Wochen beinahe dreitausend Meilen nach Süd-Dakota und zurück fahren. Die große Familie nimmt mich mit offenen Armen auf, und besonders die Schwiegermutter freut sich. Da sie in einer deutschsprachigen Umgebung aufgewachsen ist, hat sie nie gut Englisch gelernt, und sie kann Deutsch auch nur in Sütterlinschrift schreiben. Wie froh ist sie, dass ihre frisch gebackene Schwiegertochter in der Schule noch diese Schrift gelernt hat, und sie ihr nun Briefe schreiben kann! Die Erfahrung, Teil einer großen Familie zu sein, ist neu für mich, aber beglückend. Gemeinsam singen wir christliche Lieder und beten. Nur Sam betet nicht mit.

Auf dem Weg durch Nevada, wo das Glücksspiel legalisiert ist, übernachten wir in einem Hotel, und ich stelle zu meinem Schrecken fest, dass mein Mann das Glücksspiel liebt. Nur mit Mühe kann ich ihn vom Spieltisch wegbringen. Er hat genug gewonnen, um unsere Übernachtung und mehr zu bezahlen, aber ich bin unglücklich über diese Entdeckung. Zu Hause ziehe ich in sein Apartment, und wir beginnen unser neues gemeinsames Leben. Ich habe aufgehört zu arbeiten, denn er möchte, dass ich zu Hause bleibe. Ich erkunde meine neue Umgebung und spiele Hausfrau. Manchmal kommt er schon früher von der Arbeit, und wir fahren spontan ans Meer oder auch schon mal über die Grenze nach Mexiko, oder wir probieren ein neues Restaurant aus. Es ist eine glückliche Zeit. Wir vermissen die Freunde nicht, wir wollen nur einander haben und füreinander da sein.

Am Frühstückstisch, bevor Sam zur Arbeit fährt, lese ich einen Abschnitt aus der Bibel vor und bete. Doch eines Morgens sagt er, dass er keine Zeit habe, und ich sitze allein vor meiner Bibel und wundere mich. Er zeigt immer weniger Interesse für Gottes Wort. Hat Gott einen Fehler gemacht oder ich? Am 2. August, an Sams Geburtstag, erreicht uns ein Telegramm. Sein Neffe, das einzige Kind seines Bruders, ist von einem Betrunkenen auf seinem Motorroller angefahren worden und ist an seinen Verletzungen gestorben. Kurz vorher hat der junge Mann eine Jugendfreizeit besucht, auf der er sich für ein Leben mit Gott, mit Jesus entschieden hat. Es ist ein großer Schock für Sam. Seine sonst so extrovertierte Art verwandelt sich in stille Zurückhaltung und plötzlichen Ärger.

Als ich Sam drei Wochen später bitte, meine Freundin und mich zur College Conference nach Forest Home zu fahren, ist er unwillig und schlägt es mir ab. Doch ich lasse nicht locker, denn ich spüre, dass ich eine Zeit zum Auftanken und zur Ermutigung brauche. Am 28. August fährt er uns doch hin, aber seine Stimmung ist alles andere als freundlich. Als ich aussteige und die würzige Bergluft tief einatme, wende ich mich ihm freudig zu und sage: „Ist es nicht herrlich hier?" Unwirsch wendet er sich ab. „Tu mir einen Gefallen, lass mich bitte in Ruhe!" Nach dem Abendbrot bitte ich ihn, nicht gleich wieder wegzufahren, sondern noch an der ersten Versammlung teilzunehmen. Mürrisch folgt er mir in die große Halle.

Dr. David Cowie ist der Sprecher an diesem Abend. Er tut etwas Unübliches. Er beginnt diese Freizeitwoche mit einer Einladung zum Glauben, und beendet seine Rede mit einer Aufforderung von Jesus, die er wörtlich zitiert: „Kommt her zu mir alle, die ihr mühselig und beladen seid". Und dann sagt er: „Während alle für einen Moment die Augen schließen, möchte ich die bitten, die sich mit ihrem Leben Jesus Christus als ihrem persönlichen Herrn und Retter anvertrauen wollen, kurz die Hand zu heben." Ich höre ein Geräusch neben mir und ich blinzle aus den Augenwinkeln. Das kann doch nicht wahr sein! Sam hebt seine Hand! Ich kann es einfach nicht glauben. „Würden bitte diejenigen, die ihre Hand gehoben haben", tönt die Stimme des Predigers in die Stille hinein, „jetzt nach vorne kommen, während die anderen bitte still hinausgehen." Sam steht auf und geht nach vorne. Ich gehe nach draußen und warte unter den Sternen. Ich kann nur einen Gedanken denken, ihn immer wiederholen: „Danke, Herr! Ich preise dich, danke, danke!"

Als Sam aus der kurzen Nachbesprechung herauskommt, liegen wir einander in den Armen. „Ich musste das heute Abend tun", sagt er, „seit mein Neffe an meinem Geburtstag gestorben ist, weiß ich, dass ich persönlich Stellung nehmen muss. Ich will nicht mehr länger vor Gott weglaufen!" In dieser Nacht fährt Sam nicht nach Hause. Es wird möglich gemacht, dass wir eine Hütte ganz für uns allein haben. Wir liegen einander in den Armen. Es ist wie eine zweite Hochzeitsnacht, aber mit einer neuen Dimension unserer Liebe, die vorher gefehlt hat. Wir waren eins, körperlich und gefühlsmäßig, geistig und vom Willen her. Aber die höchste Dimension, die geistliche, ist uns erst in dieser Nacht geschenkt worden. Jetzt kenne ich den Unterschied zwischen einer Ehe, die nur von zwei Menschen geschlossen ist, und einer Ehe, bei der Gott der Dritte im Bunde ist. Für diese Erfahrung bin ich dankbar. Jetzt sind wir wirklich eins. Es gibt jetzt nichts mehr, was uns trennt – das denke ich jedenfalls in dieser Nacht.

Früh am nächsten Morgen fährt Sam wieder weg, um zu arbeiten. Er verspricht, zum Labor Day-Wochenende zurückzukommen. Die ganze Woche über bin ich voller Freude. Freitagabend gehe ich auf der Straße auf und ab, um ihn gleich begrüßen zu können. Endlich sehe ich das lindgrüne Cabriolet. Als er aussteigt, fliege ich in seine Arme. Er beugt sich noch einmal ins Auto und zieht einen großen Geschenkkarton heraus. „Oh, was für ein hübscher Pullover ... und ein passender Rock!", rufe ich aus und umarme ihn. Es ist das erste Mal, dass er mir etwas zum Anziehen schenkt, das er allein ausgesucht hat. „Können wir irgendwo hingehen, wo wir ungestört sind?", fragt er, und ich merke, dass ihn etwas beschäftigt.

„Ich möchte dir eine Frage stellen", beginnt er, „was würdest du dazu sagen, wenn ich all unser Erspartes nehmen, dazu noch einen Kredit bei der Bank aufnehmen würde, um die Sünden meiner Vergangenheit wiedergutzumachen?" Er sieht mich verlegen an. Ich bleibe stehen und schaue ihn an. „Aber natürlich! Wenn Gott dir gesagt hat, dass du dein Leben in Ordnung bringen sollst und du gehorsam sein willst, dann stehe ich ganz auf deiner Seite. Ich will auch gar nicht wissen, wozu du das Geld brauchst, das ist eine Sache zwischen Gott und dir." Er ist offensichtlich erleichtert. Und dann beichtet er mir, was geschehen ist, als er allein zurückgefahren ist. Die Sünden seiner Vergangenheit standen bedrohlich vor ihm. Er flüchtete regelrecht in ein Spielkasino in Gardena, dem Ort in Los Angeles, wo das Glücksspiel legal ist. Er hatte mir nie gesagt, dass er spielsüchtig war. Ob er gewann oder verlor, er freute sich nicht. Er nahm sich vor aufzuhören – aber am nächsten Abend war er wieder am Spieltisch. In dieser Nacht seiner Fahrt nach Hause war es genauso. Er verlor, aber am nächsten Abend war er wieder da – und verlor wieder. Und da entschied er sich, dass dieses Leben ein Ende haben sollte, und dass er aufhören müsste, vor seiner Vergangenheit zu fliehen. Er wollte reinen Tisch machen, Ersatz leisten, wo er es konnte, und mit Gottes Hilfe ein neues Leben beginnen. Und jetzt fängt er damit an.

Einige Wochen später stelle ich voll Dankbarkeit fest, dass ich einen neuen Mann habe. Seine Spielkarten hat er weggeworfen, und sein zwanghaftes Bedürfnis, zu spielen, ist nicht mehr da. Jeden Morgen steht er in aller Frühe auf und setzt sich ins Wohnzimmer, um seine Bibel zu studieren und zu beten. Seine Freude ist ansteckend. In seiner geselligen Art, die schon immer sein Wesen bestimmt, erzählt er nun den Menschen um sich herum auch davon, dass Gott sein Leben total verändert hat. Auch vor seinen Kunden macht er nicht Halt. Sein Chef ruft ihn zu sich und ermahnt ihn, doch nicht Geschäftliches mit Privatem zu vermischen. Aber Sam nimmt das nicht sehr ernst. Er lässt sich taufen und wird Mitglied in unserer Gemeinde. Gottes Verheißung ist tatsächlich wahr geworden: Er hat Wasser auf das Durstige und Ströme auf das Dürre ausgegossen!

29

Am 28. Juni 1949 wird unsere erste Tochter Joy Ann Elisabeth geboren. Der Name „Joy“, also: Freude, hat durch Teachers Definition von Freude eine besondere Bedeutung für uns. Sie sagte einmal: Wenn du JOY (Freude) haben willst, dann setze Jesus an die erste Stelle, Others (andere) an die zweite Stelle und Yourself (dich selbst) an letzte Stelle. Joy Ann ist zehn Tage alt, da werden wir frühmorgens durch ein Klopfen an der Tür geweckt. Vor uns steht ein Mann in Uniform, der uns ein amtliches Papier übergibt. „Diese Apartments sind nur für Erwachsene. Mit dem Kind dürfen Sie hier nicht wohnen bleiben.“ Einige Tage später kommt Sam früh von der Arbeit zurück. Sein Gesicht verrät schon alles, bevor er es mir erzählt: Er ist gefeuert worden. Ich atme tief ein. Ausgerechnet jetzt, mit einem kleinen Baby! „Einer meiner Kunden, dem ich von Gott erzählt habe, hat sich bei meinem Chef beschwert, und der hat mich entlassen“, sagt er niedergeschlagen.

„Mach dir keine Sorgen“, ich schaffe ein schwaches Lächeln, „mit Gottes Hilfe wirst du etwas Neues finden.“

Wir sitzen uns in unserem kleinen Wohnzimmer gegenüber. Keine Arbeit, keine Wohnung – und die Verantwortung für ein kleines Kind. Plötzlich steht mir mein Lieblingsvers vor Augen, und ich sage ihn laut vor mich hin: „Wir wissen aber, dass denen, die Gott lieben, alle Dinge zum Besten dienen.“ Hat Gott mir nicht diesen Vers in der dunkelsten Zeit meines Lebens gegeben? Hat er mir nicht gezeigt, dass diese schwere Zeit zu meinem Besten diente, obwohl ich damals nichts Gutes darin sehen konnte? Jetzt, im Rückblick, erkenne ich, dass ich in dieser Zeit gelernt habe, Gott zu vertrauen und mich auf seine Hilfe statt auf Menschen zu verlassen. Auch in dieser Situation beten wir jetzt um seine Hilfe. Dann geht Sam auf Arbeits- und Wohnungssuche. Eines Abends kommt er voller Freude zurück. „Der Manager von dem Autohaus, in dem ich meinen Buick gekauft habe, hat mir eine Chance gegeben. Es ist nur auf Kommissionsbasis, und die ersten drei Monate muss ich außerhalb ganz neue Kunden suchen." Ich bin weniger enthusiastisch. Was soll das für eine Arbeit sein? Aber optimistisch schiebt er meine Einwände zur Seite. „Autos sind mein Hobby. Warum nicht das Hobby zur Arbeit machen?"

In den nächsten Jahren stellt sich heraus, dass Gott die richtige Weiche gestellt hat. Von Buick wechselt Sam zu Ford und später zu Cadillac in Hollywood – und überall ist er bald der Starverkäufer, der am Ende des Jahres mehr Autos verkauft hat als alle anderen, obwohl er sonntags nie arbeitet. Wir leben auf einem Hügel in einem kleinen Häuschen mit großem Garten und schönem Ausblick, und unsere Familie wächst. Unser Sohn Richard Jacob, nach beiden Großvätern benannt, kommt am 17.September 1951 zur Welt. Kurz vorher bin ich Amerikanische Staatsbürgerin geworden. Sam ist Vorsitzender der Christlichen Geschäftsleute in Hollywood. Er verdient sehr gut, und wir müssen zu unserer Freude jedes Jahr einen neuen Cadillac fahren. Es geht uns rundum gut, wir sind dankbar und zufrieden. Meine Eltern haben ein Häuschen in unserer Nähe gekauft und sind unsere treuen Babysitter, wenn wir uns abends mit anderen jungen Paaren unserer Kirche treffen.

„Ich möchte so gerne sehen, wo du aufgewachsen bist", sagt mein Mann eines Tages und überrascht mich mit einem Ticket für den Ozeanriesen Queen Elizabeth. Wir fahren mit dem Auto nach Süd-Dakota und lassen unsere Kinder bei Sams Schwester Mary. Von hier aus geht es nach New York und dort auf das Schiff. Die Reise auf dem Luxusliner ist allein schon ein ganz besonderer Urlaub. Welch ein Unterschied zu dem kleinen voll gestopften Truppentransporter, der mich vor sechs Jahren in meine neue Heimat befördert hatte! Wir besuchen verschiedene Länder in Europa, und Sam ist begierig, alles zu sehen und kennen zu lernen. Als wir nach Berlin fliegen, kann ich mich eines sinkenden Gefühls nicht erwehren. Wird die Konfrontation mit den Stätten der Vergangenheit alte Verletzungen wieder aufreißen? Und wird das, was ich in Forest

Home erlebt habe, auch vor Ort seine Gültigkeit haben? Ist die Vergebung nur etwas, was ich mir eingebildet habe?

Obwohl ich erlebe, dass der alte Hass nicht mehr da ist, und keine Rachegedanken mich erfüllen, sind doch Trauer und Schmerz nicht zu verdrängende Begleiter. Zu viele Bilder tauchen unvermutet auf, zu viele traurige Erinnerungen sind mit Straßen, Gebäuden und Plätzen verbunden. Überall sehe ich Eri und Gerhard. Der alte Schmerz lebt wieder auf und überschattet den Besuch. Und doch, als wir wieder im Flugzeug sitzen und Bilanz ziehen, bleibt die Herausforderung, dass Berlin ein Ort ist, wo Engagement und Hilfe stark gebraucht werden.

Einige Monate später, nachdem wir von unserer sechswöchigen Reise zurückgekehrt sind, liest Dr. Evans im Sonntagsgottesdienst einen Brief aus Deutschland vor, geschrieben von Bischof Dibelius aus Berlin, der sich mit der Bitte um zwei Freiwillige, die ein Jahr eine neue Jugendarbeit in der Hauptstadt aufbauen helfen sollen, an unsere Gemeinde wendet. Sam und ich blicken uns an und wissen: Wir sind gemeint. Sam bittet seinen Chef um ein Sabbat-Jahr, und unsere Gemeinde verpflichtet sich, uns zu unterstützen. Ein Mann aus der Gemeinde hat einen VW-Bus in Southhampton stehen, den er uns für dieses Jahr zur Verfügung stellt. Für unser Haus findet die Gemeinde für das ganze Jahr einen Untermieter, und bald sind wir unterwegs zu einem neuen Abenteuer.

30

Wieder kreuzen wir den Ozean in einem Luxusschiff. Wohlgemut treffen wir mit dem vollbeladenen VW-Bus in Hamburg ein. Als ich meiner Cousine dort berichte, dass wir auf dem Weg nach Berlin sind, deutet sie auf das Auto und fragt ungläubig: „Mit diesem Auto wollt ihr fahren?“

„Ja, warum nicht?“

„Keiner bekommt die Erlaubnis, einfach nach Berlin zu fahren. Nur Diplomaten können die Autobahn von Hamburg nach Berlin benutzen. Ihr müsst wohl fliegen.“ Wir sehen uns an. Fliegen – mit vier Personen und einer Tonne Gepäck?! Das kann doch nicht ihr Ernst sein. Aber sie ist sich sicher. Wir wollen es genau wissen und fahren zum Amerikanischen Konsulat. „Nein, nach Berlin können Sie nicht fahren“, ist auch dort die Antwort. Wir erzählen, dass Bischof Dibelius uns erwartet, und dass wir unmöglich das schwere Gepäck mit dem Flugzeug transportieren können und außerdem das Auto für die Jugendarbeit dort brauchen. Die Dame hört sich alles geduldig an und schickt uns mit den Worten fort: „Ich werde sehen, ob ich etwas für Sie tun kann, aber ich kann es auf keinen Fall versprechen. Kommen Sie am Dienstag wieder.“ Ein langes Feiertags-Wochenende liegt vor uns. Wir klammern uns an den Strohhalm, dass sie vielleicht etwas für uns tun kann. Aber ist das realistisch? Wir sehen keine Möglichkeit und machen uns Sorgen.

Die Tage schleichen dahin. Noch nie ist ein Wochenende so langsam vorübergegangen.

Am Dienstagmorgen lese ich in den Psalmen, und plötzlich leuchtet mir ein Vers entgegen: „Mit meinem Gott kann ich über Mauern springen.“ Gott wird uns auch über diese Mauer bringen! Mit neuer Zuversicht klopfen wir an die Tür der Dame im Konsulat. Sie sieht uns freundlich an und sagt: „Ich will Ihnen helfen, mit dem Auto direkt nach Berlin zu kommen, aber Sie dürfen keinem Menschen etwas davon sagen.“ Das versprechen wir ihr.

„Nun gut. Wir werden Ihnen Papiere ausstellen wie für das Diplomatische Corps. Diese Leute sind die einzigen, die auf dem Landweg Zugang von Hamburg nach Berlin haben.“ Wir schauen uns schmunzelnd an. Diplomaten? Was soll das schon Besonderes sein?! Wir sind doch Königskinder! Unser Vater im Himmel ist König über alles!

Endlich haben wir die nötigen Papiere, aber wir bekommen noch einen Dämpfer. „Ich kann Ihnen nicht versprechen, ob Sie bei den Kontrollen durchkommen. Auf jeden Fall wünsche ich Ihnen alles Gute“. Wir verabschieden uns dankbar von der freundlichen Helferin. Mit den Papieren fahren wir auf die Autobahn. Am amerikanischen Checkpoint müssen wir halten. Mit einer Landkarte und einem Stab in der Hand gibt uns ein Offizier Instruktionen. Wir werden eingewiesen, als würden wir Feindesland betreten, was ja gewissermaßen auch stimmt. Plötzlich entdeckt ein junger Soldat, der unsere Papiere studiert, dass ein Schreibfehler darin ist, wenn auch nur bei der Initiale meines Mittelnamens. Jetzt müssen alle Papiere in Englisch und Russisch neu ausgestellt werden. Wir warten und werden immer unruhiger. Endlich ist es so weit, und wir fahren im Schritttempo zum ersten russischen Kontrollpunkt. Unsere Herzen klopfen bis zum Hals. Sam parkt den Wagen und verschwindet in einer Baracke. „Kinder, lasst uns beten, dass Gott Daddy beschützt und uns durchbringt“, sage ich zu den verschüchterten Kinder. Wir beten und warten. Es scheint eine Ewigkeit zu dauern, bis sich die Tür öffnet und Sam herauskommt. Vorsichtig fahren wir zum nächsten Kontrollpunkt, an dem Sam nur ein Papier abgeben muss. Dann sind wir auf dem Weg, immer im Blickfeld der Wachtürme, die von Soldaten mit Gewehren besetzt sind. Wir halten uns genau an die Vorschriften und fahren langsam über die holperige Autobahn, bis wir am anderen Ende kurz vor Berlin die Sowjetische Zone hinter uns lassen. Mit einem Freudengeheul ziehen wir in Berlin ein! Mit unserem Gott sind wir wirklich „über die Mauer gesprungen“!

Wir finden eine Wohnung in Dahlem, nahe beim amerikanischen Hauptquartier, und betreiben mit zwei deutschen Familien ein experimentelles Jugendhaus, genannt „Die Boje“, mit dem Ziel, junge Leute von der Straße zu holen, ein interessantes Programm zu bieten und sie möglichst in bestehende Kirchengemeinden zu integrieren. Das Konzept ist gut. Wir haben sechs Tage die Woche geöffnet und die Räume sind immer voll. Die jungen Leute kommen aus Ost- und

Westberlin und finden in der Boje so etwas wie Heimat. Sie wollen gar nicht weiter in andere Gemeinden. Wir nutzen die Möglichkeiten, die wir haben, halten abendliche Andachten, und als Billy Graham nach Berlin ins Olympia-Stadium kommt, fahren wir miteinander im übervollen VW-Bus dorthin. Manchmal führen wir gute christliche Filme vor, die ich mühsam Satz für Satz aus dem Amerikanischen übersetzt und gesprochen habe. Ich lerne Schach spielen und mache meine ersten Erfahrungen in der Teenager-Arbeit. Meine Patentanten freuen sich, uns wieder in Berlin zu haben, und die große Tante Marta übernimmt die Elternvertretung, als wir am Ende unseres Jahres überlegen, ob wir nicht ins Heilige Land reisen sollten. „Wer weiß, ob wir je wieder so nahe dran sein werden“, sagt Sam. Mit dem mit Lebensmitteln, Benzinkanistern und Ersatzreifen voll gepackten VW-Bus, in dem wir auf Luftmatratzen schlafen und neben dem wir am Straßenrand auf einem Gas-Campingkocher unser Essen zubereiten, fahren wir durch Österreich, Jugoslawien, Griechenland, die Türkei, Syrien und den Libanon, machen einen Abstecher mit dem Schiff nach Ägypten und fahren weiter durch Jordanien bis nach Jerusalem. Wir sind die einzigen Touristen, die im geteilten Jerusalem vor der Klagemauer stehen. Mit einem Reiseführer in der Hand erkunden wir alleine das Land der Bibel. Nach drei Extra-Wartetagen in Jerusalem erhalten wir die Genehmigung, durch das Mandelbaum-Tor nach Israel einzureisen.

Wir haben viele aufregende und interessante Erlebnisse auf unserer Reise gehabt, aber ich habe noch einen Wunsch: Meine Cousine Irene, die Malerin, die mich als Kind so faszinierte, würde ich gerne wieder sehen. Ich weiß nur, dass sie in Israel lebt, aber seit sie verheiratet ist, kenne ich nicht mal mehr ihren Nachnamen. Ein Ding der Unmöglichkeit also, sie zu finden – jedenfalls nach menschlichem Ermessen.

Ausgerechnet in Israel werde ich krank und muss einige Tage im Hotel bleiben und im Bett liegen. Einen Tag, bevor wir zum

Schiff müssen, fühle ich mich wieder fit genug um zu reisen. Den ganzen Tag sind wir unterwegs und kommen abends müde wieder in unser Hotel. Das war ein herrlicher Tag! Doch mein Gebet um ein Treffen mit Irene hat sich nicht erfüllt.

Am nächsten Morgen fahren wir zum Hafen, um unser Auto einschiffen zu lassen. Unterwegs rufe ich aus: „Halte mal, bitte!“ Ich habe eine Kunst-Galerie entdeckt. Ich stürze hinein und frage die Inhaberin: „Kennen Sie zufällig eine Malerin aus Berlin, die Irene mit Vornamen heißt?“

„Aber sicher“, sagt sie, „Irene Awret. Sie wohnt in Saffad.“ Saffad? Wir sind erst gestern durch die „Stadt am Berge“ gefahren. Man hatte uns gesagt, dass es eine Künstlerkolonie dort gäbe, aber wir hatten nicht nachgeforscht, weil es schon dunkel wurde und wir noch achtzig Kilometer nach Haifa zurücklegen mussten. Ich danke ihr und renne zum Auto. „Können wir 160 Kilometer in 2 Stunden schaffen? Ich weiß, wo Irene lebt!“

„Komm“, Sam ist schnell entschlossen und rast, was der 25 PS starke VW-Motor hergibt, den Weg zurück nach Saffad. Wir haben keine Zeit zu verlieren, denn das Auto muss bis um 14 Uhr auf dem Schiff sein. Aber wie können wir sie im Ort schnell finden? „Das sieht wie eine Polizeistation aus“, rufe ich und renne hinein. Es ist eine Poststelle. Ich frage den Beamten am Schalter nach Familie Awret. „Kommen Sie mit“, antwortet er, und geht mit mir vor das Gebäude. „Dort gegenüber gehen Sie die Treppen herunter, dort wohnt sie.“ Ich danke, springe über die Straße und klingle. Am unteren Ende der Treppe wird eine Tür geöffnet. Ich gehe langsam die Treppen hinunter und sage: „Guten Tag, Irene!“ Ungläubiges Staunen. „Yola, bist du es?“ Und wir liegen einander in den Armen. Wir haben uns zwanzig Jahre lang nicht gesehen. Eine Stunde haben wir zum Erzählen und Berichten, dann müssen wir uns wieder auf den Weg machen. Und das tun wir mit dankbarem Herzen, dankbar, einen Gott zu haben, für den die bekannte Nadel im Heuhaufen kein Problem ist.

Wir schippern durch das tintenblaue Mittelmeer. Ich bin mit drei anderen Frauen in einer Kabine untergebracht. Wir gehen in Bari in Italien an Land. Als wir in Rom bei American Express ankommen, haben wir noch 10 Dollar in der Tasche. Aber der Mietscheck, den meine Eltern uns nachgeschickt haben, liegt bereit, und so können wir den letzten Abschnitt der sechswöchigen Abenteuerreise, die uns 120 Dollar gekostet hat, beenden. Sie ist die Krönung unseres Jahres geworden.

31

Genau ein Jahr, nachdem wir wieder in unser Haus eingezogen sind, wird unsere Tochter Sharon Rebecca geboren. Ich sehe das als besonderes Geschenk Gottes an und genieße das Wunder, nach fünf Jahren wieder ein Baby in den Armen halten zu dürfen. Ich verbringe so viel Zeit wie möglich mit ihr, während die anderen Kinder im Kindergarten und der Schule sind. Einfach nur Mutter und Hausfrau zu sein, erfüllt mich und ist eine willkommene Abwechslung nach unserem bewegten Jahr in Berlin. Sam arbeitet wieder bei Cadillac und trifft sich jeden Donnerstagmorgen mit den Christlichen Geschäftsleuten. Er hat unsere Spenden für die Kirche auf dreißig Prozent unseres Einkommens erhöht. Wir unterstützen das Studium eines Inders, den wir kennen gelernt haben und dessen Frau und Kinder in Bangalore leben. Ich bin Sonntagsschul-Lehrerin für Zweitklässler in unserer Gemeinde. Unsere Freunde kommen alle aus der Jung-Verheirateten-Gruppe unserer Gemeinde, den Mariners. Unser Leben ist aktiv und ausgefüllt. Es geht uns gut, und wir sind dankbar und zufrieden.

Gemeinsam fahren wir im Frühsommer 1959 zu einer Familienfreizeit in Forest Home. Sheri ist jetzt beinahe drei Jahre alt. Wie an keinem anderen Ort höre ich in Forest Home

Gottes Stimme. Es ist diesmal ein starker Wunsch in meinem Herzen, wieder ganz für Gott tätig zu werden. Auch Sam bewegt die gleiche Frage, ohne dass wir uns abgesprochen haben. Wir versprechen im Gebet, dass wir bereit sind zum vollzeitlichen Einsatz. Vor einiger Zeit hatte Sam bei den Christlichen Geschäftsleuten einen Referenten eingeladen, zu uns nach Hause zu kommen. Er hieß Dwight Wadsworth, war Captain in der U.S.-Armee in Deutschland gewesen und später mit seiner Familie nach Wuppertal gegangen, um sich dort für Jugendliche zu engagieren. Er arbeitete mit einer englischen Missionsgesellschaft zusammen, den Torchbearers oder Fackelträgern, die Major Ian Thomas ins Leben gerufen hatte. Wir hatten ihm von unserem Wunsch erzählt, wieder in Deutschland mit jungen Leuten arbeiten zu können, und er schrieb sich damals unsere Adresse auf.

Drei Wochen nach der Freizeit, die ich mit täglichem intensiven Bibelstudium verbrachte, erhalten wir einen Brief aus Deutschland. Dwight Wadsworth fragt uns, ob wir bereit sind, seine Jugendgruppe in Wuppertal zu übernehmen, da er ein neues Freizeitzentrum, die Klostermühle, aufbauen soll. Wir sind hocherfreut. Das ist die Antwort auf unsere Gebete! Mit dem Brief gehen wir zu unseren Pastoren. Sie hatten uns finanziell unterstützt, als wir nach Berlin gingen. Nach langem Warten hören wir den Beschluss: Die Gemeinde kann uns diesmal finanziell nicht helfen, da das Budget für das Jahr schon festgelegt ist und weitere Ausgaben nicht möglich sind. Eine herbe Enttäuschung. Wir hatten Dwight von unserer Freude und Bereitschaft zu kommen geschrieben, aber nun müssen wir einen Rückzieher machen. Warum nur findet sich kein Geld für eine so wichtige Aufgabe?

Stattdessen bekomme ich einen neuen Auftrag: Ich soll neben meiner Sonntagsschul-Tätigkeit eine Gruppe von jungen Frauen unterrichten. Das Thema ist Jüngerschaft. Während wir uns mit den Aussagen Jesu über Nachfolge beschäftigen, beginnt ein merkwürdiges Gespräch in mir.

Was für eine Jüngerin bist du denn selbst? Hier erzählst du

anderen, dass Jesus Menschen zu sich rief, dass sie alles verließen und ihm folgten. Hat er dich nicht auch gerufen? Und du hängst an äußerlichen Sicherheiten und gehst nicht! –

Aber wir haben doch die Verantwortung für unsere Familie! Das waren damals vielleicht Alleinstehende mit wenig Besitz und Verantwortung. Und die Zeiten waren damals viel einfacher. Man kann doch nicht einfach nur auf ein Wort hin die finanzielle Sicherheit und die Sicherheit unserer Kinder aufs Spiel setzen! Das ist doch unverantwortlich. Sam verdient hier so gut, und drüben haben wir kein Einkommen und niemanden, der uns unterstützt. Wir können dir auch hier dienen. Und übrigens können die Kinder kein Deutsch. Wie sollen sie da in der Schule mitkommen? –

Das hört sich alles sehr realistisch an, aber in diesem Fall ist es Unglauben und Ungehorsam! Was taten die Jünger, als Jesus sie rief? –

Sie verließen alles und folgten ihm. –

Und du?

Nächtelang besprechen Sam und ich dieses Thema. Wir kämpfen mit bestimmten Fragen: Liebst du äußerliche Sicherheit mehr als Gott? Wie kann er nur solch radikales Handeln von uns verlangen? Als wir uns entschieden, ihm zu dienen, hatten wir nicht erwartet, dass es zu diesem Punkt einer existentiellen Entscheidung kommen würde. Wir können doch auch hier Gott dienen, warum muss es ausgerechnet Deutschland sein?

Wenn wir endlich glauben, uns gegenseitig überzeugt zu haben, kommt doch wieder dieses nagende und ruhelose Gefühl, Gott nicht gehorsam zu sein. Es ist nur ein Gefühl, aber es lässt sich nicht verdrängen. Wochenlang beschäftigt uns diese Frage, ohne dass wir zu einer Entscheidung kommen.

In meiner täglichen Bibellese stolpere ich über einen Vers, den ich rot unterstreiche. Am Abend erzählt Sam: „Ich muss dir mal einen Vers zeigen, den ich heute gelesen habe.“ Er schlägt seine Bibel auf und liest vor: „Hier schreibt Paulus einen Dank an die Gemeinde, die ihn finanziell unterstützt. Philipper 4,

Vers 19: Mein Gott aber wird ausfüllen all euren Mangel nach seinem Reichtum in der Herrlichkeit in Christus Jesus.“ Ich springe auf und hole meine Bibel. Das Lesezeichen liegt noch an der Stelle. „Genau den gleichen Vers habe ich heute unterstrichen. Was sagst du dazu?“ Wir blicken uns an und wissen, dass Gott uns mit dieser Verheißung in unserer Entscheidung helfen will. Er selbst verpflichtet sich, unseren Mangel auszufüllen. Für uns ist das wie ein Blankoscheck, den wir bei der Himmelsbank einreichen können, wenn wir Mangel haben.

„Lass uns diesen Vers als unsere persönliche Verheißung in Anspruch nehmen“, schlägt Sam vor und wir beten gemeinsam: „Vater im Himmel, unser Leben soll deinem Willen entsprechen. Du gibst uns diese Zusage, dass du uns alles geben willst, dass es uns an nichts fehlen wird, was wir wirklich brauchen. Im Glauben nehmen wir dieses Wort für uns an. Wir wollen dir vertrauen und damit rechnen, dass du zu deinem Wort stehst. Danke, Vater, dass du uns die innere Gewissheit schenkst, dass du mit uns gehst. Wir wollen dir folgen, wo immer du uns hinführst.“ Alle Vorbehalte und Zukunftssorgen sind verschwunden. Gott hat die Verantwortung für unsere Familie übernommen.

Nun beginnt ein Wunder der Vorsorge und Güte Gottes. Vom Augenblick unserer Entscheidung bis zu unserer Abfahrt vergehen genau eineinhalb Wochen! In dieser kurzen Zeit kündigt Sam seine Arbeit, wir vermieten unser Haus, verkaufen zwei Autos, packen für fünf Personen und kaufen einen alten Gebrauchtwagen von Nachbarn, der uns voll beladen ohne Panne oder Unfall von Los Angeles nach New York bringt. Dort drückt uns ein gerade zurückgekehrter Missionar am Hafen die 150 Dollar, die uns das Auto gekostet hat, in die Hand, wir übergeben ihm die Schlüssel und gehen an Bord der Maasdam, eines Holländischen Ozeandampfers.

Unterwegs hatten wir in der Mayo Clinic in Rochester, Minnesota Halt gemacht, wo wir unsere geliebte und verehrte Henrietta Mears, unsere Teacher, besuchten, die sich gerade einer Operation unterzogen hatte. Wir standen rechts und links von ihrem Bett mit unserer Hand in ihrer, und sie stürmte regelrecht die Pforten des Himmels, als sie den Segen Gottes für uns als Familie und für die Arbeit erbat, die Gott uns zugedacht hat. Wir fühlten uns dem Himmel nahe, als diese besondere Frau, die uns so viel in unserer geistlichen Entwicklung bedeutet hat, in diesem Abschiedsakt des Segens voller Liebe ihr Herz für uns öffnete.

32

Dies ist meine sechste Überquerung des Atlantiks, und es ist eine ganz besondere. Durch einen Schiffspfarrer lernen wir zwölf Missionarsfamilien kennen, die auf dem Weg nach Europa und Afrika sind. Zehn Tage lang spielen wir Shuffle Board, essen gemeinsam und treffen uns jeden Abend zum Austausch und Gebet. Es ist eine herrliche Gemeinschaft, und der Abschied in Rotterdam fällt uns schwer. Sam hat ein Auto für uns organisiert, und wir fahren nach Düsseldorf, um es abzuholen. Wuppertal, unser neues Aufgabengebiet, ist schnell erreicht, und wir werden von vielen Menschen erwartet und freudig begrüßt. An diesem ersten Abend übernachten wir in einem Hotel.

„Wir haben leider noch keine Wohnung für euch finden können“, ist am nächsten Morgen die niederschmetternde Erklärung. Sollen wir im Hotel wohnen? Bei diesen Preisen? Wir überlegen, was wir tun können. In Berlin haben wir Freunde, bei denen wir unterkommen können. Wir beschließen, dass ich vorerst mit den Kindern in Berlin bleibe, während Sam bei einer der Wuppertaler Familien ein Bett bekommt. Wir verabschieden uns und machen uns über Helmstedt durch die gefürchtete sowjetische Zone auf den Weg nach Berlin. Es gibt ein frohes Wiedersehen mit unseren ehemaligen Mitarbeitern in der Boje. Sam fährt zurück, und ich werde von einem befreundeten Arzt eingeladen, mit den Kindern in sein

Haus in Kladow an der Havel zu ziehen. Seine Frau ist gerade in der Schweiz bei ihren Eltern und erwartet die Geburt ihres ersten Kindes. Der viel beschäftigte Arzt kommt spät nach Hause und geht morgens früh. So haben die Kinder und ich das Haus fast für uns alleine.

Eine Woche nach der anderen vergeht, und immer wieder führen wir das gleiche Telefongespräch. „Hast du etwas gefunden?"

„Nein, immer noch nicht. Ich bin den ganzen Tag unterwegs, aber es scheint hier nichts zu geben." Ich kann es nicht glauben. Sicher, wenn Gott uns ruft, wird er auch ein Plätzchen für uns haben. Selbst in einer so ausgebombten Industriestadt wie Wuppertal. Dwights Wohnung ist längst vermietet, da wir uns so spät entschlossen haben zu kommen.

Die Schule beginnt, und ich bringe die beiden Ältesten ohne deutsche Sprachkenntnisse in die örtliche Schule. Gott sei Dank sprechen die Lehrer Schulenglisch. Ich fühle mich wie eine Rabenmutter, als ich mich mit Sheri an der Hand auf den Heimweg mache. Doch die Kinder genießen einen Exotenstatus und kommen mit mehreren Freunden an der Seite wieder. Ich atme erleichtert auf.

„Meine Frau und das Baby würden wiederkommen", sagt der Doktor eines Morgens, „sobald ihr etwas gefunden habt." Er möchte uns nicht unter Druck setzen, aber ich fühle mich schrecklich. Zu lange haben wir das Gastrecht schon ausgenutzt. Ich kann es einfach nicht ertragen, jemandem zur Last zu fallen. Meine Mutter kommt aus Amerika zu Besuch. Beim nächsten Telefonanruf sage ich zu Sam: „Es kann doch nicht sein, dass Gott uns keine Wohnung gibt. Ich werde kommen und dir suchen helfen. Mutter kann auf die Kinder aufpassen. Bitte hol mich ab." Nach sieben langen Wochen sehen wir einander wieder. Mein sonst so positiver Mann ist bedrückt. Als Erstes fahren wir zum Wohnungsamt. Ich will Ansprüche als Ausgebombte anmelden. „Wissen Sie, dass vor Ihnen schon dreißigtausend andere wohnungssuchende Familien registriert sind?“, fragt der Beamte. Es ist wirklich hoffnungslos. Nach einer Übernachtung bei den Freunden, bei denen Sam untergebracht ist, und einigen weiteren Versuchen sehe ich ein, dass wir hier keine Wohnung finden werden.

Am nächsten Morgen sitzen wir im Auto. Wir haben uns von der Familie verabschiedet. „Wohin jetzt?“, fragt Sam. Ja, wohin? Nord, Süd, Ost oder West? Wir wissen es nicht. Mir fällt die Geschichte von Abraham ein, von dem es heißt: „Sein fester Glaube brachte Abraham dazu, Gott zu gehorchen. Als Gott ihm befahl, in ein Land zu ziehen, das ihm erst viel später gehören sollte, verließ er ohne zu zögern seine Heimat. Dabei wusste er überhaupt nicht, wohin er kommen würde.“ Nach einem kurzen Gebet fahren wir in die Richtung, in der das Auto gerade steht. Irrational, so ziellos zu fahren, aber was wäre das Rationale? Wir sind noch nie in einer solchen Situation gewesen.

Unterwegs halten wir in jeder Stadt, aber ohne Erfolg. Alle Türen sind verschlossen. Selbst in der Amerikanischen Botschaft in Bad Godesberg hat man zwar Mitleid aber auch keine Hilfe für uns. Am Abend kommen wir ermüdet in Koblenz am Zusammenfluss von Rhein und Mosel an. „Wollen wir wieder dort übernachten, wo wir 1953 bei unserer ersten Reise waren?“, fragt Sam. Ich bin einverstanden, und wir finden den Weg zum Hotel Rittersturz. Ich möchte nur noch ein Bett nach den frustrierenden Erfahrungen dieser Tage. Beim Einchecken hören wir, dass der Besitzer gewechselt hat und die Preise gestiegen sind. „Haben Sie nicht ein Zimmer nach hinten ohne Ausblick und Bad?“, fragt Sam, der die schwindenden Geldressourcen verwaltet. „Wenn Ihnen das zu teuer ist“, sagt der Angestellte schnippisch, „dann gehen Sie doch in ein Hotel in der Stadt.“ Ich traue meinen Ohren nicht. Wie kann jemand so unhöflich sein! Sam nimmt die Koffer. „Danke! Genau das werden wir auch tun!“ Verärgert und schweigsam fahren wir zur Stadt hinunter. Plötzlich sind wir auf der Rheinbrücke. „Wenn du Richtung Autobahn fahren willst, musst du dich rechts einordnen“, nehme ich meine Pflichten als Beifahrerin wahr. Sam bleibt auf dem Mittelstreifen. „Schnell rechts!“ Er fährt gerade aus. „Dort oben habe ich ein Hotel-Schild gesehen“, erklärt er. Es ist kleiner und erschwinglich. Wir bleiben dort über Nacht.

Heute ist der Geburtstag von Richie. Wir rufen in Berlin an. Die besorgte Stimme meiner Mutter fragt: „Habt ihr noch nichts gefunden?“

„Nein.“

„Auch keine Aussicht auf etwas?“

„Nein.“

„Aber wir müssen doch hier raus!“

„Ja, das wissen wir auch. Können wir mit Richie sprechen?“ Die Stimme unseres Sohnes hört sich traurig an. Warum können wir nicht alle zusammen seinen Geburtstag feiern? Mutter ist wieder an der Leitung. „Außerdem war Joy Ann heute Nacht krank. Wie soll das nur weitergehen?“

Ja, wenn wir das wüssten! Wir legen den Hörer auf. Betroffen stehen wir neben dem Telefon in der Hotel-Lobby und sehen uns an. Wir sind auf dem absoluten Tiefpunkt angelangt. Worauf haben wir uns nur eingelassen!

„Was ist denn los?“, fragt die Hotelbesitzerin teilnahmsvoll, „Ich habe zwangsläufig das eine oder andere mitgehört.“ Sie sieht uns die Hoffnungslosigkeit an den Gesichtern an.

„Wir suchen schon seit sieben Wochen eine Wohnung und finden nichts“, antworte ich.

„Was für eine Wohnung suchen Sie denn?“, fragt die Besitzerin. Was für eine Frage! „Nur ein Dach über unserem Kopf und einen Platz, wo unsere drei Kinder ihr Bett haben.“

„Ich glaube, ich weiß eine Wohnung“, antwortet die Frau. „Letzte Woche war sie noch zu haben. Sie ist übrigens gleich in der Nachbarvilla. Frau Professor will für sechs Monate nach Afrika fahren und ihre Wohnung möbliert vermieten. Warten Sie einen Augenblick, ich gehe mal gleich rüber und frage, ob sie noch zu haben ist.“ Die fürsorgliche Dame macht sich auf den Weg, und in uns beginnt ein neuer Hoffnungsschimmer zu glimmen.

Sie kommt zurück und verkündet freudig: „Die Wohnung ist noch frei. Sie können morgen früh um neun zu Frau Professor kommen!“ Wir danken ihr überschwänglich und gehen auf unser Zimmer. Wir haben wieder einen schönen Blick auf den Rhein, und Koblenz liegt uns zu Füßen. In unserem Gebet danken wir Gott schon für das, was er tun wird. Wir sind getröstet und schlafen ruhig ein. Am Morgen sind wir etwas ernüchtert und überlegen gründlich, wie viel wir für die Miete ausgeben können.

Das Haus nebenan ist eine Villa mit Garten. Mit klopfendem Herzen gehen wir durch die Gittertür. Frau Professor, eine ältere Witwe, zeigt uns die Wohnung, die auch einen schönen Blick auf den Rhein hat. Der Garten liegt direkt vor unserer Tür, und die Einrichtung ist sehr gediegen. In einem der Schlafzimmer steht sogar ein Kinderbettchen! Doch was wird das alles kosten? Die Frau nennt genau den Betrag, den wir uns vorgenommen haben! Wir können sofort einziehen. „Mein Sohn und seine Familie wohnen in der oberen Etage. Ich wünsche Ihnen, dass Sie sich wohl fühlen“, verabschiedet sich die alte Dame. „In sechs Monaten komme ich wieder.“

Voller Dank machen wir uns sofort auf den Weg nach Berlin. Erleichtert schaut der gute Doktor uns nach, als wir dann zu fünft Richtung Koblenz aufbrechen. Für Mutter haben wir in der Dependance des Hotels ein Zimmer gemietet. Sie kommt mit dem Zug nach. In Gedanken verfolgen wir noch einmal unsere Schritte. Der Mann im Rittersturz musste uns abweisen, damit wir in dieses Hotel kamen. Sam musste das Hotel-Schild sehen und anders fahren, als ich es ihm sagte. Wir mussten in der Hotel-Lobby telefonieren, damit die Besitzerin uns ansprechen konnte, und die Wohnung durfte nur genau diese Miete haben, um in das Budget, das wir uns aufgestellt hatten, zu passen. Von einem Augenblick auf den anderen hat Gott all unseren Mangel ausgefüllt – bis hin zum Kinderbettchen! Sechs Monate – das gibt uns genug Zeit, um in Wuppertal eine passende Wohnung zu finden.

Koblenz und seine wunderschöne Umgebung laden zu

gründlichen Entdeckungsfahrten ein. Doch wir fühlen uns eher wie Touristen, die auf ihrer Reiseroute einen ungeplanten Halt einlegen. Nach sechs Monaten werden wir ja wieder Abschied nehmen. Unsere Kinder gehen in die örtliche Grundschule, aber es ist die dreijährige Sheri, die als Erste bald fließend Deutsch spricht, weil sie viel von ihrem Spielkameraden oben im Haus lernt. Wir besuchen die Kirche und machen einige Bekanntschaften. Eine Familie lädt uns nach dem Gottesdienst ein. Das Paar hat drei Töchter im Alter unserer Kinder, und bald sind wir alle befreundet und verbringen unsere Freizeit miteinander.

33

Seit Mutter wieder nach Amerika zurückgekehrt ist, bestellen wir am Wochenende einen Babysitter und fahren die eineinhalb Stunden nach Wuppertal. Dort leiten wir das Treffen der Jugendgruppe und kehren dann nachts auf der Autobahn bei jedem Wind und Wetter wieder heim. Alle Freunde in Wuppertal bemühen sich um eine Wohnung für uns. Doch die Monate vergehen, und ich fange an mir Sorgen zu machen. Immer wieder hat jemand einen Hinweis, Sam fährt hin und sieht sich die Wohnung an, doch dann bekommt jemand anderes den Zuschlag. Ich kann es nicht glauben, dass die Tage zerrinnen, die Rückkehr von Frau Professor ansteht und wir immer noch nichts gefunden haben. Wir müssen ausziehen, ob wir wollen oder nicht. Soll sich das alles noch einmal wiederholen?

Sam kauft in dieser verzweifelten Lage einen 3,85 m langen Wohnwagen. Wir packen ihn voll mit allem, was hineinpasst. Den Rest unseres Gepäcks stellen wir bei den Freunden unter. Wieder heißt es: „Wohin?“ Es sind Osterferien, und wir fahren gen Süden. Bis zum Zürichsee kommen wir, dann wird Richie krank. Er hat Mumps. Nachts ist das Fieber so hoch, dass er fantasiert. Wir bekommen es mit der Angst zu tun und kehren wieder um. Wohin jetzt? Nur die Freunde in Koblenz können jetzt helfen. Wir kommen wieder in Niederberg an und dürfen das kranke Kind und die anderen beiden im Haus unterbringen. Wir selbst schlafen auf der Straße in unserem Wohnwagen.

„Dieses Vagabundenleben muss ein Ende haben!", sagt Sam entschlossen, als er aufwacht. Er geht zur Pfaffendorfer Kirche und spricht mit der Gemeindeschwester Anna. Sie gibt uns einen Tipp. In Ehrenbreitstein wohnt eine Frau, die Zimmer vermietet. Wir fahren dorthin, in eine Gegend, die wir noch nie besucht haben. Die Straßen sind eng und die Häuser recht heruntergekommen. Am Ende einer Straße steht ein ehemals ausgebombtes Haus, das in Eigenarbeit wieder hergerichtet worden ist. Wir werden in ein dumpfes muffiges Zimmer geführt. Die Möbel sind uralt; auf einer Kommode stehen Waschschüssel und Kanne, daneben ein passender Eimer. Ein altes Ehebett und zwei uralte Sofas, ein Kleiderschrank und ein Tisch mit zwei Stühlen füllen den Rest des Raums aus. „Das Klo ist über den Hof", erläutert die Vermieterin. „Können wir unseren Wohnwagen in den Hof stellen?", fragt Sam. Die Frau nickt. „Dann nehmen wir das Zimmer", beschließt Sam. Ich bin wie vor den Kopf gestoßen. In dieses Loch sollen wir einziehen? Aber ich habe keine bessere Alternative.

Wir ziehen den Wohnwagen in den Hof und fahren dann weg, um Lebensmittel einzukaufen. Als wir zurückkehren, stehen vor unserer Tür ein Feldbett und ein Schlafsack. Ich gehe zur Vermieterin, um mich zu bedanken. „Das ist nicht von mir", winkt sie ab, „eine Frau aus der Nachbarschaft hat das gebracht. Sie kommt morgen Vormittag wieder." Wer kennt uns denn in dieser Umgebung und weiß, dass wir nur vier Schlafgelegenheiten haben? Es ist uns ein Rätsel. Am nächsten Morgen klopft es. „Guten Morgen, ich bin die Frau Reinhardt. Wir wohnen hier um die Ecke. Mein Mann war einmal kurz bei Ihnen, und als wir hörten, dass hier Amerikaner einziehen, haben wir gedacht, das können nur Sie sein und haben das Bett gebracht. Konnten Sie es brauchen?" Wir bedanken uns herzlich und laden sie und ihren Mann ein, nach der Arbeit in unseren „Salon" im Wohnwagen zu kommen. Schnell lernen wir einander kennen. Es stellt sich heraus, dass die beiden auch Christen sind. Als wir unsere verschiedenen Lebensgeschichten ausgetauscht haben, erwähnen wir, dass wir ja nur vorübergehend in Koblenz sind, weil unsere eigentliche Arbeit in Wuppertal ist. Wir erzählen von den vielen vergeblichen Versuchen, dort sesshaft zu werden, und dass uns immer wieder die Tür vor der Nase zugeschlagen wird. „Vielleicht sind wir ja verantwortlich für die geschlossenen Türen", sagt unser neuer Bekannter Valentin mit einem Lächeln in den Augen.

„Wie meinen Sie das?", frage ich. Seine Antwort kommt prompt.

„Wir beten schon lange, dass Gott jemanden hier nach Koblenz bringt, der sich um die Jugendlichen kümmert und eine lebendige Jugendarbeit aufbaut. Wuppertal ist eine Stadt, die viele christliche Kirchen und Werke hat, und die jungen Leute in eurer Gruppe kommen ja anscheinend meistens aus bewusst christlichen Familien. Hier in Koblenz ist die Situation ganz anders."

Während wir dann später miteinander beten, ist mir ganz merkwürdig zumute. Ist das hier ein Wink Gottes, ist das vielleicht unser Auftrag? Waren wir nicht nach Deutschland gekommen, um uns für junge Menschen einzusetzen und ihnen zu sagen, dass sie Vergebung, Versöhnung und den Weg zum Frieden in Jesus Christus finden können? Hat Gott uns nicht nach Wuppertal gerufen? Da verschließt sich aber jede Tür! Es ist manchmal schon schwierig, Gottes Weg und Willen zu verstehen. Aber sind das nicht merkwürdige Zusammenhänge? All die „Zufälligkeiten", die uns nach Koblenz führten, dann der Abschied, die unerwartete Krankheit, die uns zurückbrachte, und nun dieses muffige Zimmer in dem Haus, das gerade um die Ecke von unseren neuen betenden Bekannten liegt ... Sollte Gott andere Pläne haben, als wir dachten?

Jedenfalls gehen die Kinder nach den Ferien wieder in ihre

alte Schule, und wir beginnen Fühler nach einer Wohnung auszustrecken. Unsere Lebenssituation fängt an, mich mürbe zu machen. Immer ist eins der Kinder krank, und da wir alle fünf in diesem einen Zimmer wohnen, wird unsere Nachtruhe oft gestört. Wenn nur eins sich den Magen verdorben hat, dauert es lange, bis wir mit Kanne und Waschschüssel das Bett wieder sauber gemacht haben.

Eines Morgens stürmt Sam mit guten Nachrichten in den Wohnwagen „Ich glaube, wir bekommen eine Wohnung!" In einem Geschäft in unserer früheren Nachbarschaft hat er gehört, dass ein Rechtsanwalt versetzt wird und seine Wohnung möbliert untervermieten will. Wir verabreden uns, und er zeigt uns die untere Etage eines modernen Zweifamilienhauses in einer guten Nachbarschaft. Sie liegt auf demselben Hügel, an dessen Fuß wir gewohnt hatten. Es sind vier Zimmer, Küche und Bad, umgeben von einem Garten und ein großer Balkon nach vorne zum Rhein. Ein Schloss – im Vergleich zu dem Verlies, in dem wir hausen! Der Mann ist höflich und hört sich unsere Geschichte an. Dann sagt er: „Sie können die Wohnung übernehmen." Auch der Mietpreis passt in unser Budget.

Wir sind außer uns vor Freude! Endlich werden wir eine eigene Wohnung haben! Abends im Wohnwagen machen wir mit unseren Freunden Zukunftspläne und danken Gott gemeinsam für eine Wohnung, die groß genug ist, um junge Leute einzuladen und eine neue Jugendarbeit zu beginnen.

Am nächsten Morgen ruft die Vermieterin über den Hof: „Herr Entz! Kommen Sie schnell mal ans Telefon!" Bei Sams Rückkehr sehe ich an seinem verstörten Gesicht, dass es schlechte Nachrichten gibt. „Es war Dr. Weber. Er hat gesagt, dass es ihm Leid täte, aber seine Frau hat die Wohnung zur gleichen Zeit schon Verwandten versprochen, und er hat sein Angebot zurückgezogen." Das kann doch nicht wahr sein! Wir haben Gott doch schon gedankt! Er hält einem doch nicht ein Stück Schokolade vor die Nase, um es dann wieder wegzunehmen. Warum dann dieser Rückschlag? Will Gott uns prüfen, ob wir ihm wirklich vertrauen?

Ich überdenke unsere bisherige Zeit in Deutschland. Von Anfang an sind wir fortlaufend in Aktivitäten gefangen gewesen und sind immer ungeduldiger geworden, je länger wir die Unmöglichkeit unserer Lebenssituation sahen. Wir haben keine Möglichkeit der Hilfe, keine Zeitungsannonce, keinen Makler ausgelassen. Wir haben alles ausgeschöpft, finden uns aber von einer Lösung weiter entfernt denn je. Wir sind in einer Sackgasse angekommen, aus der es kein Entrinnen zu geben scheint. Ein Gedanke schlängelt sich vorwärts ins Bewusstsein, erhebt sich frech und verkündet, dass wir eine bestimmte Möglichkeit übersehen haben: dass alles ein Fehler war. Warum das nicht einfach zugeben, unsere Sachen packen und zurückkehren nach Amerika? Nach sage und schreibe neun Monaten haben wir immer noch keine Wohnung gefunden! Das könnte jeder verstehen. Die Wuppertaler Gruppe ist inzwischen stark genug und hat eigene Führungspersönlichkeiten. Dort würde es auch ohne uns weitergehen.

Beim abendlichen Treffen mit unseren Freunden spreche ich diese Gedanken aus. „Wir können eure Enttäuschung verstehen“, tröstet uns Valentin, „aber vielleicht möchte euch Gott beibringen, ihm nicht nur zu vertrauen, sondern auch auf ihn zu harren, wie es in der Bibel heißt. Seid doch geduldig, und haltet noch ein bisschen aus!“ Sam spricht für uns beide: „Wir wollen jetzt ganz auf Gott setzen. ‚Harren‘ wir also aus und sehen, was passiert. Wir bemühen uns von uns aus jetzt nicht länger um eine Wohnung. Kein Makler, keine Zeitung, kein Mensch wird mehr eingeschaltet. Es hat uns ja sowieso nichts gebracht.“ Ich nicke zur Bestätigung.

Doch die Tage vergehen, und ich finde die neue Inaktivität inzwischen schwierig und nervtötend. Von Kind auf habe ich genau das Gegenteil gehört und gelernt. „Hilf dir selbst, so hilft dir Gott“, sagt ein Sprichwort. Wie kann man nur dasitzen und nichts tun? Wie können wir denn erwarten, dass die Dinge uns in den Schoß fallen, wenn wir nichts dazu beitragen? Begrenzen wir nicht selbst Gottes Möglichkeiten, indem wir uns von

Menschen zurückziehen, durch die Gott doch auch handelt? Der innere Kampf tobt schon zwei Wochen. Wir kauen auf dem harten Wort „harren“ herum, bis unsere Zähne schmerzen.

Die schrille Stimme der Vermieterin schallt wieder über den Hof. „Herr Entz! Telefon!“ Sam kommt dieses Mal mit strahlendem Gesicht zurück. „Rate mal, wer angerufen hat! Dr. Weber! Das mit den Verwandten seiner Frau hat nicht geklappt. Wir können die Wohnung nun doch haben! Er will uns einen Mietvertrag zuschicken!“ Wir tanzen durch den Raum, stoßen gegen die alten Möbel. Es hat sich gelohnt zu warten! Gott sei Dank! Im wahrsten Sinn des Wortes.

Erst nach weiteren zehn Tagen kommt der Brief mit dem Vertrag. Ich mache ihn auf und werde blass. „Was für einen Mietpreis hast du denn mit ihm ausgemacht?“, frage ich entgeistert. Sam sagt mir die Summe. „Er will jetzt beinahe doppelt so viel!“ Ich schnappe nach Luft. Ich bin wütend auf den Mann – und auf Gott. Was für ein Spiel wird hier gespielt? Zweimal haben wir Gott für die Wohnung gedankt, und jetzt ist es für uns finanziell unmöglich, sie zu nehmen. Ist Gott nicht zufrieden damit, dass wir auf ihn vertraut und ausgeharrt haben?

Als ich mich wieder beruhigt habe, wird mir klar, dass dies kein zufälliges kapriziöses Geschehen sein kann. Nein, ohne Zweifel werden wir von Gott geprüft.

Wir schreiben einen Brief an Dr. Weber und teilen ihm mit, warum wir nach Deutschland gekommen sind und wie sehr wir die Wohnung brauchen, sie uns aber nun nicht leisten können. Mit dem Abschicken des Briefs kehrt erstaunlicherweise eine heitere Sorglosigkeit in unser Leben zurück. Freunden, die uns fragen, wohin wir denn ziehen werden, wenn wir im Juni herausmüssen, weil die Vermieterin danach das Zimmer an andere Gäste vergeben hat, können wir gelöst und fröhlich sagen: „Das weiß Gott, er hat es in seiner Hand, es ist nicht mehr unsere Sorge.“

Eine Woche später erreicht uns ein Antwortbrief. Dr. Weber entschuldigt sich für die geplante Mieterhöhung! Er dachte, dass die U.S.-Armee unsere Miete zahlt! Und wir brauchen nur die anfangs vereinbarte Miete zu zahlen und können am 2. Juni einziehen! Viele Wochen vorher hatten wir Freunden aus unserer Gemeinde in Hollywood zugesagt, dass sie uns auf ihrem Weg von Afrika nach Kalifornien besuchen und bei uns wohnen könnten.

Am 1. Juni erhalten wir einen Brief mit ihrer Ankunftszeit. Am 2. Juni ziehen wir den Wohnwagen aus dem Hof, verabschieden uns mit Freude von unserem dunklen Verlies und fahren den Berg hoch in unsere neue Heimat. Wir verstauen das Notwendigste, füllen den Kühlschrank und beziehen die Betten. Dann fahren wir zur Anlegestelle am Rhein, wo unsere Missionarsfreunde, ein Arzt und eine Krankenschwester mit ihrer Tochter vom Schiff kommen, und begrüßen sie. Die erste Nacht in unserer neuen Wohnung schlafen unsere lieben Gäste in unseren Betten! Gott hat uns geholfen! Wenn auch erst in letzter Minute!

34

Nun ist ein Jahr vergangen, und wieder sind wir unterwegs. Vieles hat sich ereignet, woran wir die Handschrift Gottes sehen konnten. Unsere Koblenzer Jugendarbeit ist gewachsen, und nachdem unser Wohnzimmer aus allen Nähten zu platzen drohte, sind wir damit in einen größeren kirchlichen Raum in der Stadt gegangen. Immer mehr junge Leute kommen zu unseren Treffen. Ich habe in der Klostermühle, einem Freizeitheim ganz in der Nähe, einen Gastpfarrer kennen gelernt, der mich bittet, ein Buch für ihn ins Englische zu übersetzen. Er heißt Dr. Kurt Koch und sieht seine Aufgabe darin, Informationen über Okkultismus zu sammeln und Menschen vor diesem gefährlichen Bereich zu warnen. Und so schreibt er zahlreiche Bücher und hält Vorträge.

Ein drei viertel Jahr brauche ich, um nebenbei das Buch „Zwischen Satan und Christus“ ins Amerikanische zu übersetzen. Mir gehen die Augen über die Gefährlichkeit dieses Gebietes auf, und ich entdecke viele unterschwellige Zusammenhänge. Die Leichtigkeit, mit der viele Menschen damit umgehen, und die fast naive Neugier, durch die sie Opfer der okkulten Mächte werden, erschüttern mich.

Ich gehe in Gedanken durch mein Leben und bekenne und bitte um Vergebung für alle bewussten und unbewussten Übertretungen des Gesetzes Gottes, der eindringlich davor warnt, Sterndeuter oder Wahrsager oder Spiritismus in Anspruch zu nehmen, wozu auch so harmlos scheinende Dinge wie Zeitungs-Horoskope gehören können. Nach dem Übersetzen bittet uns Dr. Koch, die Kontakte, die wir haben, einzusetzen und eine Vortragsreise für ihn zu organisieren. Ein junges amerikanisches Missionarspaar, das wir durch die Klostermühle kennen gelernt haben, ist bereit, in unsere Wohnung einzuziehen und unsere Arbeit fortzuführen, während wir wieder einmal den Ozean überqueren.

35

Am ersten Sonntag in Los Angeles wird es Sam im Gottesdienst auf einmal schlecht. Mit Mühe und Not bekomme ich ihn ins Auto und fahre sofort ins UCLA Emergency Center. Der untersuchende Arzt stellt fest, dass er eine Verletzung am Fußzeh hat, die in eine Blutvergiftung überzugehen droht. Dann fragt er Sam: „Wann haben Sie Kinderlähmung gehabt?“

„Ich? Ich habe das nie gehabt.“

„Doch. Ihre Bauchmuskeln sind ja noch gelähmt. Sie hatten die gefährlichste Art von Polio. Die endet normalerweise entweder mit dem Tod oder in der Eisernen Lunge. Sind Sie geimpft?“ Ich erinnere mich, dass Sam zwei der drei Impfungen, die die Kinder bekamen, mitgemacht hat.

„Das ist wohl der Grund, dass Sie heute noch am Leben sind“, sagt der Arzt. Ich denke an Sams Krankheit vor einem halben Jahr zurück, die von unserem Hausarzt als Grippe diagnostiziert wurde. Ich hatte ihm damals beim Ausbruch der Krankheit auf Anraten meiner Freundin ein heißes Bad gemacht, und nun mache ich mir Vorwürfe, dass das falsch gewesen sein könnte. „Das war das Beste, das Sie damals tun konnten“, versichert mir der Arzt. Wir sind dankbar für diese Bewahrung und die Wiederherstellung, die über Monate dauerte, ohne dass wir wussten, warum mein starker Mann sich ständig so schwach fühlte.

Jetzt arbeitet Sam wieder in seiner alten Firma. Dort ist man froh, den alten Starverkäufer wiederzuhaben. Aber bei Sam will sich die Freude am Beruf nicht so recht einstellen. Als Dr. Koch kommt und sechs Wochen bei uns wohnt, habe ich viel zu tun. Sam hat viele verschiedene Vorträge für ihn organisiert. Ich habe alle Vorträge ins Englische übersetzt, und er liest sie ab. Aber bei den Nachtreffen, in denen Männer und Frauen zur Seelsorge zu ihm kommen, oder in den Frage-und-Antwort-Einheiten, die seinen Vorträgen folgen, muss ich zum Übersetzen dabei sein. Ich erfahre noch mehr von den Kräften der Finsternis, die mir schon bei der Übersetzung das Leben schwer gemacht hatten und mit denen man es nur aufnehmen kann, wenn man sich bewusst unter den Schutz Gottes stellt. Geplagte Menschen können auch nur dadurch frei werden von ihren Bindungen und Ängsten. Dr. Koch öffnen sich durch die Kontakte neue Türen, und er verlässt uns nach sechs Wochen mit vielen Einladungen

Wir machen wieder Pläne, nach Deutschland zurückzukehren. Dieses Mal soll es ein ganzer Abschied sein, ohne Hintertürchen. Darum verkaufen wir unser Haus. Es soll uns nichts mehr binden, und wir brauchen das Geld auch zum Leben. Als wir zum achten Mal den Ozean überqueren, trifft mich ein Gedanke. Ich hole aus meiner Tasche meinen Schlüsselring hervor. An ihm hängt kein einziger Schlüssel! Wir sind wenigstens einmal im Leben völlig frei!

In Heidelberg wollen wir eine neue Arbeit für Studenten beginnen. Dr. Koch ist uns bei der Wohnungssuche behilflich. Er knüpft Kontakte zu Freunden, die uns erwarten. Als wir in Koblenz umsteigen müssen, sehen wir das als Fingerzeig Gottes und besuchen kurz unsere Freunde. Wir hören, dass unser Nachfolger ausziehen will, um als Hausvater in das Freizeitheim Klostermühle zu gehen. Unsere Jugendarbeit wird verwaist sein. „Warum kommt ihr nicht wieder nach Koblenz zurück?", fragen uns die Freunde. Wir können eigentlich keinen Grund nennen, fahren aber zuerst nach Heidelberg, kommen dann aber nach Koblenz zurück und ziehen am 1.Oktober 1962 zum zweiten Mal in unsere Wohnung ein. Dr. Weber hat die Räume ausgeräumt, wir kaufen jetzt eigene Möbel und sind nun Mieter statt Untermieter.

Die nächsten Jahre sehen ein rasantes Wachstum unserer Jugendarbeit. Jeden Mittwoch versammeln sich um die hundert jungen Leute im neu erbauten Gemeindezentrum im Herzen der Stadt. Daneben haben wir noch Hauskreise und bieten Freizeiten im In- und Ausland an. Unser Haus ist oft wie die Grand Central Station – ein Platz, an dem viele Gäste ein- und ausgehen. Sam hält uns finanziell mit gelegentlichen Autokäufen und -verkäufen über Wasser. Einige Freunde schicken uns ab und zu Spenden, und zwar über die Organisation Concern, Inc., die unser Freund und früherer Sonntagsschulpastor Dr. Richard Halverson in Washington D.C. ins Leben gerufen hat. Weil wir keine Krankenkassenbeiträge abführen müssen und die Kosten für uns viel zu hoch wären, haben wir in dieser Zeit keine Krankenversicherung. Doch Gott bewahrt uns vor großen medizinischen Auslagen.

Die Kinder haben ihre Freunde, und Joy hat ihren Hund – ihre „Bedingung", um wieder nach Deutschland zurückzukehren. Aber langsam essen wir unser Haus auf. Sam berichtet mir, dass es ihm eine neue Steuer schwer macht, Autos privat rentabel zu verkaufen. Wovon sollen wir leben?

Jetzt ist es wohl an der Zeit, einen Scheck bei der Himmelsbank einzulösen! Hatte Gott nicht versprochen, dass er all unseren Mangel ausfüllen würde? Wir haben gelernt, ihm mit unseren Finanzen zu vertrauen. Sparsames Leben ist uns nicht neu. Ein Großteil der Kleidung für uns und die Kinder kommt aus dem Secondhand-Shop bei den amerikanischen Soldaten. Wenn ich ein neues Kleid haben will, muss ich es mir nähen. Ich lerne, viele Gäste mit wenig Aufwand satt zu bekommen. Doch auf die Dauer ist unsere prekäre finanzielle Lage eine Belastung.

Mitten in diese Überlegungen platzt eines Tages ein Telefonanruf hinein. „Hier ist das Billy Graham-Büro in Paris. Ist Herr Sam Entz da? Ihr Name ist uns von einem Bekannten genannt worden. Wären Sie bereit, für uns als Film-Evangelist unter den Amerikanern in Deutschland tätig zu werden?“ Wir können es kaum fassen. Sam bekommt einen ordentlichen Beruf mit Büro in Frankfurt, Spesen und Gehalt. Die Arbeit ist ihm wie auf den Leib geschneidert. Seine Gaben kommen voll zur Entfaltung. Mit ganzem Enthusiasmus stürzt er sich in diese Aufgabe hinein. Bald hat er ein Programm mit Vorstellungen von etwa zwanzig Spielfilmen organisiert, die durch die Billy Graham-Tochterorganisation World-Wide Pictures hergestellt werden und das ihn durch ganz Deutschland führt.

Die Jugendarbeit blüht und gedeiht weiter. Gerade bin ich mit großer Freude von einer Jahresschlussfreizeit zurückgekommen. Einige unserer jungen Leute haben eine Entscheidung für ein Leben mit Gott getroffen. Ich werde eine neue Nacharbeitsgruppe mit ihnen beginnen.

An diesem Morgen ist in der Post ein Brief von unseren Freunden in Amerika, die sich angeboten hatten, unseren siebzehnjährigen Sohn aufzunehmen, damit er den amerikanischen Schulabschluss bekommt, um dann aufs College gehen zu können. Auch unsere älteste Tochter ist wegen der Schule bei Verwandten untergebracht. Ich öffne nichts ahnend den Brief und bin schockiert, als ich lese, dass unsere Freunde uns bitten, so schnell wie möglich wegen unserer Kinder nach Amerika zurückzukommen. Unser Sohn, der wegen eines missgebildeten Ohrs große Komplexe hat, fühlt sich in der fremden High School-Atmosphäre als Außenseiter, und seine Sensibilität hat ihn in eine tiefe Depression gebracht, mit der die zwei berufstätigen Freunde nicht umgehen können.

Ich lasse Sam den Brief lesen. Wir sind völlig fassungslos. Wie können sie erwarten, dass wir alles hinwerfen und zurückkommen? Aber unser Sohn scheint uns zu brauchen. Für Sam steht es außer Frage mit seinen vielen Verpflichtungen. Und ich? Wer wird meine Arbeit fortführen? Die vielen Kreise und Aktivitäten? Sam ist der Erste, der zum Handeln fähig ist. Er geht ans Telefon und ruft den Charterclub an, bei dem wir Mitglieder sind. „Wann fliegt das nächste Charterflugzeug?“, höre ich seine Stimme aus dem Nebenzimmer. „Was? Erst Ostern wieder? Nichts vorher? Was – heute Abend?“ – „Kannst du das schaffen?“, ruft er mir zu. Ich habe keine Wahl und sage ja. Ich stehe gerade am Kochtopf, und tausend Gedanken stürzen jetzt auf mich ein. Als Sheri mittags aus dem Gymnasium kommt, sagt sie: „Ich gehe heute Nachmittag mit Marion Schlitten fahren!“

„Nein“, antworte ich, „du fährst heute Nachmittag mit mir nach Amerika!“

Hektische Betriebsamkeit füllt die nächsten paar Stunden. Packen und Anrufe machen, Verabschieden und Überlegen, bis Sam zur Abfahrt mahnt. Auf verschneiten Straßen fahren wir zum Flughafen Frankfurt. Ich verabschiede mich von meinem Mann. Wir wissen nicht, für wie lange. Am nächsten Morgen steigen wir in Los Angeles aus. Wie benommen gehe ich durch den Flughafen auf meine wartenden Eltern zu. Was tue ich hier eigentlich? Ich bin wie hin und her gerissen.

36

Aus dem geplanten Jahr, bis die Kinder im College sind, werden drei Jahre. Mein Vater, der die ersten Anzeichen einer Alzheimer Erkrankung bei seiner Frau feststellt, wird selber krank und zeitweilig pflegebedürftig.

Wir haben ein Häuschen in Van Nuys im San Fernando Valley gekauft und leben dort alle zusammen. Sam hat seine Arbeit und unsere Wohnung aufgegeben, alles verkauft, was ich bei meinem hastigen Abschied zurückgelassen habe, und ist schnell nachgekommen. Er arbeitet wieder bei seiner alten Firma. Ich habe eine Halbtagsstelle als Sozialarbeiterin in unserer großen sechstausend Mitglieder starken Gemeinde in Hollywood. Doch mein lebensfroher, positiver Mann verwandelt sich zusehends in einen bedrückten und traurigen Menschen. Auch der Verkauf der schicksten Cadillacs macht ihm keine Freude mehr. Ich kann es nicht mehr länger ertragen und schlage vor, dass er seinen alten Chef anruft und fragt, ob er seine Arbeit in Deutschland wieder aufnehmen kann. Die Antwort ist positiv, und wir vereinbaren, dass Sam uns zweimal im Jahr besuchen wird, in den Sommerferien und über Weihnachten. Mit neuem Lebensmut fliegt er zurück, und ich bin mit den drei Kindern, davon zwei Teenager, allein.

Morgens fahre ich zur Arbeit und anschließend, wenn es meinem Vater wieder schlecht geht, fahre ich hin und versorge den Haushalt. Während der Hauptverkehrszeit krieche ich auf den voll gestopften Freeways wieder nach Hause und fange bei den Kindern und mir an mit dem Kochen und der Hausarbeit. Mein Leben ist wie eine Tretmühle. Schlimm ist auch die Situation meines depressiv veranlagten Sohnes, der sich über meine Autorität hinwegsetzt und nur gehorsam ist, wenn der Vater für kurze Zeit in der Familie ist. Ich vermisse meinen Mann, von dem ich noch nie länger als eine Woche getrennt war. Im Kreis der alten Freunde fühle ich mich ohne Sam oft als Fremdkörper. Einmal, als in der Gemeinde für ein Valentinstag-Dinner geworben wird, muss ich rausgehen, um meine Tränen zu verbergen. Ich klage Gott an: Warum tust du mir das alles an? Was habe ich denn nur getan, dass du mir alles weggenommen hast, was ich liebe, die Arbeit, die mich so erfüllt hat? Ich fühle mich so auf die Seite gestellt! Warum nimmst du mir den Mann in der schwierigsten Zeit der Erziehung und lässt mich an meinen Kindern zuschanden werden? Wie kann ich jemandem erzählen, dass ich zur Polizei gehen musste, die meinen Sohn wegen Drogenbesitzes in Gewahrsam hatte? Warum habe ich keinen Menschen, dem ich offen mein Leid klagen kann?

Meine innere Rebellion nimmt so sehr zu, dass ich kaum noch beten oder in der Bibel lesen kann. Dadurch kommen wieder Selbstanklagen: Du wirst nie wieder einem Menschen sagen können, dass Gott dir beisteht mit seiner Hilfe! Schau dich nur selber an, wie kläglich du versagst! Er wird dich nie wieder gebrauchen. Mechanisch verrichte ich meine Tätigkeiten, lebe nur auf die Zeit hin, wenn Sam wieder bei uns ist, und fürchte jedes Mal mehr seinen Abschied. Wie lange muss ich noch alleine ausharren? Ich fühle mich wie zerbrochen in tausend Stücken auf dem Boden liegend – ohne reale Hoffnung auf baldige Veränderung.

Mein Vater fragt mich sorgenvoll: „Was wird nur aus Mutter, wenn ich nicht mehr da bin?"

„Bitte mach dir keine Sorgen", beruhige ich ihn, „ich verspreche dir, dass ich für sie sorgen werde." Er drückt mir dankbar die Hände. Vor zehn Jahren hatten wir die große Freude mitzuerleben, dass meine Mutter, die jahrelang von der Anthroposophie beeinflusst war, in Forest Home zum lebendigen Glauben an Jesus gefunden hatte. Wenn wir vorher auf ein biblisches Thema zu sprechen kamen, war sie abweisend und kritisch gewesen, aber danach begann sie, ihre Bibel mit dem gleichen Hunger zu lesen wie damals mein Mann bei seiner Bekehrung. Endlich hatte sie in Gott den Frieden gefunden, nach dem sie so lange gesucht hatte. Ich selbst hatte in diesen Jahren durch die Gespräche mit Dr. Koch erkannt, dass für mich die Taufe in der anthroposophischen „Christengemeinschaft“ keine gültige war, und hatte mich von einem befreundeten Pastor im Flüsschen Wied bei Koblenz taufen lassen.

Nach einiger Zeit geht es mir innerlich wieder besser. Ein Gedanke hat wie ein Blitz bei mir eingeschlagen: Vielleicht ist das, was du durchmachst, gar kein Zeichen dafür, dass Gott dich abgeschrieben hat. Vielleicht ist das ein Zeichen dafür, dass er dich reifen lässt und dass du nachher umso besser andere verstehen kannst, die dasselbe durchmachen.

37

Ich sitze in meinem Büro in der Kirche, und das Telefon klingelt. Am anderen Ende ist eine unbekannte Stimme, die mir mitteilt, dass soeben mein Vater gestorben ist. Ich eile in das Haus meiner Eltern. Mit einem weißen Tuch bedeckt sitzt mein Vater auf der Couch, wo er seine Zeitung las, als er vom Schlag getroffen wurde. Trotz der Trauer bin ich dankbar, dass ihm eine lange Leidenszeit erspart geblieben ist. Sam hat gerade Urlaub, und so kann er mir zur Seite stehen. Auf eigenen Wunsch wird Vater eingeäschert und seine Urne im Jüdischen Friedhof beigesetzt. Mein geliebter Daddy, der meine Kindheit schön gemacht hat, und der mir nie etwas in den Weg gelegt hat, auch nicht, als seine einzige Tochter fortzog, obwohl er es nie verstehen konnte – er wird mich nie mehr in seine Arme nehmen und mir über das Haar streichen. Werde ich ihn im Himmel wieder sehen? Ich weiß es nicht, und das macht die Trauer noch schmerzhafter. Auf dem Kalender steht November 1970. Ich nehme meine Mutter zu uns, dann vermieten wir ihr Haus und verkaufen unseres. Die älteren Kinder sind im College und zu viert fahren wir zurück nach Deutschland: Mutter, Sheri, Sam und ich.

38

In Koblenz angekommen, machen wir einen kurzen Besuch bei unseren früheren Vermietern. „Wir haben Ihre Wohnung nicht wieder vermietet, wir wollten keine fremden Leute im Haus haben", sagt der Eigentümer, „aber wenn Sie wollen, können Sie wieder einziehen!" Ob das ein Rekord ist, dreimal in die gleiche Wohnung einzuziehen? Jedenfalls sind wir Gott dankbar und richten uns dort aufs Neue ein. Meine alte Jugendgruppe wird von meinem Nachfolger betreut und ich halte mich zurück. Ich maße mir nicht mehr an, etwas allein aus eigener Initiative zu tun. Wenn Gott mir eine Aufgabe geben will, dann bin ich bereit. Ein ganzes Jahr halte ich mich fern.

Eines Tages kommt mein Nachfolger zu Besuch. Er gibt mir Einblick in die Situation der Gruppe, die einfach nicht mehr wächst. Ob ich nicht wieder einsteigen wollte, fragt er. Ich überlege. In Amerika habe ich in unserer Gemeinde erlebt, wie eine neue Art der Jugendarbeit junge Menschen angezogen hat. Ich erzähle ihm von der Coffee House-Bewegung, die von den Jesus People ausgeht. Er hat von einer entsprechenden Arbeit in Berlin gehört, einer so genannten Teestube. Wir beten gemeinsam und fahren kurz darauf mit einigen anderen nach Berlin, um uns die Arbeit anzusehen. Ich berichte davon in unserem wöchentlichen Gebetsabend, der sich seit unserer Ankunft damals 1959 jeden Montag trifft. Ich schildere die Möglichkeiten, Jugendliche von den Straßen zu holen und mit ihnen ins Gespräch zu kommen. Bedenken wegen der Finanzierung und der Mitarbeiter werden laut. Ich bete, dass Gott uns ein Zeichen geben soll, ob wir mit dieser Arbeit beginnen sollen oder nicht.

In der folgenden Woche erhalten wir einen Brief von Sams unverheirateter Schwester Rebecca, die ihr Geld als Zimmermädchen in einem Hotel verdient. Sie schreibt: „Gott hat es mir aufs Herz gelegt, euch diesen Scheck zu schicken. Ich bin auf die Bank gegangen und habe noch einen kleinen Kredit aufgenommen. Nehmt das Geld, wozu ihr wollt. Gott segne euch!" Anbei liegt ein Scheck über 500 Dollar! Sie hat nichts von unserem Gebet gewusst, aber Gott hat schnellere Kommunikationsmöglichkeiten als wir. Das ist das grüne Licht, auf das wir gewartet haben. Gemeinsam gehen wir auf die Suche und finden nach zwei Tagen in der Altstadt, umgeben von Diskos und Bars, eine ganze Etage, die wir mieten können – genau in der Gegend, wo sich viele junge Leute aufhalten. In Eigenarbeit renovieren wir und statten die Räume aus. Am Fastnachtssamstag, an dem alles auf den Beinen ist, haben wir zum ersten Mal geöffnet. Wir kommen kaum durchs Treppenhaus, das voller junger Leute ist. Wir werden förmlich überrannt, und unsere brave Oma Schlosser zählt sechsundsiebzig Kannen Tee, die sie an diesem Abend kocht und kostenlos ausschenkt. Erschöpft aber glücklich kommen wir nach Hause. Unsere Teestube „One Way" ist ein voller Erfolg.

Bald merke ich, dass dies eine völlig andere Art der Jugendarbeit ist, als ich sie im christlichen Rahmen bisher getan habe. Wir sind hier eine Hand voll Christen und haben durchschnittlich hundert junge Gäste pro Abend. Die Jugendlichen, die wir auf den Straßen und in den Diskos einladen, oder die wir in den Schulen erreichen, kommen aus allen Schichten der Bevölkerung. Neben den vielen Schülern und Studenten gehen auch andere bei uns aus und ein. Die Palette reicht vom Strichjungen und der Drogenabhängigen bis zum Bandenführer und seinem lauten Anhang, vom Kommunisten bis zum NPD-Mitglied, vom Alkoholiker zum Einbrecher bis zum Mörder, vom Philosophiestudenten bis zum Theologieprofessor. Kaum einer unserer Mitarbeiter hält diesen Druck der kontinuierlichen Konfrontation so gegensätzlicher Anschauungen lange aus. Oft stehen wir nur zu fünft einer Masse von Jugendlichen, die sich auf Stammtische verteilen, gegenüber. Unsere Teestube ist Ersatz für ein Jugendhaus, und so gehen wir in dieser Zeit oft nur als Aufpasser durch die Räume, damit keine Drogen gedealt werden und kein Alkohol getrunken wird. Erst nach zweieinhalb Jahren hartem und kräftezehrendem Einsatz haben wir einen Stamm von Christen, die nun die Atmosphäre prägen.

Jetzt weiß ich auch, warum ich durch die drei schwierigen Jahre in Amerika gehen musste. Nie wäre ich innerlich vorbereitet gewesen auf das, was in dieser Arbeit auf mich zugekommen ist. Nie hätte ich die jungen Menschen in ihren Nöten und Problemen so verstehen können, in ihrer Einsamkeit und Verlassenheit, in ihrer Hoffnungslosigkeit und in ihren Abhängigkeiten. Nie hätte ich ihr Vertrauen erringen können, nie die Enttäuschungen und aufreibenden Erlebnisse hinnehmen können – um immer wieder mit neuem Mut die Tür aufzuschließen. Gott hat mich eindeutig für diese Aufgabe vorbereitet, wenn ich es auch damals nicht verstanden habe.

39

Inzwischen pflege ich meine Mutter seit dreizehn aufreibenden Jahren. Jetzt verschlechtert sich ihr Zustand zunehmend. Es ist eine wachsende Last für mich, an der sich meine Schultern wund reiben. Zwei Schlaganfälle und zwei Lungenentzündungen habe ich zu Hause schon mit erlebt. Ich wollte sie nie ins Krankenhaus geben, da sie sich schon lange nicht mehr mit Worten verständigen kann und Worte sie auch nur schwer erreichen. Als mich diese Last neben der Teestubenarbeit beinahe niederdrücken will, greift Gott wieder ein.

Es ist Samstag. Für diesen Abend habe ich niemanden gefunden, der Mutter beaufsichtigt. Das passiert manchmal, wenn Sam verhindert ist oder die Frau, die ihre Hilfe angeboten hat, nicht kommen kann. Ich mache den Fernseher an, setze sie in ihren Sessel und gehe in die Teestube. Als ich wiederkomme, begrüßt mich das reine Chaos. Alles, was sich bewegen lässt, ist herumgetragen worden und an einem anderen Ort achtlos hingeworfen worden. Die Blumen aus der Vase liegen zerstreut auf dem Boden, eine zerrissene Zeitung ziert das Wohnzimmer, kleine Teppiche und Sofakissen finde ich im Schlafzimmer auf dem Bett – es ist ein völliges Durcheinander. Aber das Schlimmste ist, Mutters Zähne sind fort. Ich laufe durch die Wohnung und suche in jeder Ecke, hebe alle Polster hoch, ohne etwas zu finden. Meine Frustration und mein erhöhter Blutdruck machen sich in explosionsartigen Ausbrüchen Luft, während ich versuche, wieder etwas Ordnung zu schaffen. Da fällt mein Blick auf ein Kärtchen, das ich mir an den Küchenschrank gesteckt habe: „Herr, gib mir Geduld – aber bitte gleich!"

Dies ist die Stunde der Wahrheit für mich! Hier habe ich Gott um Geduld gebeten – und Gott nimmt mich in seine Schule der Geduld. Er will sie mir schenken, aber meine ungeduldige, impulsive Natur arbeitet genau dagegen. Ich erkenne, dass sich die Situation mit meiner Mutter nicht verbessern, sondern nur noch verschlechtern wird, aber um nicht daran kaputtzugehen, muss ich anders damit umgehen lernen. Ich nehme mir etwas vor. Bevor ich nach Haus komme und den Schlüssel umdrehe, sage ich mir von jetzt an: Du weißt, wie es da drinnen aussieht. Du machst so schnell wie möglich wieder Ordnung. Wenn du etwas nicht finden kannst, dann lass es. Irgendwann wird es wieder auftauchen – wie die Zähne, die ich am nächsten Tag beim Staubwischen in einer Vase klappern höre. Von diesem Abend an bekomme ich eine andere Einstellung. Statt Aufgeregtheit zieht nach und nach eine innere Ruhe ein, statt Ungeduld eine größere Belastbarkeit, und meine Mutter, die mich oft mit großen Augen ansah, was mir dann wieder Leid tat, dankt es mir, indem sie sich neben mich setzt, meine Hand streichelt oder den Kopf auf meine Schulter legt. Das ist ihre Art, Liebe zu zeigen. Alles andere hat ihre Krankheit zerstört. Doch Gefühle, die empfindet sie noch, und sie kann ihre Liebe auch ausdrücken.

Dieser Neuanfang wird oft auf die Probe gestellt. Dreimal müssen wir die Polizei einschalten, weil sie uns weggelaufen ist. Die Ängste und Sorgen, bis sie wieder gefunden wird, kosten viel Nervenkraft. Doch die alltägliche Pflege ist mir nicht mehr nur

Last, sondern wird zum Mittelpunkt meines Lebens, für den ich auch zeitweilig meine geliebte Arbeit aufgebe. Als meine Mutter die letzte Lungenentzündung hat und der Arzt mir sagt, dass sie es nicht überleben wird mit ihren sechsundachtzig Jahren, bitte ich Gott, sie mir doch noch zu erhalten. Doch sie stirbt zu Hause nach einer Woche Krankheit. Bis zur letzten Minute kann ich bei ihr sein. Ich empfinde ihren Tod als ungeheuren Verlust. Vierzehn Jahre lang habe ich sie gepflegt wie ein eigenes Kind. Wie Kinder sich vorwärts entwickeln, entwickelte sie sich durch die Krankheit rückwärts, bis sie zum Stand eines Neugeborenen zurückgekehrt war. Doch die Liebe, die sie mir ein ganzes Leben lang geschenkt hat, kann mir niemand anderes geben. Nur eine Mutter kann so selbstlos lieben. Ich danke Gott, dass ich so eine Mutter haben durfte, die mir Vorbild war und die mein Leben so positiv geprägt hat.

40

Es ist 1984, unsere Kinder sind alle verheiratet, und die ersten zwei Enkel sind angekommen. Siebzehn Jahre lang arbeitet Sam jetzt schon als Film-Evangelist, doch er will trotz seiner neunundsechzig Jahre das Wort Rentner nicht hören. Es stecken noch zu viel Vitalität und Energie in ihm, um sich zur Ruhe zu setzen. Mit über zweihundert Veranstaltungen im Jahr hat er noch ein großes Pensum. Auch ich stehe nach fünfundzwanzig Jahren immer noch in der Jugendarbeit. Sie ist mein Leben und meine Freude. Ich habe vielfach die Erfahrung machen können, dass sich in diesem Lebensabschnitt bei vielen jungen Frauen und Männern noch etwas bewegen kann, noch Weichen stellen lassen, die für den weiteren Lebenslauf von Bedeutung sind. Und zu sehen, dass das geschieht, tut gut. Der Umgang mit jungen Leuten hält mich selbst jung. Die dauernde Konfrontation mit Andersdenkenden hat meinen Geist geschult, gestrafft und mir Freude am Gespräch mit ihnen gegeben. Viele junge

Menschen sind durch die Teestube zum lebendigen Glauben an Jesus Christus gekommen. Und nach über zwanzig Hochzeiten, zu denen ich eingeladen werde, weil die Begegnung in der Teestube zustande kam, komme ich mir manchmal vor wie eine Heiratsvermittlerin!

41

Einen Kampf habe ich während all der Jahre immer wieder zu kämpfen. Ich habe es mit plötzlichen Gefühlen der Abneigung zu tun, wenn ich etwas Antisemitisches höre oder lese. Mal ist es der Ausspruch eines Menschen, der beiläufig erklärt: „Eine Jüdin würde ich nie heiraten". Oder es sind Witze, die über Juden gemacht werden. Oder es ist die Erinnerung an den 9. November, die mich plötzlich überfällt, wenn ich ein Feuer brennen sehe. Manchmal werde ich gebeten, etwas aus meinem Leben wiederzugeben, aber dann merke ich oft, zu oft an den Gesichtern mancher Zuhörer, dass ihnen dieses Thema unangenehm ist, oder ich sehe sogar blanke Ablehnung in ihren Augen. Das tut mir als Tochter eines jüdischen Vaters weh. Im Radio höre ich, dass zwanzig Prozent der Deutschen offene und dreißig Prozent latente Antisemiten sind. Unter den Jugendlichen dagegen finde ich keine solchen Ressentiments, mit ihnen kann ich ohne falsche Hemmungen über die Vergangenheit sprechen. Eine einzelne Familie habe ich in Koblenz kennen gelernt, die sich persönlich verantwortlich fühlt für die Schuld und die Last, die das deutsche Volk damals auf sich geladen hat, obwohl sie selbst zur jüngeren Generation gehört. Die Tränen, die ich nach meiner Erzählung in den Augen von Oskar Lorentz sehe, und später die Einladung von Monika Lorentz, den 9. November bei ihnen zu verbringen, bedeuten mir mehr als viele Worte und Beteuerungen, hinter denen ich oft das Herz nicht spüre.

Ich weiß, dass die Vergebung, die ich in Forest Home empfangen habe, auch anderen gegenüber wirksam ist, doch manchmal überkommt mich das Gefühl, dass das Alte wieder aufleben will und mich mit seinen negativen Einstellungen in Besitz zu nehmen versucht. Wenn es mir bewusst wird, bitte ich Gott, mir Liebe für mein Gegenüber zu schenken.

Ich bin wieder einmal in Berlin. Unsere Koblenzer Freunde, Valentin und Hildegard Reinhardt, besuchen hier gerade ihre Tochter, und ich treffe mich mit ihnen. Gemeinsam nehmen wir das Enkelkind im Kinderwagen mit zu einem Spaziergang. Wo kann man hier im Bezirk Kreuzberg etwas Grünes finden? Valentin geht voraus, und wir kommen zu einem Friedhof, der mit seinen schönen alten Bäumen so etwas wie eine Oase in der trostlosen Häuserwüste ist. Hildegard hat in einem kleinen Beutel ein nasses Akupad mitgenommen. „Wir haben ein Grab entdeckt, das auf einer verwitterten Metallplatte einen schönen Bibelvers stehen hat. Den wollen wir etwas aufpolieren“, erklärt sie und macht sich an die Arbeit. Bald glänzt die Metallplatte, aber eine hässliche braune Soße läuft den weißen Marmorstein hinunter. „Tu schnell was! Wisch das weg, bevor es in den Stein einziehen kann!“, meint Valentin aufgeregt. Aber wir haben nichts zum Wischen dabei. Ich laufe zum Abfallkasten, finde eine Plastiktüte, fülle sie mit Wasser und bespritze den Stein damit. Das mache ich mehrere Male, bevor er wieder in alter Frische glänzt. Ich lese auf dem Grab den Namen des Verstorbenen: Alfred Stoecker. Der Name ist mir irgendwie bekannt. „War das nicht der Domprediger von Berlin?“, frage ich, aber Valentin zuckt die Achseln, er weiß es nicht.

Ich mache mich auf den Weg zur Staatsbibliothek, denn ich will mich noch etwas vorbereiten. Ich bin auf dem Weg zu einer Jugendfreizeit, in der ich über Nehemia und den Mauerbau von Jerusalem sprechen werde. Vielleicht finde ich dort einige archäologische Unterlagen. Als ich in die Bibliothek eintrete, erblicke ich Hinweisschilder zu einer Ausstellung im Foyer: „Die Geschichte der Juden in Preußen.“ Neugierig gehe ich zu den Stellwänden, die mit großen Bildern und Erklärungen vom Mittelalter an das Los der damals schon verfolgten Juden zeigen. Ich bin ganz alleine und komme zu einer Stellwand, die den Titel trägt: „Vorbereiter des Antisemitismus der Neuzeit". Ein Bild von Heinrich von Treitschke, eines Historikers, blickt mich an. Ich habe noch nie etwas von ihm gehört. Aber den Unteren dort kenne ich: Es ist das Bild von Julius Streicher, dem Herausgeber des „Stürmers", der Hetzschrift gegen die Juden, der mein Leben überschattet hatte durch die überall aufgestellten Zeitungskästen, die die Hasspropaganda unter die Leute brachte. In Augenhöhe blickt mich frontal ein drittes Bild an. Ich zucke zusammen, als ich den Namen darunter lese: Alfred Stoecker.

Ich bin außer mir, und es bricht aus mir heraus: „Du – du bist verantwortlich für all das schreckliche Geschehen! Du hast deinen Teil dazu beigetragen, dass meine Freundin Erika und ihre Eltern in der Gaskammer umgekommen sind! Und ich – ich kann es nicht fassen – ich habe vorhin ausgerechnet deinen Grabstein geputzt!" Die Erregung lässt mich keinen klaren Gedanken fassen. Die Ungeheuerlichkeit, dass bei den Tausenden von Grabmälern in Berlin ich gerade diesem Mann das Grab reinigen musste, verschlägt mir die Sprache. Ich gehe, ohne die weiteren Tafeln anzusehen. Selbst als ich über den Büchern sitze und mich vorbereiten will, kann ich mich immer noch nicht konzentrieren. Zu sehr hat mich diese Begegnung aus der Bahn geworfen.

Thomas, einer der Teestuben-Mitarbeiter und katholischer Theologiestudent, nimmt mich in seinem Auto mit auf unsere Freizeit. Wir haben uns schon oft und manchmal nächtelang über menschliche Schuld und Vergebung unterhalten, und er hat mir Bücher zum Thema geschenkt. Jetzt platze ich heraus. „Du, Thomas, was glaubst du, was mir gestern passiert ist?", und ich berichte ihm emotionsgeladen dieses Erlebnis und schließe: „Da hat mir der Teufel doch wirklich ein Beinchen gestellt!"

Stille. Dann ein ruhiger Kommentar: „Vielleicht wollte Gott

nur sehen, ob du vergeben hast!“ Es trifft mich wie ein Keulenschlag. Ich sehe mich vor dem Stoecker-Bild stehen und die hasserfüllten Sätze in das Gesicht des Mannes schleudern. Ich bin überführt. Das, was ich für ganze Vergebung anderen gegenüber hielt, ist noch sehr oberflächlich. Darunter liegen immer noch Berge von unvergebenen Erinnerungen.

Am Abend sitzen wir im Kreis der Freizeit-Teilnehmer und lesen in der Bibel ein Gebet von Nehemia. Als ich die Worte höre: „Ich bete vor dir Tag und Nacht für die Kinder Israel, deine Knechte, und bekenne die Sünden der Kinder Israel, die wir an dir getan haben; und ich und mein Haus haben auch gesündigt“, da ist es mit meiner Fassung vorbei. Ich kann die Tränen nicht mehr zurückhalten. Bestürzt blicken die jungen Leute mich an. Nur Thomas rückt näher und drückt meine Hand. Es dauert lange, bis ich mich wieder gefasst habe.

An diesem Wochenende kommen einige der jungen Leute zum Glauben an Jesus. Getröstet fahre ich nach Hause. Einige Wochen später erzählt mir Sam von einem neuen Bücherladen, den er in Frankfurt entdeckt hat. Ich sammle alte theologische und christliche Bücher, und so schauen wir bei meinem nächsten Besuch in der Stadt dort vorbei. Ich gehe durch die Reihen voller antiquarischer Schätze. Plötzlich entdecke ich ein Buch über Alfred Stoecker. Schnell stecke ich es wieder zurück. Warum teures Geld bezahlen für das Leben dieses Mannes? Ich nehme andere Bücher heraus, und am Ende gehe ich aus dem Geschäft – mit Alfred Stoecker unter dem Arm. Zu Hause lese ich seine Lebensgeschichte, die so gut anfing und so kläglich endete. Ich habe jetzt Mitleid, oder, wie es im Englischen so schön und unübersetzbar heißt, Compassion für diesen Mann. Gefühle von Ablehnung oder Verurteilung sind keine mehr da. Gott hat tief gearbeitet, und die Vergebung, die nur er schenken kann, ist bis auf den Boden des Herzens gesunken. Jetzt erst bin ich völlig frei.

Dieses Erlebnis führt kurz danach zu einer weiteren Lebenskrise. Ich bin unzufrieden wegen meiner Kraftlosigkeit und möchte mehr davon sehen, dass mein Dienst etwas bewirkt. Ich bestürme Gott, und bete, was schon der biblische Jakob gebetet hat: „Ich lasse dich nicht eher los, bis du mich gesegnet hast." Auf diese Bitte hin schlägt für mich die Stunde der Wahrheit, und sie lässt mein Bild von mir selbst in die Brüche gehen. Stück für Stück wird mir durch Worte Gottes der Spiegel vorgehalten, und ich erkenne die Illusionen über mich selbst, mit denen ich bisher gelebt habe. Weinend bereue ich meinen Stolz, meine Lieblosigkeit, Rechthaberei, Selbstsucht und manches mehr. Einige Stunden braucht diese Konfrontation und Reinigung. Aber dann kehrt ein wunderbarer Friede ein, und die innere Gewissheit, gereinigt und von Gott mit großer Freiheit beschenkt zu sein.

42

Im November 1984 sind Sam und ich wieder zu einer Konferenz der Billy Graham-Mitarbeiter aus aller Welt eingeladen. Sie findet in Mesa, Arizona statt. Eine Woche lang hören wir mit dreihundertfünfzig Anderen, was Gott in vielen Teilen der Welt alles in Bewegung setzt. Wir danken ihm für seine Bewahrung und den Segen, unter dem der Dienst des inzwischen weltweit bekannten Billy Graham nun schon so viele Jahre lang steht. Wir werden mit hineingenommen in die Visionen für die Zukunft und genießen die entspannte persönliche Atmosphäre, die diese Konferenz von anderen unterscheidet. Wir haben das Gefühl, Teil einer großen Familie zu sein, mit all der erfrischenden Offenheit und Nähe von Menschen, die sich frei fühlen, sie selbst zu sein, ungekünstelt, angenommen und geliebt. Keine Star-Allüren, keine Heldenverehrung – im Gegenteil, die echte Demut, die Billy Graham ausstrahlt, ist wie ein seltener kostbarer Schatz.

Wir fühlen uns wie auf einer zweiten Hochzeitsreise – nach sechsunddreißig Ehejahren. Jeden Tag erwarten uns kleine liebevolle Überraschungen, die uns viel bedeuten, weil sie unerwartet kommen. So liegen z. B. auf unseren Plätzen Arbeitsmappen – mit unseren Namen in Gold eingeprägt, wir machen einen Ausflug durch rote Sandsteingebirge und besuchen ein Indianerdorf, und man bereitet uns ein echtes Western-Barbecue. Alles kleine Extra-Aufmerksamkeiten, die uns zeigen: Wir werden als Mitarbeiter gesehen und geschätzt.

Und Sam und ich – wir schauen zurück und sind dankbar für den Reichtum, den Gott in den letzten achtzehn Jahren durch die Verbindung mit dieser von Gott so gesegneten Arbeit in unser Leben gebracht hat.

Es ist Anfang November und trotzdem so warm draußen, dass wir als Erstes einen Abstecher zum Hotel-Swimming-Pool machen. Danach geht es in ein Whirlpool-Bad. Ich beobachte meinen Mann mit Sorge. Er kommt aus einer körperlich widerstandsfähigen Familie und hat eine hohe Schmerztoleranz. Im Frühling hatte er über Schmerzen in der Magengegend geklagt. „Das ist die Galle", versuchte er damals meine Bedenken zu zerstreuen. Ich schickte ihn zu einem Spezialisten, der herausfand, dass es nicht die Galle war, und nun weitere Untersuchungen machen wollte. Doch Sam, der seit jeher eine Abneigung gegen Ärzte hat, ignorierte das und kurierte sich selbst wieder aus. Nach und nach ging es wieder aufwärts, und er konnte wieder joggen und Rad fahren. Seine kräftige Natur – er ist in seinen Highschool-Tagen ein All-State-Football-Spieler für den Staat Süd-Dakota gewesen – und seine positive Lebenseinstellung haben ihm immer geholfen, gesundheitliche Krisen zu überwinden. Doch jetzt, nach einigen Tagen auf der Konferenz mit viel gutem Essen wird er still, und ich merke, dass er wieder Schmerzen hat. Wir nehmen an den Veranstaltungen teil, aber er lacht nicht so viel wie sonst und legt sich nachmittags lieber hin als Ausflüge mitzumachen.

„Du musst dich unbedingt untersuchen lassen, wenn wir zu den Kindern fahren", sage ich und erwarte seinen Widerstand. Doch erstaunlicherweise nickt er mit dem Kopf.

Nach den herrlichen Tagen in Mesa sind wir wieder in Los Angeles, und Sam unterzieht sich einer Reihe von Untersuchungen, die sich von Mitte November bis zum Dezember hinziehen. Drei Ärzte sitzen uns schließlich gegenüber, und in ihren Augen sehe ich, dass es um etwas Ernstes geht. Ich bekomme das Gefühl, dass sich um mich herum eine gläserne Mauer aufbaut, die alles nur gefiltert zu mir durchlässt, als ich die Ärzte reden höre. Ich verstehe nur Wortfetzen wie „Bauchspeicheldrüse entfernen". Alles in mir scheint gefroren, gefühllos und unwirklich. „Wir müssen noch einmal einen Test machen, um etwas abzuklären." Mechanisch gehe ich danach aus dem Krankenhaus. Ich stehe unter Schock.

Einige Tage später fahren wir in die Praxis des Chirurgen, um die Testergebnisse zu hören, aber wir sprechen nicht viel miteinander. Was kann man sagen, wenn ein Todesurteil drohend über einem hängt? Ich gehe mit in den Raum, in dem mein Mann auf einem Untersuchungstisch sitzt. „Nun, Herr Entz", fängt der Chirurg an, „der letzte Laborbericht zeigt keine Krebszellen."

„Gott sei Dank!", kommt es von uns wie aus einem Mund.

„Aber", fährt er fort, „wir müssen trotzdem so bald wie möglich eine Untersuchungsoperation machen." Sam willigt ein, aber zuvor muss er um seiner Arbeit willen nach Deutschland fliegen. Am 29. Dezember will er fliegen und zehn Tage später wieder hier sein.

Mit neuem Lebensmut sitzen wir am Abend mit den Kindern zusammen und schmieden Pläne für die Zukunft. Ein frohes Weihnachtsfest wird uns geschenkt. Wir bringen Sam am 29. zum Flughafen. In seiner Tasche hat er ein Fläschchen Aspirin-Tabletten, mit denen er die Schmerzen bekämpft. Als ich ihn umarme, denke ich: Wie oft haben wir schon voneinander Abschied genommen? Ich kann es nicht mehr zählen.

Nach elf Tagen Non-Stop-Arbeit kommt er am 10. Januar mit einem Rückflug Ticket für den 2. März in der Tasche zurück. Am 11. fahre ich ihn ins Krankenhaus. Ein alter

Freund, jetzt Pfarrer in unserer Gemeinde, ist da, um uns zu begrüßen. Wir beten zusammen und verabschieden uns. „Wenn du morgen nach der Operation aufwachst, bin ich wieder da", verspreche ich Sam, während ich ihm einen Gute-Nacht-Kuss gebe.

Am nächsten Morgen sitze ich im Warteraum des Krankenhauses. Der Chirurg hat versprochen, mir nach der Operation Bescheid zu geben. Ich nutze die Zeit, um Briefe an Freunde in Deutschland zu schreiben. Ich bin ganz entspannt, als plötzlich ein grüner Arztkittel vor mir steht. Was? Jetzt schon? Nach nur einer Stunde? Sein Gesicht sagt mir schon genug. „Es tut mir Leid, aber ich habe schlechte Nachrichten."

Nein, nein – sag es nicht! Das kann nicht wahr sein!

„Die Operation hat einen fortgeschrittenen Krebsbefall gezeigt. Wir können für Ihren Mann nichts mehr tun."

Wie kann man weiter atmen und sprechen, wenn das Herz stillsteht? Wie kann dieses andere Ich weitermachen, reden, Fragen stellen, wenn die Wellen über einen hereinbrechen, einen unter das Wasser ziehen, einen ertrinken lassen wollen? Wessen Stimme ist das, die da fragt: „Wie lange hat er noch zu leben?"

„Das kann man nicht mit Sicherheit sagen", der Arzt erhebt sich, „es tut mir Leid", sagt er und geht. Ohne zu denken stehe ich auf und setze mich allein in eine Ecke. Tränen rollen über mein Gesicht. Sie werden zu dunklen Flecken auf meinem Kleid. Still rollen sie, salzig, wie die Wellen, die mich hinunterziehen wollen. „Wenn du durchs Wasser gehst, will ich mit dir sein ..." –

Woher kommt dieser Satz in meinem Kopf? –

Vater im Himmel, du bist bei mir. Wie du es versprochen hast. Gib mir die Kraft, das durchzustehen, was jetzt auf mich zukommt. In ein paar Minuten wird Sheri hier sein. Sie ist im siebten Monat schwanger. Bitte beschütze sie, wenn ich es ihr sagen muss, damit ihr und dem Kindchen nichts zustößt.

Es ist das erste von zahllosen Gebeten um Kraft. Wir bekommen noch vier Wochen geschenkt, um uns auf das endgültige

Abschiednehmen vorzubereiten. Für die körperlichen Schmerzen gibt es Linderung, aber gegen den Schmerz um das Wissen des nahen Endes gibt es kein Medikament. Doch beide bekommen wir immer wieder neu die Kraft und den Mut, das anzunehmen, was Gott zugelassen hat. Noch einmal versammeln wir uns alle um Sams Bett, und er verabschiedet sich ganz bewusst von jedem von uns. Wir beten gemeinsam unter Tränen, und gleichzeitig in dem Wissen, dass der Tod nicht das letzte Wort hat, sondern dass wir durch unseren Herrn Jesus Christus eine Hoffnung haben, die über das Grab hinausgeht.

Am 13. Februar 1985, einen Monat nach seiner Operation, nimmt Gott der Herr seinen treuen Freund und Mitarbeiter zu sich in sein himmlisches Reich. In der letzten Nacht kann ich ganz bei Sam bleiben. Obwohl er schon im Koma ist, spreche ich ihm immer wieder Bibelverse und Verheißungen zu. Ich will ihn so weit wie möglich auf der Straße seinem ewigen Zuhause entgegen begleiten. Um neun Uhr morgens verlässt er seinen Körper, der immer noch kräftig und fast unverändert aussieht. Still und bewegungslos sitze ich an seiner Seite. Ein tiefes Gefühl von Ehrfurcht erfüllt mein Herz, die Widerspiegelung eines unsichtbaren Ereignisses, das der begrenzte Verstand nicht fassen kann.

Erst als ich aus dem Zimmer gehe, um die Schwestern zu informieren, umfängt mich wieder die sichtbare Welt, und die Tränen brechen aus mir heraus. Nachdem die Schwestern wieder aus seinem Raum herausgehen, sitze ich alleine dort, und der Schmerz überkommt mich. Plötzlich fühle ich eine Hand auf meiner Schulter. George, unser Pastor, ist gekommen.

„Woher wusstest du …?“, frage ich.

„Ich wusste nichts. Ich wollte nur Sam besuchen“. Er setzt sich neben mich, bis die Kinder kommen, und tröstet schon allein durch seine Anwesenheit.

Später bietet er an, die Beerdigung zu halten. Ich überlege, welchen Text man für den Gottesdienst nehmen könnte, und erzähle George ein besonderes Erlebnis:

Als Sam an Silvester in Frankfurt arbeitete, ging ich mit einer Freundin in einen Gottesdienst zum Jahresabschluss. Ein Wort Gottes, eigentlich nur ein Satzfetzen begleitet mich nach Hause. Er stammt aus der Bibel, vom Propheten Jesaja. Wie jedes Jahr am Neujahrsmorgen bitte ich Gott am nächsten Tag um ein Leitwort für das neue Jahr. Ich stoße auf Kapitel 61 im Buch des Propheten Jesaja – und auf dieselben Sätze wie in der Silvesterpredigt. Wieder spricht Gott durch diese Worte zu mir „Statt der Trauergewänder gebe ich ihnen duftendes Öl, das sie erfreut." Was will Gott mir sagen? Ich brauche noch mehr Klarheit. Ich gehe zu meinem Kästchen mit Bibelversen und ziehe den vordersten Spruch heraus. Es ist wieder ein Wort aus Jesaja 26,19: „Aber deine Toten werden leben; deine Leichname werden auferstehen. Ihr alle, die ihr in der Erde liegt, wacht auf und jubelt vor Freude!"

Irgendwie passt das zusammen, denke ich an diesem Neujahrsmorgen, das duftende Öl, das erfreut, und dieses „jubelt vor Freude". Am Frühstückstisch erzähle ich den Kindern davon. „Ich habe das Gefühl, dass Gott mich auf etwas vorbereiten will." An Sam und seine Untersuchungen denke ich dabei überhaupt nicht. Hatte nicht der Arzt uns die Angst genommen? – so dachte ich noch nichts ahnend am Neujahrsmorgen.

Schon einmal zuvor hatte ich erlebt, dass Gott mich auf den Tod vorbereitete, damals auf den Tod meiner Mutter. Während der letzten Tage ihrer Krankheit stand einmal unser Bad unter Wasser. Als ich alles aufwischte, schwamm mir plötzlich ein winziges weißes Kärtchen entgegen. Ich hob es auf, sah, dass nur eine Bibelstelle darauf notiert war, und legte es auf die Ablage. Später schlug ich neugierig den angegebenen Vers nach. Auch damals war es ein Zuspruch Gottes aus den Jesaja-Texten in der Bibel: „Ich, ich bin euer Tröster!" Wenige Tage später starb sie. – Und dieses Wort begleitete mich durch die Zeit der Beerdigung und die Wochen der Trauer wie eine sanfte Hand auf meiner Schulter.

George spricht über „meinen“ Text beim Begräbnis. Familie, Freunde und Mitarbeiter der Billy Graham-Gesellschaft kommen am 15. Februar bei sommerlichen Temperaturen in der weißen Kirche des Forest Lawn-Friedhofs zusammen. Es ist mehr eine Dankesfeier als eine Trauerfeier. Während Ted Franzle, unser Freund aus jungen Jahren, in seiner warmen Bariton Stimme das Lied singt „Because he lives, I can face tomorrow“ (Weil er, Gott, lebt, kann ich dem Morgen entgegensehen) denke ich zurück. Ted sang bei unserer Hochzeit 1948, dann bei unserem Abschied, als wir 1959 nach Deutschland gingen, und nun singt er 1985 sein letztes Abschiedslied für Sam. Der letzte große Abschied. Mir fallen die Sätze ein, mit dem der Rundfunkgottesdienst unserer Kirche immer beschlossen wurde:

Only one life
It soon is passed.
Only what's done
for Christ will last.

Ein Leben nur
Wie schnell es doch vorüberzieht.
Was davon bleibt, ist ganz allein
das, was für Christus geschieht.

43

Nach dem Begräbnis macht Sams Chef Pläne, das Büro in Frankfurt zu schließen. Unsere Wohnung in Koblenz muss ich auch auflösen. Mein Schwiegersohn Rick nimmt zehn Tage Urlaub und begleitet mich nach Deutschland. Er hilft beim Sortieren und Packen. Wir beginnen mit Sams Büro, seiner Arbeit, die er so liebte. Alles erinnert mich an ihn. Sein Telefon, an dem er so viele Stunden seines Lebens verbracht hat, ist nun verwaist. Ich werde nie wieder hören: „Hi, das Wetter ist so schön, hol mich doch nachher am Bahnhof ab, dann können wir die Mosel entlangfahren und dann essen gehen!" Die Realität meines Verlustes begegnet mir laufend.

Nachdem das Büro geräumt ist, fahren wir nach Koblenz. Wie froh bin ich, dass Rick vor mir in unsere Wohnung hineingeht und mich festhält, wenn der Schmerz zu groß wird. Er ist der starke Fels inmitten meiner vom Sturm gepeitschten Gefühle. Er packt und sortiert mit mir, berät und hilft auf vielerlei Weise. Doch das Wichtigste ist, er hilft mir bei der Trauerarbeit. Als klinischer Psychologe und Psychotherapeut verbringt er lange Stunden im Zuhören. Jetzt hilft er mir, die Gedanken in meinem neuen Dasein als Witwe zu sortieren. Beinahe jeden Abend sitzen wir stundenlang zusammen und reden und beten. Die zehn Tage sind schnell vorbei, aber als er mich verlässt und nach Kalifornien zurückfliegt, liegt das Schlimmste hinter mir. Nach sechs Wochen, als alles in einem Container verstaut ist, beschließe ich meine fünfundzwanzig Jahre in Deutschland und fliege zu meinen Kindern.

44

Zwei Monate später naht Ostern. Es ist das erste Osterfest ohne meinen Mann. In Amerika hatte Sam mir zu Ostern immer eine weiße Orchidee zum Anstecken geschenkt, und wir hatten oft einen Osternachtgottesdienst besucht. Als ich auf dem Friedhof ein Schild sehe, das dort einen solchen Gottesdienst am Ostermorgen ankündigt, beschließe ich hinzugehen. Am Karsamstag wache ich in Sheris Haus auf. Ich bin deprimiert. Noch immer kann ich es nicht fassen, dass ich nach siebenunddreißig gemeinsamen Jahren jetzt allein bin. Mittags will ich gerade etwas in den Kühlschrank stellen, als Rick in die Küche kommt und mir eine Schachtel in die Hand drückt mit den Worten: „Das ist gerade für dich abgegeben worden!" Es ist eine wunderschöne weiße Orchidee! – Sam hat mir eine Orchidee geschickt! – Das ist alles, was ich denken kann. Ich breche in Tränen aus, laufe in mein Zimmer, werfe mich aufs Bett und gebe mich dem Schmerz der Trennung hin. Erst später höre ich, dass meine Tochter Joy Ann mir damit eine Freude machen wollte.

Am frühen Ostermorgen vor Sonnenaufgang sitze ich in der kühlen Morgenluft unter etwa zweitausend Menschen bei der Osternachtfeier auf dem Friedhof. Ich höre den Gesang der Vögel, und meine Augen schweifen zu dem grünen Hügel, wo ich erst vor kurzer Zeit an einem offenen Grab gestanden habe. Warum bin ich hierher gekommen, sitze hier ganz allein unter all den Fremden und fühle den Schmerz, dem nahe zu sein, der nicht mehr neben mir sitzen kann und meine Hand halten kann? Ich werde aus meiner trübseligen Stimmung gerissen durch das erste Chorlied, das den Gottesdienst eröffnet, und langsam wenden die Gedanken sich der Osterbotschaft zu: Der Herr ist auferstanden, er ist wahrhaftig auferstanden, halleluja, halleluja! Die Lesung der Ostergeschichte spricht mich ganz neu an. Ich sehe die weinende Maria am Grab, zu der der Engel spricht: Er ist nicht hier, denn er ist auferstanden! Dann beginnt ein Solist zu singen: Because he lives, I can face tomorrow … Mein Lied! Das ich selber für Sams Begräbnis ausgesucht hatte! Ich höre die Worte wie zum ersten Mal, und von ihrer Hoffnung schimmert etwas in mich hinein. Nach einem weiteren Chorlied steht ein Pfarrer auf und beginnt mit der Predigt: „Als ich mich auf diesen Gottesdienst vorbereiten wollte, suchte ich nach einem geeigneten Text. Da stieß ich auf einmal im Alten Testament auf einen Vers, der immer zu sagen schien: Predige mich! Predige mich! Und über diesen Vers will ich jetzt predigen. Er steht im Buch Jesaja, in Kapitel 26: Aber deine Toten werden leben; deine Leichname werden auferstehen. Ihr alle, die ihr in der Erde liegt, wacht auf und jubelt vor Freude! …“

Vater im Himmel – das ist ja *mein* Vers – den du mir gegeben hast! Du willst, dass er gepredigt wird! Wie kann ich dir nur danken für deine heilende und tröstende Liebe. Für deine persönliche Zuwendung. Du, nur du, Herr, kannst mich trösten, so wie einen seine Mutter tröstet. Du weißt die Tiefen des Leides zu lindern. Du gibst Kraft und Hoffnung! Ich kann die Freude kaum für mich behalten. Jetzt erst weiß ich, was du damit meinst, dass du uns „statt der Trauergewänder duftendes Öl gibst, das uns erfreut“. Der Tod hat seinen Stachel verloren! Ich kann dem Morgen ohne Angst entgegengehen, denn du gehst mit mir, Schritt für Schritt!

45

Im Juli 1986 plant Billy Graham die zweite Internationale Konferenz für Reisende Evangelisten aus aller Welt in Amsterdam. Da ich bei der ersten Konferenz 1983 schon mitgearbeitet habe, melde ich mich wieder an. Ich suche in den Zeitungen nach einem günstigen Flug von Los Angeles nach Amsterdam und lese eine kleine Annonce, die meine Aufmerksamkeit erregt. „Rund-um-die-Welt-Flug mit Stopps in Kanada,

Holland, Indien, Singapur, Indonesien, Australien, Neu-Kaledonien, Neuseeland, Tahiti, Los Angeles.“ Der Preis ist doppelt so hoch wie das normale günstige Ticket nach Amsterdam. Tahiti – mein Traumziel von jeher, tanzt vor meinen Augen. Wäre es nicht herrlich, anstatt der langweiligen Atlantik-Überquerung, die ich schon unzählige Male hinter mich gebracht habe, etwas Neues zu sehen? Das Ticket kann man ein Jahr lang benutzen. Ich könnte viele Freunde besuchen, die in diesen Ländern im medizinischen Bereich oder als Lehrer tätig sind. Und endlich könnte sich die Frage beantworten, die mich seit längerem bewegt: Will Gott mich noch einmal einsetzen? Vielleicht in irgendeiner Bibelschule oder wo immer er sich sonst etwas für mich ausgedacht hat. Ich stehe ihm zur Verfügung! –

Aber da kommt auch gleich ein anderer Gedanke: Du bist doch nicht ganz gescheit! Mit sechzig Jahren allein um die Welt zu reisen! Ohne deinen Mann, der immer für dich den Weg geebnet hat und dich, wenn nötig, beschützt hat! Du kannst noch nicht mal feilschen, geschweige denn deinen Koffer schleppen! Vergiss es! –

Aber die kleine Annonce bleibt hartnäckig und lässt sich nicht verdrängen. Stattdessen schafft sich ein neuer Gedanke Raum:

Als du neulich in der Bibel gelesen hast, da bist du doch über das Wort husband (Ehemann) gestolpert, wo Gott zu der Unverheirateten sagt: Ich bin dein Ehemann! – Gilt das auch für Witwen? Gott – mein Ehemann?! Was für ein Gedanke! Eine schönes Bild. Aber kann Gott in Wirklichkeit den Platz des Menschen einnehmen, mit dem ich siebenunddreißig Jahre lang zusammen gelebt habe? Auf den ich mich in allen für mich schwierigen Situationen verlassen konnte? Kann er für mich sein wie mein Mann, für den Nein keine akzeptable Antwort war, der mit seiner positiven und humorvollen Art überall verschlossene Türen öffnete und immer einen Ausweg fand? Nun, das will ich erst noch einmal nachlesen. Ich hole meine Bibel. Gibt es darin für mich nichts anderes als den Propheten Jesaja?!

Mein ganzes Leben lang sind es immer Jesaja-Texte, die mich auf den verschiedensten Strecken begleiten. Ich denke nur an die Verheißung zu unserer Ehe und den Kindern, die unter seinem Segen stehen sollen. Hat sich nicht alles erfüllt? Ich lese noch einmal in meiner englischen Bibel das Kapitel 54 bei Jesaja. Da steht doch wirklich schwarz auf weiß: husband, also Ehemann! Ganz wörtlich: „Hab keine Angst, du wirst nicht mehr erniedrigt werden! Niemand darf dich je wieder beschämen. Du wirst vergessen, wie man dich in deiner Jugend gedemütigt hat, und nicht mehr an die schwere Zeit zurückdenken, in der du als Witwe allein dastandst. Denn der Herr, der dich erschaffen hat, ist dein Ehemann (husband). Er heißt ‚der Herr, der allmächtige Gott'. Er ist der heilige Gott Israels, dein Erlöser und der Gott der ganzen Welt."

Es ist mir noch nie schwer gefallen, Gott beim Wort zu nehmen, das heißt die Bibel wörtlich zu nehmen. Debatten um die Glaubwürdigkeit der Schrift sind mir schon immer vorgekommen wie Ventilatoren, die viel Luft aufwirbeln. Heiße Luft, von begrenzten Menschen produziert. Menschenweisheit gegen Gottes Offenbarung. In der gleichen Gefahr wie die Philosophie, die sich immer im Kreise dreht um die Frage: Was ist Wahrheit, und die in jeder Generation zu anderen Schlüssen kommt – während daneben der steht, der von sich nicht nur sagen konnte: „Ich bin ein Weg zur Wahrheit", oder: „Ich werde euch zur Wahrheit führen", sondern der auch die Autorität hat zu sagen: „Ich *bin* die Wahrheit!" Es ist so einfach und so logisch, dem zu glauben, der die große Übersicht hat, statt sein Fundament auf Worte von Menschen zu bauen, die immer nur einen Teilaspekt der Wahrheit erkennen können.

Ich entscheide mich also, dieses Wort als meine persönliche Zusage mit auf die Reise zu nehmen. Bei Gott als meinem Begleiter bin ich mindestens so gut aufgehoben wie früher bei meinem husband. Ich werde reisen – und zwar um die ganze Welt!

46

Ich sitze mit 10 000 anderen Menschen aus 174 Ländern in der Abschlussveranstaltung des Evangelisten-Kongresses. Die Begegnungen untereinander, die Vorträge, das Singen, das gemeinsame Abendmahl sind unvergessliche Erfahrungen. Und gleich wird das Ganze leider zu Ende sein, und alle fahren wieder in ihre Heimatländer. Wie der Pastor aus Nagaland in Indien, den ich öfter traf. Die lange Reise vom Heimatort zu Gemeinden im Norden des Landes dauert für ihn ganze drei Tage, erst mit Flugzeug, dann mit dem Bus und schließlich zu Fuß. Es war für mich ein Erlebnis, mit ihm durch die Straßen von Amsterdam zu gehen und mit seinen Augen die scheinbar selbstverständlichen Dinge zu sehen, wie z. B. einen Kandelaber in einer Hotel-Lobby, vor dem er staunend stehen bleibt – „Der glitzert ja wie der Sternenhimmel!“ – oder die Straße, die wir bei Grün überqueren, und auf der er plötzlich rückwärts ausreißt, weil ein Auto kommt. Zu viele eindrucksvolle Augenblicke, um sie alle auf einmal zu verarbeiten.

Ich suche mir einen Platz und sinke auf meinen Sitz. Neben mir liest ein Afrikaner in seiner Bibel. „What are you reading, Brother?“, frage ich ihn, um die Wehmut des Abschieds zu verdrängen. „Ich lese gerade in den Psalmen“, antwortet er freundlich. „Lies doch laut“, sage ich, und er beginnt, Verse aus dem 91. Psalm zu lesen. Es ist mir, als spräche Gott selbst durch diesen Mann zu mir, während er liest: „Denn Gott hat seine Engel ausgesandt, damit sie dich schützen, wohin du auch gehst. Sie werden dich auf Händen tragen, und du wirst dich nicht einmal an einem Stein verletzen! Löwen werden dir nichts anhaben, auf Schlangen kannst du treten. Gott sagt: ‚Er liebt mich von ganzem Herzen, darum will ich ihn retten. Ich werde ihn schützen, weil er mich kennt und ehrt. Wenn er zu mir ruft, antworte ich ihm. Wenn er keinen Ausweg mehr weiß, bin ich bei ihm. Ich will ihn befreien und zu Ehren bringen. Bei mir findet er die Hilfe, die er braucht; ich gebe ihm ein erfülltes und langes Leben.‘“

Er schließt die Bibel, und ich drücke seine Hand. Gemeinsam stehen wir auf und stimmen in den Gesang ein, der aus brennenden Herzen kommt. Am Ende umarmen sich alle und nehmen Abschied. Ich werde davongetragen in einem Meer von Liebe, wie ich es noch nie erfahren habe. Unbekannte Menschen umarmen sich mit Herzlichkeit und Freude und wünschen sich gegenseitig Gottes Segen für ihren Weg und ihren Dienst. Nur langsam werde ich von dem Strom zum Ausgang geschoben. So muss es im Himmel sein, denke ich, und ich weiß, dass ich einen Vorgeschmack bekommen habe von dem, was noch auf uns wartet.

47

Ich sitze in dem ersten von dreiundzwanzig verschiedenen Flugzeugen, die mich in sieben Monaten um den Erdball bringen werden, und halte ein stilles Zwiegespräch: „Also, lieber Vater, ich habe mich darauf eingelassen, das Wort ‚husband' auf seinen Wahrheitsgehalt zu prüfen. Dazu muss ich aus dem gesicherten Alltag heraus, und ich begebe mich jetzt auf eine ungewisse Reise zu noch unbekannten Zielen. Dort, wo Schwierigkeiten mich erwarten, die vorher mein Mann geregelt hat, bist du jetzt dran! Ich verlasse mich ganz auf dich!" –

Hört sich das nicht sehr zuversichtlich an? Oder schmunzelt Gott nur darüber?

Ich habe Freunden in Djakarta geschrieben, dass sie mich am Flugplatz abholen möchten. Zu meinem Schrecken stelle ich danach fest, dass das Flugzeug nur einmal die Woche fliegt und bereits ausgebucht ist. Ich stehe auf der Standby-Warteliste und bin davon abhängig, dass andere Passagiere den Flug nicht antreten. Telefonisch kann ich meine Freunde nicht erreichen. So stehe ich da, warte mit wachsender Unruhe und Ungewissheit – und sehe, wie die Leute, die vor mir auf der Warteliste stehen, einer nach dem anderen an den Schalter gerufen werden, bis ich die Einzige bin, die noch da steht. Die Uhr zeigt schon beinahe Abflugzeit. Meine Nervosität wird zur Frustration. Was kann ich bloß tun, wenn ich nicht mitkomme? Eine ganze Woche warten? Plötzlich ist diese Zusage wieder da: „Ich bin der Herr, dein Gott. Ich sorge für dich, wie dein Mann." Ein Stoßgebet ist die Antwort: „Herr, ich weiß nicht aus noch ein! Bitte hilf mir!"

Buchstäblich in letzter Minute darf ich doch noch ins Flugzeug, und die Tür wird direkt hinter mir geschlossen. Innerlich völlig aufgewühlt, mit rasendem Herzen schnalle ich mich an und höre in mir deutlich die freundliche Zurechtweisung Gottes: „Warum regst du dich nur so auf? Du sagst, du vertraust mir, und dann tust du so, als wäre ich gar nicht in der Lage, dir zu helfen!"

„Vergib mir, Vater", antworte ich kleinlaut, „ich muss das erst noch lernen, dich auch in solchen Situationen als den, der für mich sorgt, einzuschalten. Danke, dass ich jetzt hier mit dabei sein kann."

Nicht nur in schwierigen und gefährlichen Situationen erfüllt sich die Wahrheit dieses Versprechens für mich, sondern ich werde regelrecht überschüttet mit kleinen Beweisen für Gottes Liebe und Fürsorge. Nach vier Wochen Indien, das für mich trotz schöner Erlebnisse mit Freunden, die dort ein Kinderheim betreuen, ein Alptraum wurde wie in Dantes Höllenfahrt – allein beim Besuch im Rattentempel! –, sitze ich im Flugzeug nach Singapur. Nie wieder werde ich mich über etwas beklagen oder beschweren, nehme ich mir vor, die Bilder der Unberührbaren und ihrer Behausungen noch vor Augen.

Einer der wenigen Orte, zu denen ich reisen will, obwohl ich dort niemanden kenne, ist Singapur. Auf dem Flug dorthin sitzt eine ältere Inderin neben mir. Sie ist in Singapur zu Hause. Im Laufe des Fluges ziehe ich einen Zettel heraus, auf dem ich mir ein Hotel notiert habe, das mir von Missionaren im indischen

Nellore empfohlen worden ist. Ich reiche meiner Nachbarin den Zettel. „Kennen Sie dieses Hotel?“, frage ich. Sie blickt mich an und fragt: „Sind Sie Christ?“

„Ja“, antworte ich erstaunt.

„Wiedergeborener Christ?“, fragt sie noch einmal.

„Ja“, versichere ich ihr überrascht. „Wie kommen Sie darauf?“

„Hier unten auf dem Zettel steht eingedruckt noch eine andere Adresse, von einem Bibel-Institut.“ Sie erzählt mir glücklich, dass sie darum gebetet hat, einen Christen zu treffen. Sie war auf Besuch in Indien und ist gerade erst aus dem Krankenhaus entlassen worden. Ich biete mich an, ihr Gepäck zu tragen. Am Flugplatz stellt sie mich ihrer Tochter vor. Später holen mich die beiden im Hotel ab und machen mich verschiedenen Leuten bekannt. Bald werde ich von einer christlichen Gruppe nach der anderen eingeladen und lerne viele Menschen kennen, auch eine Studentin, der ich später persönlich helfen kann, beim Fuller Seminar in Los Angeles eine theologische Ausbildung zu machen. Nach einer Woche buche ich eine Bus-Rundreise durch Malaysia, wo ich die einzige Nicht-Asiatin unter dreißig Reisenden bin. Am Abend vor der Abreise besuchen mich zwei Frauen aus einer der Gemeinden im Hotel. Ich bringe sie beim Abschied bis in die Lobby. Dort kommt gerade ein Paar durch die Drehtür, und die zwei Frauen stürzen auf sie zu. Es sind Freunde aus Kuala Lumpur, die „zufällig“ in meinem Hotel absteigen. Ich werde vorgestellt und eingeladen, sie zu besuchen, wenn ich in ihre Stadt komme. Als ich eine Woche später tatsächlich dort eintreffe, rufe ich an und werde zu einem Hauskreis-Treffen abgeholt. Nach dem Abend fragt man mich, was mein nächster Aufenthaltsort sein wird. Als ich Malakka sage, freuen sich alle. Ein ehemaliges Hauskreis-Mitglied arbeitet jetzt dort. Als ich mein Hotel nenne, freuen sie sich noch mehr. Der junge Mann ist genau dort angestellt! Ich merke deutlich, dass da jemand seine Hand im Spiel hat! Am Sonntagmorgen in Malakka bekomme ich einen Anruf, ob ich Lust habe, mit in den Gottesdienst zu gehen. Der junge Mann holt mich ab, und wieder treffe ich einige Christen. So geht es weiter – ich brauche eigentlich immer nur durch vorbereitete und geöffnete Türen zu gehen. Die Reise wird zum größten Abenteuer meines Lebens.

48

Als ich nach sieben Monaten wieder bei meinen Kindern eintreffe, steht meine Überzeugung felsenfest: Die Frage, mit der ich die Reise angetreten habe, ist eindeutig beantwortet worden, und das wird meinen weiteren Lebensweg als allein stehende Frau entscheidend beeinflussen. Ich habe Gott nicht nur wie einen treuen fürsorglichen Vater erlebt, sondern auch wie einen verlässlichen Partner, der mich begleitet, berät, meine menschlichen Bedürfnisse kennt und mich immer wieder beschenkt. Natürlich kommen mir immer wieder auch einmal Verlust-Gedanken, weil ich die menschliche Nähe meines Mannes vermisse. Dann schickt Gott mir oft jemanden über den Weg, der mich einfach mal in den Arm nimmt und drückt, oder er lässt jemanden anrufen, oder ich bekomme eine Einladung. Wenn ich meine Kinder und Enkel vermisse, fragt mich ein Kind: „Würdest du meine Oma sein?“, oder ich darf ein neugeborenes Baby in meinen Armen halten. Ich habe erfahren, was Paul Gerhardt in einem seiner Lieder so ausdrückt: „Nun weiß und glaub’ ich feste, ich rühm’s auch ohne Scheu, dass Gott der Höchst’ und Beste, mein Freund und Vater sei, und dass in allen Fällen er mir zur Rechten steh, und dämpfet Sturm und Wellen, und was mir bringet Weh.“

Die Frage allerdings, ob bzw. wo Gott mich in Zukunft einsetzen will, ist noch immer nicht beantwortet. Trotz verschiedener Angebote, die ich von Missionaren erhalte, habe ich keine innere Zustimmung. Durch die vielen Erfahrungen der Jahre, die mit unserem Wuppertal-Erlebnis begannen, habe ich gelernt, nicht eigene Ideen oder Gefühle zum Maßstab zu nehmen, sondern erst einmal auf Gottes Wort und auf sein Handeln zu achten, das ich in äußeren Umständen oder Menschen, die er mir über den Weg führt, erkenne. Erst wenn ich über längere Zeit hinweg mehrere in eine Richtung führende Anhaltspunkte und inneren Frieden habe, wage ich zu sagen, dass dies Gottes Wille für mich und die anstehende Entscheidung ist. Wäre ich weniger vorsichtig im Unterscheiden geworden, wäre ich sicher auf manche Irrwege gelangt oder in einigen Sackgassen stecken geblieben.

49

Wir schreiben das Jahr 1987. Zwei Jahre wohne ich jetzt schon in Los Angeles. Mein Schwiegersohn Rick will eine zweite Praxis eröffnen, und meine Tochter und er erwägen, in ein Haus außerhalb der Stadt zu ziehen. Sie fragen mich, ob ich mein Haus nicht auch verkaufen und mit ihnen zusammen in Thousand Oaks ein großes neues Haus kaufen und dort hinziehen möchte.

Das Haus wieder verkaufen, das Gott mir auf so wunderbare Weise gegeben hatte? Nach dem Tod von Sam lebte ich bei Sheri und Rick. Mein Container mit Möbeln und Hausrat war unterwegs, und ich suchte ein neues Zuhause, da ihr kleines Häuschen zu eng geworden wäre für uns alle und das Baby, das gerade unterwegs war. Ich weiß noch wie heute, wie das war ...

Eine Freundin aus der Kirche ist Maklerin, und sie gibt mir eine Liste mit angebotenen Häusern, die quasi in der Nachbarschaft meiner Kinder liegen. Tagelang fahre ich herum und sehe mir Häuser an, viele auch von innen. Aber ich werde nicht fündig. Was mir gefällt, ist zu teuer. Sheri schlägt nach vielen erfolglosen Versuchen vor, dass ich zu der Maklerin gehen soll, die ihnen ihr Haus vermittelt hat. Wieder sehe ich andere Häuser an. Und wieder wird es nichts. Die Zeit läuft mir davon, und ich stehe unter Druck. Wenn der Container nach sechs Wochen ankommt, muss ich eine Bleibe gefunden haben oder für jeden Tag teures Geld als Aufbewahrungsgebühr bezahlen.

Dann habe ich einen Traum. Sam führt mich durch ein neues Haus, und es gefällt mir so gut, dass ich ihn frage: „Was hast du denn für das Haus bezahlt?“ Er nennt mir eine Summe, und ich weiß sie noch, als ich aufwache. Ich rufe die Maklerin an und sage ihr, dass ich ein Haus in dieser Preisklasse suche, die Sam angegeben hat. Sie kommt und holt mich ab, und gemeinsam fahren wir zu verschiedenen Häusern, die sie herausgesucht hat. Aber wieder ist nichts dabei. Bevor sie mich absetzt, sagt sie: „Heute Morgen, bevor ich wegfuhr, rief eine Frau an, die ihr Haus über uns verkaufen will. Das ist in dieser Preislage. Ich habe es selbst aber noch nicht gesehen. Wollen wir mal vorbeifahren?“ Ich willige ein, und wir fahren in eine Straße, die nur einen Kilometer von der Adresse meiner Kinder entfernt liegt, für Los Angeles also beinahe Tür an Tür. Wir gehen durch das Haus, und ich weiß vom ersten Augenblick an: Dies ist mein Haus! Keine Unmenge an Fragen und kein langes Verhandeln. Ich habe das Richtige gefunden. Ein anderes Ehepaar, erzählt mir die Maklerin später, das mit einem Kollegen für den Abend einen Termin ausgemacht hat, kann es nicht glauben, dass das Haus bereits verkauft ist, bevor es richtig auf den Markt gekommen ist. Die Frage ist: Wann werde ich einziehen können?

Das Ergebnis: Ich muss nicht für einen einzigen Tag Aufbewahrungsgebühr bezahlen. Der Container kommt am 8. Mai an, dem 40. Jahrestag des Kriegsendes. Ich bin damit beschäftigt, den Möbelmännern zu sagen, wo alles hinkommt, als die hochschwangere Sheri kurz vorbeikommt. Sie sieht das geschäftige Treiben und sagt: „Ich kann hier doch nicht helfen, ich fahre in den Supermarkt und dann nach Hause.“ Plötzlich erscheint sie wieder. Im Supermarkt ist die Fruchtblase geplatzt. Jetzt ist guter Rat teuer. Was soll ich tun? Ich kann die Möbelmänner nicht alleine lassen. „Kannst du noch nach

Hause fahren?“, frage ich meine Tochter. Sie nickt und macht sich auf den Weg. Wie kann ich sie nur alleine lassen in dieser Situation! Aber ich sehe keine Möglichkeit wegzukommen. Die Männer wollen ihre Arbeit so schnell wie möglich beenden. Wie von Gott bestellt kommt Rick frühzeitig nach Hause und fährt seine Frau ins Krankenhaus. Es ist das erste Kind, und die Geburt zieht sich hin. Ich habe Zeit, alles Notwendige zu tun und mich völlig erschöpft noch kurz hinzulegen. Dann rufe ich noch einmal im Krankenhaus an und mache mich auf den Weg. Dort treffe ich gerade ein, als Rick herauskommt. Voller Stolz stellt er mich dem kräftigen Jungen auf seinen Händen vor: „Hier, Andrew, das ist deine Großmutter!“

Jetzt ist mein Enkel schon zwei Jahre alt, und wir sind zusammen nach Thousand Oaks gezogen. Und der zweite Enkel, Alex, ist nun auch schon da. Im neuen zweistöckigen Haus habe ich meinen eigenen abgeschlossenen Wohnbereich, kann aber zugleich am Leben der Familie teilnehmen. So nahe bei meinen Enkeln zu leben, das bereichert meine Tage, und meine Tochter Sheri, die halbtags als Pastorin in einer Presbyterianischen Gemeinde arbeitet, ist auch entlastet. Ich genieße die saubere Luft außerhalb der Großstadt und freue mich an den Blumen, die wir pflanzen, der schönen Umgebung und dem einladenden Swimmingpool.

Im Herbst erreicht mich ein Hilferuf aus Deutschland – von zwei verschiedenen Menschen, mit denen ich durch die Jugendarbeit sehr eng verbunden bin. Da sich das Problem telefonisch nicht zufrieden stellend lösen lässt, entschließe ich mich zu einem persönlichen Besuch. Ich buche einen Billigflug und überquere mal wieder für drei Wochen den Atlantik.

Auf meiner Reise mache ich auch einen Besuch in Königswinter, um den Geburtstag einer lieben alten Freundin, Bita Mühlendyck, zu feiern. Ihr Mann Wim, ein Künstler, der wunderschöne Keramiken herstellen konnte und über lange Jahre ein Freund unserer Familie war, ist erst vor kurzem gestorben.

Ein paar Monate vor seinem Tod bestellte ich bei ihm einen runden Tisch, auf dessen Keramikplatten die Stationen meines bisherigen Lebensweges symbolisch dargestellt sein sollten. In die Mitte hatte er mein Lebensmotto, meinen Lebensvers eingeritzt: „Wir wissen aber, dass denen, die Gott lieben, alle Dinge zum Besten dienen." Anfang des Jahres, als gerade der Container, der meine Möbel nach Sams Tod nach Amerika bringen sollte, beladen wurde, lieferte er den Tisch und stellte ihn auf der Straße ab. Die Möbelmänner nahmen ihn direkt in Augenschein und fragten nach der Bedeutung der vielen Kacheln mit den Szenen darauf. Ich fing bei der ersten an, ging mit ihnen im Kreis um den Tisch und konnte ihnen erzählen, wie Gott bei verschiedenen Lebensstationen mein Leben bewahrt und geführt hat. Und das war nicht das letzte Mal, dass dieser Tisch Anlass für ein kurzes oder längeres Gespräch war. Bis heute spricht Wim Mühlendyk durch seine Arbeiten zu vielen Menschen.

Jetzt sitze ich an Bitas Geburtstagstafel neben einer Frau, die Bita als Ilse Lenhard vorstellt und sie ermuntert, mir etwas von ihrer Frauenarbeit zu erzählen. „Wir machen in Bonn Frühstückstreffen für Frauen, zwar noch nicht sehr lange, aber es kommen jedes Mal so um die dreihundert oder mehr Frauen." Ich bin beeindruckt. Auch ich habe neben meiner Jugendarbeit einen Frauenkreis gegründet. Wenn wir zu Weihnachten mal fünfzig Frauen zusammenbrachten, dann waren wir schon dankbar. Ich frage sie nach dem Geheimnis des Erfolges, und sie schildert den Ablauf der Treffen und der Gruppenarbeit, die dazu angeboten wird. Dass es eine überkonfessionelle Arbeit ist, zieht mich sofort an, und wir kommen in ein lebhaftes Gespräch.

Als Nächstes besuche ich Freunde in Stuttgart. Wieder erscheint das Wort „Frühstücks-Treffen" im Gespräch. Hier kommen sogar bis zu tausend Frauen, wenn die Veranstaltungen in einer großen Halle stattfinden. Meine Gastgeberin geht auch immer wieder hin, zusammen mit ein paar Nachbarinnen.

Beim nächsten Besuch in einem kleinen Ort auf dem Land kommt das Gespräch auf dasselbe Thema, und meine Freundin erzählt, dass sie die Nachbarn einlädt und zum nahe gelegenen Frühstücks-Treffen mitnimmt, „und", so ergänzt sie, „wenn ich mal nicht fahren kann, dann gehen die anderen auch ohne mich." Ich frage mich: „Was soll das nur, dass dieses Frühstücks-Treffen mich regelrecht verfolgt?"

In Koblenz angekommen treffe ich auf dem Bahnsteig eine ehemalige Mitarbeiterin unserer Teestube. Ich erzähle ihr von meinen Begegnungen und frage sie spontan: „Hast du vielleicht Interesse mitzuarbeiten, damit hier in Koblenz auch so etwas entstehen könnte?" Sie sagt auf Anhieb ja, und das ermutigt mich, weitere Frauen anzurufen. Am Ende habe ich eine Liste von dreißig Frauen, die sich für diese Arbeit interessieren. Die übergebe ich einer jungen Frau und bespreche mit ihr die nächsten Schritte. Dann verabschiede ich mich wieder und fliege zum x-ten Male über den Atlantik in mein schönes neues Zuhause.

Einige Zeit vergeht, und ich erhalte einen Brief von der jungen Frau, der ich die Liste übergeben habe. Sie schreibt, dass es ihr Leid tut, aber dass sie durch ihren Beruf doch zu stark beschäftigt ist, um die Arbeit sofort anzufangen. Ich setze mich hin und schreibe an alle dreißig Frauen, die auf der Liste stehen, einen Brief, ermutige sie und notiere einige Hinweise und Vorschläge, die helfen können, so ein regelmäßiges Treffen in Angriff zu nehmen. Dann warte ich. Aber es tut sich nichts. Als ich später nachfrage, erfahre ich, dass noch nichts unternommen worden ist und sich niemand bereit findet, diese Arbeit anzufangen. Nun, ich habe mein Möglichstes getan. Wenn das Ganze nicht ins Rollen kommt – aus der Ferne kann ich da nicht weiterhelfen.

Am 1. Dezember 1987 kommt dann in meinem Alltag wieder einiges in Bewegung – als ich offiziell gefragt werde, nach

Deutschland zurückzukehren, um für die Arbeit der Frühstücks-Treffen eine landesweite Struktur mit aufzubauen. Die Post kommt von Barbara Jakob, der Schweizerin, die mit diesen Treffen für Frauen begonnen hat. Sie fordert mich auf, in diese Arbeit einzusteigen. Die Entscheidung dazu fiel bei einer Konferenz der IVCG für Geschäftsleute, praktisch das Gegenstück zu den Christlichen Geschäftsleuten, bei denen Sam aktiv war, und die ich auch nach Koblenz geholt hatte. Auf dieser Konferenz trafen sich Ilse Lenhard, die ich bei Bitas Geburtstag kennen gelernt hatte, und Elka Kann aus Koblenz, eine Geschäftsfrau, die uns damals beim Einrichten der Teestube tatkräftig unterstützt hatte und mit der seither freundschaftliche Bande bestehen. Die zwei stellten fest, dass sie mich beide kannten, und unterhielten sich über die Möglichkeit meiner Rückkehr. Dann beteten sie für das Projekt und schrieben mir einen Brief, um mir davon zu berichten. – Ist das die Antwort auf meine Gebete? In meiner Tagebuchnotiz für diesen Tag stehen Verse aus dem 30. Psalm: „Den Abend lang währet das Weinen, aber des Morgens ist Freude. Du hast mir meine Klage verwandelt in einen Reigen, du hast mir den Sack der Trauer ausgezogen und mich mit Freude gegürtet, dass ich dir lobsinge und nicht stille werde. Herr, mein Gott, ich will dir danken in Ewigkeit."

Ich frage meine Kinder, was sie davon halten würden, wenn ich wieder nach Deutschland zurückginge. Ihre Antwort kommt prompt: „Wir wussten, dass du nicht lange bleiben würdest!"

Wie gut, dass ich meine Wohnung einfach verlassen kann und nicht das Problem habe, für ein eigenes Haus sorgen zu müssen. Nach nur sechs Monaten in meinem neuen Zuhause mache ich mich im April 1988 mit zwei Koffern auf den Weg in ein neues Abenteuer.

50

Noch einmal prüft Gott meine Motive und Beweggründe. Der Anfang ist wieder schwierig. Doch ich lasse mich nicht abbringen oder entmutigen und beginne, in Koblenz die Arbeit der Frühstücks-Treffen vorzubereiten. Wir beten um vierzig Frauen für das erste Informations-Treffen, und vierzig Frauen sind mit von der Partie. Wir planen unsere erste Veranstaltung für Anfang November. Plötzlich kommt im besten Sinn eins zum anderen, und ich sehe, die Prüfung ist vorbei. Beim Koordinatorinnen-Treffen Ende Oktober 1988 wird der neue Verein „Frühstücks-Treffen für Frauen in Deutschland e.V." gegründet, dem sich die bereits bestehenden Gruppen in achtundzwanzig Städten anschließen. Ich werde Regional-Beauftragte für den Mittleren Westen und bin für ein großes Gebiet verantwortlich. Auf der Tagung bekomme ich mehrere Einladungen, in verschiedenen Städten zu referieren. Unser erstes Koblenzer Treffen im November, bei dem Barbara Jakob die Referentin ist, wird von zweihundertfünfzig Frauen besucht, von denen achtundfünfzig so stark interessiert sind, dass sie sich gleich zu Gesprächsgruppen anmelden. Dankbar beginnen wir mit sechs Kreisen die wichtige Kleingruppen-Arbeit.

Zehn Jahre Vorstandsarbeit folgen, in denen wir ein rasantes Wachstum der Bewegung sehen. Aus den achtundzwanzig Städten am Anfang werden bald hundertdreiundachtzig – mit steigender Tendenz. Unser Anliegen ist es, dem Werk, das Gott ins Leben gerufen hat, eine Struktur zu geben, die genug Freiheit lässt, um das Wirken Gottes nicht einzuschränken, und die doch ein Fundament legt, auf das weitergebaut werden kann. Uns liegt daran, dass die einzelnen Gruppen Autonomie und Freiraum haben, aber doch auch ein einheitliches Grundkonzept verwirklichen. Wir sind anfangs acht, später sechs Vorstandsfrauen. Auf unseren mehrmals im Jahr stattfindenden zwei- bis dreitägigen Sitzungen arbeiten wir oft bis in den frühen Morgen. Die Einheit unter den Mitarbeiterinnen ist manchmal großen Belastungsproben ausgesetzt; die verlangen uns dann dasselbe ab, was Winston Churchill von den Engländern im Krieg erwartete, nämlich „Blood, Sweat and Tears“, also Blut, Schweiß und Tränen.

Manchmal scheint alles nur von einer Krise zur anderen zu gehen, aber durch viele Anfechtungen werden wir gestählt, und die gemeinsame Krisenbewältigung lässt nach und nach tiefe Freundschaften entstehen. In den Zeiten, die wir uns zum Beten nehmen, erhalten wir immer wieder die nötige innere Kraft. Aber auch die Freude kommt nicht zu kurz, z. B. wenn wir wieder erstaunt feststellen, dass sich in einem Jahr über ein Dutzend neuer Städte angeschlossen hat, oder wenn wir nach getaner Arbeit einfach miteinander feiern und unsere Gemeinschaft genießen.

Mein Aufgabenbereich erweitert sich ständig. Es kommen in meinem Gebiet nicht nur immer mehr neue Städte dazu, in denen ich Informations- und Schulungsabende und -wochenenden halte und den Teams vor Ort beim Start behilflich bin. Es fallen dann auch weitere Mitarbeiterschulungen, evangelistische Wochenenden für Frauen aus Gesprächskreisen und Schulungen für Gruppenleiter an. Auch die Planungs- und Gebetsabende mit meinen örtlichen Mitarbeiterinnen, die mir beratend und betend zur Seite stehen, und die Einladungen, Referate zu halten, häufen sich. An vielen Wochenenden reise ich durch ganz Deutschland und halte Vorträge. Je älter ich werde, desto mehr Arbeit wartet auf mich, scheint mir!

51

Meine Wohnung liegt im Zentrum von Koblenz, im dritten Stock eines Hauses ohne Aufzug. Ich komme spät an einem Samstagabend nach einer Vortragsreise nach Hause. Langsam schleppe ich mich die sechsundfünfzig Stufen hoch. Es ist ein anstrengender Tag gewesen! Ich bin gerade dabei, meinen Schlüssel ins Schloss zu stecken, da öffnet sich die Tür ohne mein Zutun! Ein erster Blick in die Diele und auf den offenen Kleiderschrank im Schlafzimmer zeigt: Es ist eingebrochen worden! Die Schubladen, in denen mein Schmuck lag, sind herausgerissen, und Modeschmuck liegt verstreut zwischen Pullovern auf dem Boden. Ich renne durch die Zimmer und sehe, wo gewühlt wurde. Ein Gefühl ohnmächtiger Wut steigt in mir auf. Dann fasse ich den ersten klaren Gedanken. Was vermisse ich? Mein ganzer Schmuck ist weg. Alles, was ich in siebenunddreißig Ehejahren von meinem Mann zu verschiedenen Anlässen geschenkt bekommen hatte, die Kette, die mir meine Tante Marta zur Hochzeit schenkte, die Ringe, die ich von meiner Mutter geerbt habe und andere sentimentale Erinnerungsstücke – alles ist fort. Nur noch billiger Schmuck liegt auf dem Boden. Ich bin nicht versichert. Dann rufe ich die Feuerwehr an, die mitten in der Nacht zum Sonntag meine Tür notdürftig herrichtet. Die Polizei, die ich später von meinem Verlust benachrichtige, macht mir keine große Hoffnung. Ausländische Banden seien unterwegs, die würden bei dem gestohlenen Schmuck das Gold einschmelzen und die Steine herausbrechen. Ein Fall unter vielen.

Eines Abends hetze ich zum Bahnsteig, um den Zug nach Münster noch zu bekommen, wo ich sprechen soll. Ich habe noch eine Zeitung gekauft und trage sie unterm Arm, zusammen mit einem Köfferchen, meiner Handtasche und meiner Fahrkarte, auf der ich gerade die Zugnummer und meine Reservierung nachgelesen habe. Ich finde meinen Platz am Fenster im Großraumwagen. Ein Mann lässt sich neben mir in den Sitz fallen, während ich noch stehe und versuche, den Mantel auszuziehen. Meine Handtasche habe ich auf den Sitz gestellt. „Dieser unhöfliche Mensch“, denke ich ärgerlich, „der lässt mir nicht einmal Platz, um mich auszuziehen.“ Endlich kann ich den Mantel aufhängen und mich setzen. Der Zug ist zur Abfahrt bereit. Plötzlich schnellt der Mann hoch, läuft zum Ausgang und springt heraus. „Gerade noch in letzter Minute“, denke ich und schlage die Zeitung auf.

„Die Fahrkarten bitte!“, ertönt die Stimme des Zugbegleiters. Ich greife in meine Manteltasche, in die ich sie gesteckt habe. „Kann ich bitte Ihre Bahncard sehen?“, fragt der Mann. Ich lange in meine Tasche, um die Brieftasche herauszuholen. Nervös krame ich herum. Es ist keine Brieftasche mehr da! Blitzschnell addiere ich meinen Verlust. Bargeld, Scheckkarte, Bahncard, Führerschein, und das Schlimmste, mein amerikanischer Pass ist weg. Sollte ich das alles in der Hetze verloren haben? Da fällt mir der merkwürdige Mann ein, der neben mir gesessen hat und in letzter Minute aus dem Zug gesprungen ist. Der Zugführer verspricht, am Bahnhof anzurufen, ob ich es nicht doch verloren habe. Ich komme ohne einen Pfennig Geld in Münster an. Gott sei Dank werde ich abgeholt.

Einige Monate später besuche ich meine Freundin, eine französische Ärztin, im Elsass. Wir wollen an diesem Sonntagmorgen die fünfundzwanzig Kilometer nach Strassburg hineinfahren und dort zum Gottesdienst gehen. Später möchte sie mir die Stadt zeigen. Ich räume in meinem Auto um, damit sie neben mir Platz nehmen kann. Dann fahren wir los. In Straßburg steigen wir aus, und ich öffne die hintere Tür, um meine Tasche herauszunehmen. Keine Tasche! Keine Kamera! Aber ich weiß genau, dass ich sie mit zum Auto genommen habe. Siedend heiß fällt mir ein, dass ich Tasche und Kamera auf den Kofferraumdeckel gelegt habe, um die Hände beim Umräumen frei zu haben. Wieder stehe ich ohne alles da, und diesmal fehlt auch noch mein Terminkalender, in dem ich alle Vorträge für dieses Jahr und teilweise schon für das nächste eingeschrieben habe!

Auch mein zweiter Pass ist weg! Ich kann es kaum glauben. Und die Kamera, die ich durch die ganze Welt geschleppt habe! Mit geborgtem Geld, ohne Führerschein und Pass mache ich mich mit klopfendem Herzen auf den Heimweg. Was würde passieren, wenn ich angehalten würde? Wie könnte ich das erklären?

Erst Wochen später bekomme ich einen Anruf vom Fundbüro Koblenz, das mich benachrichtigt, dass meine Tasche aus Frankreich bei ihnen eingetroffen ist. Außer dem Terminkalender ist alles fort. Wieder mache ich mich auf zum amerikanischen Konsulat und komme mir unter den prüfenden Augen des Beamten, der mir den dritten Pass ausstellt, wie ein Verbrecher vor.

„Du Arme! Dass dir das auch immer wieder passieren muss!", sagen die Freunde mitleidig. Aber ich gehe in mich. Das ist doch kein Zufall! Eine solche Häufung von materiellen Verlusten! Was will Gott mir nur sagen? Warum habe ich eigentlich nicht früher gefragt, denke ich, denn in dem Augenblick, als ich diese Frage stelle, habe ich die Antwort schon. Und die ist eindeutig. „Warum bist du mit deinem Geld und mit dem Geben so nachlässig geworden?" Am Anfang unserer Ehe, als wir uns entschlossen, den so genannten Zehnten, also 10 Prozent von unserem Einkommen der Sache Gottes zur Verfügung zu stellen, hatte jemand gesagt: „Der Zehnte deines Einkommens ist nur eine Richtschnur, er ist sozusagen die Grundgebühr. Erst das, was du darüber hinaus gibst, kann als Gabe bezeichnet werden." Und in manchen Zeiten hat Sam damals bis zu dreißig Prozent unseres Einkommens gespendet. Was ist daraus geworden? Die vielen Ausgaben, die ich aus eigener Tasche bestreiten muss, und die nicht durch meine kleine Rente gedeckt werden, hatten mich nachlässig gemacht. Schließlich arbeitete ich ja ganz für Gott und muss jeden Monat an meine angesparte Altersrücklage gehen, um die Rechnungen bezahlen zu können. Mein altes Auto, das ich für viertausend Mark gebraucht gekauft habe, macht mir nur Ausgaben, weil ich es beinahe jeden Monat in die Werkstatt bringen muss.

Außerdem habe ich noch immer keine deutsche Krankenkasse und muss alles selber bezahlen. Da wird Gott doch sicher nicht verlangen, dass ich in meiner Situation den Zehnten gebe, so dachte ich. Doch, genau das war es, was er mir sagen wollte durch die schmerzhaften Verluste. Er hat mir gewissermaßen die Vertrauensfrage gestellt. „Warum bist du mir nicht auch bei deinen Finanzen gehorsam? Hast du Angst, wenn du mich finanziell an erste Stelle stellst, dass du dann arm wirst?" Hat Gott nicht immer für mich gesorgt?! Ich bitte um Vergebung und fange wieder an, den Zehnten zu geben.

Barbara Jakob ruft mich an. „Ich möchte eine neue Frauenreihe herausgeben und will fragen, ob du etwas beitragen könntest. Es kann einer deiner Vorträge sein, aber der Text muss doppelt so lang werden wie üblich." Ich stimme zu und mache mich an die Arbeit. In der Zeit in Amerika hatte ich schon ein dickes Manuskript in Englisch geschrieben, aber dann ging ich wieder nach Deutschland, und es ist seitdem nichts damit geschehen. Das erste Büchlein, das auf Barbaras Anfrage entsteht, heißt „Loslassen – ein Leben lang". Es erreicht fünf Auflagen. Der Verlag bittet mich um andere Bücher, und in kurzer Zeit entstehen zwölf verschiedene Geschenkbücher. Gott hat mir ganz neue Möglichkeiten eröffnet.

In der Seelsorge, bei Beratungsgesprächen mit ganz unterschiedlichen Menschen ist es genauso. Überall in der christlichen Welt werden Kurse für Seelsorger angeboten, aber ich komme nie dazu, daran teilzunehmen. Doch Gott scheint das zu übersehen, denn er bringt mich zu großen Konferenzen und lässt viele persönliche Kontakte in diesem verantwortungsvollen Feld der Seelsorge entstehen, und ich merke, dass mein Dienst Menschen hilft.

Oft staune ich selbst über den Weg, den mein Leben genommen hat. Ohne höhere Schulbildung, nur mit der Mittleren Reife und einigen Abendkursen, ohne in eine Missionsgesellschaft aufgenommen zu werden, ohne praktische Ausbildung für die Jugendarbeit, ohne theologische Ausbildung –

bis auf die Sonntagsschule, ohne Sozialarbeiter-Ausbildung, ohne Rhetorik-Training, ohne psychologische Ausbildung – abgesehen von dem, was ich mir auf Konferenzen und durch Bücher selbst angeeignet habe, hat mich Gott doch auf all diesen Gebieten eingesetzt und hat mir zur Seite gestanden. Seine Verheißung „Wem Weisheit mangelt, der bitte Gott, der da gern gibt jedermann und allen mit Güte begegnet, so wird ihm gegeben werden“ habe ich oft im Glauben in Anspruch genommen und nehme sie immer noch in Anspruch. Das soll freilich nicht heißen, dass ich gegen eine qualifizierte Ausbildung bin. Im Gegenteil. Sam und ich haben alles auf uns genommen, damit unsere Kinder eine gute Ausbildung genießen konnten, und ich nehme das heute oft in Anspruch, wenn ich von meinen Kindern lerne. Ich will damit einfach sagen: Gott kann auch einen Besen zum Blühen bringen!

52

In Koblenz ist wieder einiges in Bewegung. Schon lange tragen sich einige Christen mit dem Gedanken, eine neue Gemeinde zu gründen, die besonders junge Familien anspricht und mit ihrem Programm in einladender Form dazu ermutigt, den Glauben zu festigen und zu vertiefen. Elka Kann und ich beten um Klarheit und gegebenenfalls neue Möglichkeiten. Wieder einmal merken wir, dass Gott die Hand im Spiel hat, und bald haben wir sogar schon einen Pastor in Aussicht: Ein kanadisch-amerikanisches Ehepaar, das jahrelang im Saarland gearbeitet hat und danach einige Zeit in Amerika war, kann sich vorstellen, wieder nach Deutschland zu kommen. Alles scheint von Gott vorbereitet zu sein. Freudig stimmen wir dem Angebot zu.

Als Wesley und Barbara Peters mit ihrer jüngsten Tochter Andrea in Koblenz eintreffen, geht für uns ein lang gehegter Traum in Erfüllung. Schnell stellen wir fest, dass wir menschlich und geistlich dieselbe Wellenlänge haben, und gehen mit innerem Schwung an die Vorbereitungen. Wes fragt uns, welche Menschen wir kennen, die an Veranstaltungen der Gemeinde interessiert sein könnten, und beginnt, einen nach dem anderen kurz zu besuchen. Als am ersten Advent – noch in gemieteten Räumen – der erste Gottesdienst der Freien evangelischen Gemeinde Koblenz stattfindet, sind wir hundertfünfzig Erwachsene und fünfzig Kinder, und wir danken Gott. Die Gemeinde wird tatsächlich zur Heimat für viele junge Ehepaare. Sie wächst und gedeiht durch das Engagement von Familie Peters. Elka und ich arbeiten in der Gemeindeleitung mit, und wir haben die Freude zu sehen, wie aus einem losen Miteinander von unterschiedlichen Menschen mit den unterschiedlichsten Prägungen langsam eine echte Gemeinschaft wird. Fünf Jahre lang bleiben Peters bei uns, bis sie sich entschließen, in Trier eine neue Arbeit aufzubauen. Mit der Ankunft der deutschen Nachfolger Esther und Siegfried Petry und ihrer drei Söhne beginnt ein zweiter Abschnitt der Gemeindeentwicklung.

53

Weihnachten in Kalifornien! Zum Christfest 1996 bin ich wieder einmal bei meinen Kindern. Es fällt mir zunehmend schwerer, ein ganzes Jahr von meiner Familie getrennt zu sein und die Enkel kaum wieder zu erkennen, besonders den kleinen Natie, der Sheri und Rick als dritter Sohn geschenkt wurde. Meine Älteste habe ich vor kurzem bei einem Aufenthalt in Frankfurt gesehen – diese Zeit fand aber ein jähes Ende durch die Krebserkrankung meines Schwiegersohnes Doug. Jetzt ist die ganze Familie auf Hawaii, wo Doug eine neue Arbeitsstelle gefunden hat. Um sie zu besuchen, „muss“ ich nach Honolulu fliegen. Es ist ein tropisches Paradies, aber das Leben dort ist sehr teuer. Nach einer schweren Operation geht es meinem Schwiegersohn jetzt deutlich besser. Nach fünf manchmal bangen Jahren wissen wir, dass er geheilt ist. Auch ein Wunder der Gnade Gottes, das ich hautnah miterlebt habe! Was nicht heißt, dass es sonst keine Probleme gäbe. Meine Enkelin Katherine fühlt sich als Weiße in der Hawaiianischen Schule diskriminiert und ist unglücklich. Nach einem Jahr zieht die Familie nach Arizona und wird dort sesshaft. Nun lerne ich wieder einen anderen Teil der USA kennen.

Die Rückkehr nach Deutschland in den kalten Winter ist für mich oft schwierig. Nicht nur die neun Stunden Zeitunterschied machen mir zu schaffen, sondern auch die Trennung von der Familie, in die ich mich gerade wieder eingelebt habe. Gott weiß das offensichtlich, denn vor lauter Aktivitäten, die auf mich warten, komme ich überhaupt nicht ins Grübeln. Auch so eine Gnade, so ein Geschenk Gottes!

Immer häufiger bin ich zu Vortragsreisen unterwegs, und ich freue mich besonders über die vielen Einladungen in die neuen Bundesländer. Es erstaunt mich immer wieder, dass ich einfach auf der Autobahn in den Osten Deutschlands fahren kann und dass die großen Säle voller Frauen sind, die vielleicht zum ersten Mal hören, dass Gott sie sieht und persönlich für sie da sein will.

Als Ilse Lenhard, die damalige Vorsitzende, und ich 1990 das erste Mal in die Neuen Länder fuhren, um Kontakte zu knüpfen, gab es nur wenige Gruppen, und eine große Skepsis schien an der Tagesordnung zu sein. Wer könnte das alles jemals finanzieren? Und würden überhaupt Frauen den Einladungen folgen? In Magdeburg trafen wir uns mit einer Hand voll Frauen in der engen Wohnung einer Plattenbau-Siedlung, in der wir uns immer wieder verliefen, weil alle Hauseingänge des riesigen Karrees gleich aussahen. Außer der Gastgeberin war niemand so recht überzeugt von unseren Ausführungen, und wir hakten den Besuch als Kaffeestunde ab.

Wie erstaunt waren wir, ein Jahr später eine Einladung nach Magdeburg zu erhalten, um eine tatkräftige Gruppe von Frauen zu schulen! Und wie dankte ich Gott, als ich nach einigen Jahren eine Einladung als Referentin nach Magdeburg erhielt! Im historischen Rathaussaal von Magdeburg saßen einige hundert Frauen und lauschten den Grußworten des Oberbürgermeisters, der so erfreut über diese Arbeit war, dass er den Frauen den besten Raum der Stadt zur Verfügung gestellt hatte.

Mit den Jahren kommen immer mehr Einladungen in die sogenannten neuen Bundesländer. Das ist mir ein besonderes Vorrecht. Als ich im Gebet mit Gott darüber rede, was meine Schwerpunkte für diese Arbeit sein sollen, stehen mir zwei Wörter vor Augen: Vergebung und Versöhnung. Ja – nur auf der Basis der vergebenden und versöhnenden Liebe Gottes können die tiefen Gräben, die die Vergangenheit gerissen hat, überhaupt überwunden werden, und nur auf dieser Basis kann eine neue Einheit wachsen. Mit gutem Willen allein, also rein menschlich, ist sie wohl nicht herzustellen.

54

Ich staune immer wieder über die Treue Gottes. In all den Jahren Vortragstätigkeit musste ich noch kein einziges Treffen wegen gesundheitlicher Gründe absagen. Es kann schon einmal vorkommen, dass ich im Vorfeld so erkältet bin, dass ich nur noch flüstern kann – wie einmal vor einem Vortrag, für den ich von Koblenz nach Frankfurt/Oder zu reisen hatte. Morgens lag ich noch mit einer Kehlkopfentzündung im Bett. Dann machte ich mich mit dem Zug auf die lange Reise nach Berlin. Dort musste ich von einem Bahnhof mit der S-Bahn zum anderen Bahnhof fahren, dort über eine zugige Brücke und hinunter zu einem offenen Behelfsbahnsteig, um dort im Freien auf den Zug nach Frankfurt zu warten. Als ich abends erschöpft ankam, konnte ich nur noch flüstern und bat die Frauen, für mich zu beten. Am nächsten Morgen fühlte ich mich beim Aufstehen immer noch sehr elend. Aber als es bei der Veranstaltung an der Zeit war, zum Podium zu gehen und vor mehreren hundert Frauen zu sprechen, da war auf einmal meine Stimme wieder da, und ich konnte den Vortrag ohne Schwierigkeiten bis zum Ende halten. Danach kam die anstrengende Rückfahrt, und als ich endlich nach neun Stunden zu Hause ankam, ging ich gleich wieder ins Bett. Die Stimme war endgültig weg, aber dafür musste ich kein Treffen absagen!

55

Wieder einmal kann ich Weihnachten bei meinen Kindern verbringen – das Flugticket ist das Geschenk einer lieben Freundin aus dem Vorstand und ihres Mannes. Am Neujahrstag lese ich in meiner Bibel, und plötzlich bleibe ich an einem Vers in den Psalmen hängen – und es geht darin um Ziele und Pläne. Pläne? Ich habe keine Pläne gemacht. Doch Gott macht mir durch diesen Vers, der mich nicht mehr loslässt, klar, dass er von mir erwartet, dass ich jetzt Pläne für die Zukunft mache. – Hat er nicht immer mehr oder weniger die Weichen gestellt in meinem Leben, und ich bin einfach gefolgt? Und jetzt will er mir die Entscheidung überlassen? Was für eine Entscheidung denn? Die Antwort ist bald klar. Ich habe mich davor gedrückt, weitere Entscheidungen für mein Alter zu treffen. Hier in Kalifornien kann ich in einem schönen weitläufigen Haus mit den Kindern mein Leben genießen. Und in Deutschland komme ich dann wieder in meine Mietwohnung in der dritten Etage zurück, in die ich den schweren Koffer immer mehr oder weniger schnaufend hinaufhieve. Wie lange werde ich das noch machen können?

Ich frage die Kinder, ob es möglich wäre, mir meinen Anteil an dem Haus, das wir gemeinsam bewohnen, auszuzahlen, damit ich mir in Deutschland eine kleine Eigentumswohnung kaufen kann. Sie stimmen sofort zu. Ob sie das Haus denn alleine finanzieren können, ist meine besorgte Frage. Darüber soll ich mir keine Gedanken machen, beschwichtigen sie mich. Nach einem Erdbeben ist das Haus gerade mit Hilfe der Erdbebenversicherung, die wir haben, völlig renoviert worden und sieht wieder aus wie neu, sodass in nächster Zeit keine hohen Extra-Ausgaben zu erwarten sind.

Ich kann mich noch gut erinnern. An dem Tag, als das Erdbeben kam, wollte ich ursprünglich von Arizona, wo ich bei Joy und ihrer Familie zu Besuch war, nach L.A. zurückfliegen. Doch meine Tochter überredete mich kurz vorher, noch ein kleines bisschen länger zu bleiben. Ich musste zuzahlen, um den Flug tauschen zu können, aber ich blieb. Mein Schwiegersohn und meine Enkeltochter machten einen schönen Tagesausflug mit mir, während Joy arbeiten musste. Erst als wir abends nach Hause kamen, hörten wir, dass es in Los Angeles morgens früh ein schweres Erdbeben gegeben hatte. Ich versuchte gleich, Sheri zu erreichen, die im neunten Monat schwanger war, aber ich kam nicht durch. Voller Sorge flog ich zurück und war erst beruhigt, als ich am Flughafen telefonieren konnte und ihre Stimme hörte. Aber ich war nicht gefasst auf das, was mich zu Hause erwartete, und ich wusste nicht, dass noch längst nicht alles vorbei war. Sheri stand noch unter Schock, viele meiner Keramiksachen von Wim Mühlendyck lagen zerbrochen auf dem Boden, von Büchern bedeckt, und in der Küche herrschte ein heilloses Durcheinander. Als das Haus am frühen Morgen in allen Fugen krachte und bebte, hatte Sheri versucht, aus dem Bett zu kommen, hatte es aber in ihrem Zustand nicht geschafft. Rick war im Dunkeln ins Kinderzimmer gerannt, um die schlafenden und dann schreienden Kinder herauszuholen. Schließlich konnte Sheri barfuß über zerbrochene Vasen die Treppe nach unten ins Freie laufen, wo die anderen vor ihr gut angekommen waren. Als ich am Tag darauf ankam, verbrachten alle die folgende Nacht draußen im

Auto, während ich in meinem Bett übernachtete, nur von kleineren Nachbeben gelegentlich aus dem Schlaf geschreckt. Am nächsten Tag war ich für kurze Zeit ganz allein im Haus oben in meiner Wohnung. Plötzlich begann das Haus zu zittern und zu beben. Der Krach der ächzenden Balken wurde immer lauter, und ich versuchte in Panik, die Treppe hinunterzurennen. Die Stufen kamen mir entgegen, und der Lärm und die Bewegung wurden so stark, dass ich fürchtete, das ganze Haus würde über mir zusammenbrechen, bevor ich das Freie erreichte. Mit rasendem Puls stand ich dann vor dem Haus. Und nur langsam legten sich das unheimliche Gefühl, unter den Füßen keinen Grund mehr zu haben, und die Unruhe darüber, dass nichts Festes mehr da ist, dass alles, was Sicherheit bedeutet, sich plötzlich in bedrohliche Unsicherheit verwandelt. In dieser Nacht schliefen wir alle fünf eng zusammengerückt auf dem Fußboden im Wohnzimmer, um bei einem erneuten Beben schnell hinauslaufen zu können.

Schon erstaunlich, dass man danach bald wieder zur Tagesordnung übergehen kann, obwohl man im Hinterkopf weiß, dass so ein verheerendes Beben jederzeit wiederkommen kann.

In Koblenz angekommen, fange ich an, mich für Eigentumswohnungen zu interessieren. Ich suche, finde aber nichts Geeignetes. Eines Nachmittags fahre ich in meine alte Heimat, wo wir unsere letzte Wohnung mit dem herrlichen Blick auf den Rhein gemietet hatten, die ich dann nach Sams Tod auflöste. Zwölf Jahre lang hatten wir dort gewohnt, nachdem wir aus der anderen Wohnung wieder ausziehen mussten. Ich setze mich auf eine Bank, von der aus ich unsere ehemalige Wohnung sehen kann und merke, dass ich mit Gott hadere. „Warum hast du zugelassen, dass ich damals die Wohnung aufgegeben habe? Ich würde so gerne wieder hier wohnen, aber ich finde nichts, und überhaupt bin ich traurig und allein und weiß nicht, wo ich suchen soll.“ Ich bade in Selbstmitleid. Auf dem Nachhauseweg sehe ich im Vorbeifahren ein Schild im Fenster eines leeren

Einfamilienhauses: Zu verkaufen. Das ist eher ungewöhnlich in Deutschland. Ich schreibe mir die Telefonnummer auf und rufe am nächsten Tag an. Es meldet sich ein Makler. Er erklärt, dass die Möglichkeit besteht, das Haus in zwei Eigentumswohnungen zu teilen. Ich verabrede mich mit ihm, und er zeigt mir das Haus. Die obere Wohnung hat es mir angetan, denn sie hat noch einen schöneren weitläufigeren Blick über das Rheintal, als wir ihn früher hatten. Und sie ist nur fünf Häuser von unserer ehemaligen Wohnung entfernt. Sie liegt übrigens schräg oberhalb der Bank, auf der ich mit Gott haderte ... Ich möchte sie gerne haben, aber der Makler bleibt unverbindlich. Er hat noch einen anderen Interessenten, der eventuell das ganze Haus kaufen will. So mache ich mich weiter auf die Suche.

Wochen vergehen, und ich habe trotz mancher Anstrengung nichts gefunden. Da bekomme ich einen Anruf von Sheri. „Mom, wir haben entschieden, unser Haus zu verkaufen und in die Nähe unserer Gemeinde zu ziehen. Dort haben wir in einem Neubaugebiet ein neues kleineres Haus gefunden. Wir haben auch schon einen Käufer für unser Haus. Kannst du direkt kommen und deine Sachen holen? In drei Wochen wollen die Leute einziehen!“ Ich stehe da wie betäubt. Was ist jetzt als Erstes zu tun? Ich rufe das Reisebüro an und bekomme noch einen Billigflug. Dann rufe ich den Makler an und frage nach der Wohnung. Ja, sie ist jetzt doch zu haben, da der andere Mann sich nicht entscheiden kann. Ich könnte mit ihm den Vertrag abschließen. Ich mache ihm zur Auflage, ein kleines zweihundert Jahre altes Bauernhäuschen in einem kleinen Dorf zu verkaufen, das Sam vor vielen Jahren für wenig Geld als unser Refugium erworben hatte und das ich im ersten Jahr meiner Rückkehr nach Deutschland bewohnte, denn ich brauche den Erlös für die neue Wohnung. Er verspricht, sich darum zu kümmern. Innerhalb von drei Tagen bin ich wieder einmal mit gemischten Gefühlen unterwegs zu meinen Kindern. Es sind so viele Unwägbarkeiten, so viele plötzliche Entscheidungen, die ich treffen muss! In Thousand Oaks verbringe ich zehn fieberhafte Tage mit Aussortieren und Packen, bis der Container voll ist und meine Möbel sich wieder auf den Weg über den Atlantik machen – zum zweiten Mal. Dann helfe ich noch Sheri beim Packen und verabschiede mich nach drei Wochen mit einem lachenden und einem weinenden Auge von unserem schönen Haus.

Da es Ostermontag ist, habe ich nur einen Flug bekommen, bei dem ich in Dallas, Texas umsteigen muss. Ich sitze mit den anderen Passagieren in der Wartehalle und höre über den Lautsprecher eine Durchsage: „Da der Flug nach Frankfurt überbucht ist, bitten wir einige Passagiere, ihre Plätze zur Verfügung zu stellen. Sie werden hier in Dallas übernachten, können morgen in der Business Class weiterfliegen und erhalten einen Freiflug innerhalb Amerikas oder Europas." Ich überlege nicht lange, gehe zum Schalter und gebe meinen Platz ab. Drüben in Deutschland erwartet mich niemand. Das Notwendigste habe ich in meinem Handgepäck. Ich habe die Wahl zwischen einem Freiflug in Amerika oder in Europa. Ich entscheide mich für Europa. Man fährt mich in ein angenehmes Hotel, ich bekomme Essensgutscheine und verbringe die Zeit damit, in Ruhe ein tolles Abendessen und reichhaltiges Frühstück und noch einen Lunch am Flughafen zu mir zu nehmen. Danach folgt ein Flug in verstellbaren Ledersesseln und nie gekanntem Luxus – ich fühle mich wie eine Prinzessin und kann meinem Gott wieder einmal nur danken für diesen Extra-Beweis seiner Liebe und Fürsorge. Mein Flugticket löse ich später gegen einen freien Flug nach St. Petersburg ein. Dort schließe ich mich einer deutschen Reisegruppe an und erlebe eine herrliche Woche in dieser historischen Stadt voller Kunstschätze – ein Geschenk meiner Koblenzer Frühstücksfrauen.

Mein erster Anruf nach der Rückkehr gilt dem Makler. Ja, er hat einen Käufer für das alte Häuschen gefunden. Ich muss es aber sofort ausräumen. Das ist leichter gesagt als getan. Es ist zwar nur achtzig Quadratmeter groß, aber es ist voll gestopft mit alten Sachen und Flohmarktschätzen. Ich mache mich an die Arbeit. Zur selben Zeit muss ich die alten Möbel verkaufen, die in meiner gemieteten Wohnung stehen, und den Rest, den ich mitnehmen will, einem Umzugsunternehmen übergeben, das die Sachen durchs Fenster vom dritten Stock hinunterhievt. Außerdem ist die neue Wohnung, die zwei Jahre lang leer gestanden hat, noch zu renovieren. Und wie so oft hängt eines vom anderen ab! Ohne Hilfe von Freunden hätte ich die drei Umzüge in diesen drei Monaten wohl nicht überlebt! Und hinter allem, was mich von morgens bis abends in Beschlag nimmt, entdecke ich immer wieder die fürsorgliche Hand Gottes, für den nichts zu unbedeutend ist oder zu klein. Ich habe gelernt, ihn überall mit einzubeziehen und erlebe darum auch immer wieder seine Führung.

Einmal bin ich im Baumarkt, kaufe eine neue Toilette und verstaue sie im Kofferraum meines Autos. Dann gehe ich über den Parkplatz und besorge noch schnell ein paar Brötchen im Bäckerladen des Supermarkts. Die Frau vor mir dreht sich um. Es ist Barbara, unsere Pastorenfrau. Ich begrüße sie freudig. „Hast du Lust, eine Tasse Kaffee mit uns trinken? Wes sitzt schon drüben in der Cafeteria." Ich nehme die Einladung an und begrüße Wes. Ich erzähle ihm: „Ich habe jetzt ein Klo im Auto!" Er lacht und fragt, wer es mir denn zu Hause installieren wird. „Ich weiß nicht", antworte ich. „Na, da ich gerade meinen Werkzeugkasten im Auto habe, fahren wir dir mal am besten hinterher." Kurz darauf habe ich ein neues Klo im Bad installiert. Ein anderes Mal fährt Wesley mit mir zu einem Baumarkt und lässt eine Arbeitsplatte zuschneiden. Dann kommt er früh morgens vor einer Veranstaltung und installiert meine alte Küche im neuen Haus. So ein Pastor ist Wes! Er predigt nicht nur auf der Kanzel von Liebe und Nächstenliebe, sondern sein ganz alltägliches Leben ist eine Predigt der Liebe, der Fürsorge und des Dienstes für andere.

Ein Skeptiker könnte sagen: „Das tut er ja nur, weil du ein Mitglied in seiner Gemeinde bist!" – wenn es nicht solche kleinen unscheinbaren Begebenheiten wie diese gäbe, die außer Gott und mir wohl niemand beobachtet hat:

Wir sind Gäste bei einer Hochzeit und befinden uns auf dem Weg aus einer mittelalterlichen Kirche, in der eben der Traugottesdienst geendet hat, hinaus ins Freie. Am Portal stauen sich die Gäste, weil draußen die Gratulationscour begonnen hat. Nahe dem Eingang sitzt auf einem Stuhl ein eingefallenes altes Mütterchen mit einem Gehwagen vor sich. Sie gehört nicht zu den Gästen, sondern ist als Zuschauerin in die Kirche gekommen. Mühsam erhebt sie sich und schiebt ihr Gehwägelchen vor sich her, dem Ausgang entgegen. Auch sie möchte ins Freie. Die Wartenden unterhalten sich lebhaft; keiner beachtet die alte Frau, die nicht vorwärts kommt. Auch Barbara und ich sind im Gespräch. Da löst sich Wes aus der Kette der Wartenden, geht hinüber zu der alten Frau und beugt sich tief zu ihr herab und beginnt mit ihr zu reden. Behutsam schiebt er Schritt um Schritt das Wägelchen dem Ausgang zu, während er im Gespräch mit ihr bleibt. Seine Worte kann ich nicht hören, aber ich sehe an ihrem lächelnden Gesicht, das eben noch so verhärmt ausgesehen hat, wie sehr sie sich darüber freut, als Mensch wahrgenommen und geachtet zu werden. Auch nachdem er sie vorsichtig nach draußen begleitet hat, bleiben die beiden ins Gespräch vertieft. Dann verabschiedet er sich mit einem liebevollen Händedruck und reiht sich wieder in die Wartenden ein. Das ist mehr als eine höfliche Geste. Hier hat ein Mensch einem anderem – bis dahin fremden – Menschen Zuwendung, tatkräftige Hilfe, Ermutigung und Liebe geschenkt. Sicher hat das der alten Dame den Tag verschönt. Eine kleine Begebenheit – und doch eine Lektion für mich: ein stiller Akt der Liebe, der bei Gott mehr zählt als ins Auge fallende Aktionen, die von vielen beklatscht werden.

56

Alles, so scheint es mir im Rückblick, alles im Leben hat seinen Sinn und seine Zeit: Die warmen Zeiten der Liebe. Die dunklen Zeiten der Prüfung. Die grünen Zeiten des Wachstums und Reifens. Die goldenen Zeiten der Ernte – Gott hat alles zu einem sich vollkommen ergänzenden Ganzen gemacht! Und doch will Gott nicht alles allein schaffen. Auch wir sind gefragt, das Leben mitzugestalten, anstatt uns treiben zu lassen, daran zu arbeiten, statt die Hände in den Schoß zu legen. Zwei Arten von Baumärkten sind mir da ein lebendiges Beispiel geworden. Den „Durchschnitts-Baumarkt" kann man in jedem beliebigen größeren Ort finden. Den etwas anderen Baumarkt habe ich in Sittensen, im Norden Deutschlands, entdeckt.

Beide Baumärkte haben unter großen Hallendächern im Prinzip das gleiche Sortiment an Baumaterialien und Werkzeugen. Beide haben vor dem Laden große Parkplätze. Doch was den einen von dem anderen unterscheidet und zu einem besonderen Einkaufsmagneten macht, ist das, was der Eigentümer hinter dem Baumarkt geschaffen hat. Ich lerne es kennen, als für das örtliche Frühstücks-Treffen für Frauen dort ein Grillabend stattfindet, bei dem ich als Gast mit dabei bin. „Was für ein merkwürdiger Ort für einen Grillabend!", denke ich, als wir das Auto parken und an Holzstapeln und Zementsäcken vorbei nach hinten laufen. Wie staune ich aber über das, was sich meinen Augen darbietet, als wir durch ein schönes Gartentor gehen! Da liegt ein abwechslungsreiches Parkgelände mit vielen verschiedenartigen Teichen mit geraden oder geschwungenen Brücken, Pavillons, Holzhäuschen, da sind schön angelegte verschlungene, mit Kies oder Platten bedeckte Wege, die zum Erkunden einladen. Blumen blühen entlang der Wege, ein Bächlein rauscht und wird zu einem kleinen Wasserfall, Windmühlen drehen sich, und Vögel singen in den prachtvollen gesunden Bäumen in sage und schreibe hundertachtzig verschiedenen Arten. In den Teichen tummeln sich viele Speise- und Zierfische, die der Eigentümer liebevoll füttert, bevor er sich um uns Gäste kümmert.

Dieses kleine Paradies ist nur mit Material aus dem eigenen Baumarkt geschaffen worden, und beim Anblick der vielen Möglichkeiten wird auch das Herz selbst des unbegabtesten Bastlers und Handwerkers zum Nachahmen auf seinem Grundstück angeregt – und ich frage mich in diesem Moment: Verkaufe ich als Christ nur Baumaterial, oder regt mein Vorbild, mit etwas ganz besonders Schönem die Menschen zu erfreuen, zum Nachahmen an?

Einen Garten zu bauen und zu pflegen kostet Geld, Zeit, Mühe und Arbeit, und manchmal tropft der Schweiß auf die Erde. Aber wenn die Blumen blühen, die Sträucher und Bäume Früchte tragen, macht das nicht nur dem Besitzer Freude, sondern allen, die sich an dem schönen Garten mitfreuen können.

Wieder muss ich an ein Wort meines Lieblingspropheten denken, den übrigens auch Jesus häufig zitierte. Jesaja schreibt im 58. Kapitel: „Ihr gleicht einem gut bewässerten Garten und einer Quelle, die nie versiegt." Jesus ergänzt dieses Bild später noch, indem er sagt: „Wer an mich glaubt, wird erfahren, was die Heilige Schrift sagt: Wie ein Strom wird lebenschaffendes Wasser von ihm ausgehen!" Das ist Leben aus der Fülle, das nur bei Jesus möglich ist!

Dankbar und froh stehe ich jetzt meistens morgens auf, voller Erwartung, was an diesem neuen Tag geschieht – bei all den vielfältigen Gestaltungsmöglichkeiten und möglichen Überraschungen. Nach zehn Jahren habe ich die Vorstandstätigkeit jetzt abgegeben, und zum ersten Mal im Leben genieße ich nun das Privileg, meine Zeit ganz nach meinem Gutdünken einteilen zu können. Welch ein Luxus!

Immer neue Begegnungen mit Menschen, die mich fordern und bereichern, die mir viel Liebe und Vertrauen entgegenbringen, mit denen ich ein längeres oder kurzes Stück Weges gemeinsam gehen darf, tragen mit bei zu einem abwechslungsreichen und ausgefüllten Leben. Der Hauch des Abenteuers, der Reiz der neugierigen Erkundung und unerwarteten Entdeckung beim Unterwegssein ist spannend und befriedigend zugleich und erhält meine Lebensfreude.

Durch meine vielen Vortragsreisen, bei denen ich so „nebenbei“ unbekannte Städte kennen lerne, erfahre ich vor Ort meistens auch noch etwas in Sachen Geografie und Geschichte, und manchmal erhalte ich sogar noch ein persönliches Geschenk.

Als ich in diesem Jahr in Nürnberg war, der Heimat meiner Mutter, schloss ich mich einer Gruppe an, die den mittelalterlichen Friedhof besuchte, auf dem unter anderen auch Albrecht Dürer begraben liegt. Auf meine zufällige Frage, ob es auch Gräber der Patrizierfamilie Gugel gäbe, die Zeitgenossen Dürers waren und aus deren Geschlecht meine Mutter stammt, führte mich der Leiter an das Familiengrab meiner Vorfahren. Auf der metallenen Grabplatte las ich einen Bibelvers und sah Symbole des christlichen Glaubens meiner Ahnen.

Auch durch viele Gespräche mit ganz unterschiedlichen Gastgebern, die mir über ihr Sachgebiet, sei es Politik, Theologie, Kunst oder Wissenschaft, etwas aus dem Schatz ihrer Erfahrungen vermitteln, wird meine Menschenkenntnis vertieft und mein Horizont erweitert. Bin ich dann wieder zu Hause, öffnen sich durch meinen Computer, durch E-Mail und Internet Kommunikationsmöglichkeiten und ein unerschöpflicher Fundus an Wissensgebieten, die nur darauf warten, durch Mausklick erobert zu werden.

Die Herausforderung, in meinen Vorträgen am Puls der Zeit zu bleiben, sich bekannt zu machen mit der sich schnell verändernden Jugendszene oder sich mit der augenblicklichen Kulturwelt auseinander zu setzen, hält den alternden Geist frisch und beweglich. Ja, es scheint mir manchmal, je älter ich werde, desto mehr wird von mir gefordert! Doch solange sich dann zwischen den anstrengenden Zeiten auch Oasen der Ruhe und des Auftankens einbauen lassen, kann ich den vielen Terminen gerecht werden. Aber ich habe auch gelernt, meine schwindenden Kräfte einzuteilen, Prioritäten zu setzen und mich selbst nicht zu vernachlässigen.

Es macht mir auch Spaß, mir etwas Gutes zu gönnen, mich an etwas Schönem zu erfreuen, ohne mir Vorwürfe machen zu müssen, dass ich doch etwas „Besseres“ mit meiner Zeit hätte anfangen können. Diese innere Gelassenheit und Zufriedenheit hat auch Auswirkungen auf die Gesundheit. Umgeben von mancher Negativität, Verunsicherung und Angst vor der Zukunft, darf ich mich jeden Tag neu an Gottes Gegenwart erfreuen, ihm dankbar sein für alles und mich in seiner Liebe geborgen wissen.

Und noch etwas ist in all den Jahren gleich geblieben. In den Tagesablauf gehört immer noch der Schulunterricht. Der hört nicht auf, wohl nicht bis zum Ende meines Lebens! Der überaus geduldige und zielorientierte Lehrer, der Geist Gottes, arbeitet trotz all meinem Versagen, trotz all der verpassten und unwiederbringlichen Gelegenheiten, trotz allem dickköpfig-eigenwilligen Widerstand weiter daran, meine so träge menschliche Natur zu verändern, die Einstellungen, den Willen, den Verstand und die Gefühle in Einklang mit Gott zu bringen. Ob der Lehrer wohl manchmal stöhnt – über meine Unbelehrbarkeit, mein stures Widerstreben und meine langsame Auffassungsgabe?

Eine größere Lektion, die Gott mir beibringen wollte, verstand ich erst nach mehreren Anläufen. Am Neujahrsmorgen 1997, auf der Suche nach einem Leitspruch für das neue Jahr, lese ich in meiner englischen Bibel: „Take my yoke upon you and learn from me, for I am gentle and humble-hearted; and your souls will find relief.“ Auf Deutsch, „Nehmt auf euch mein Joch und lernet von mir; denn ich bin sanftmütig und von Herzen demütig; so werdet ihr Ruhe finden für eure Seelen.“

Am Neujahrsmorgen fahre ich mit dem Zug durch das sonnige Rheintal. Während draußen die kleinen Ortschaften mit den weißen Fachwerkhäusern und grauen Schieferdächern sich mit steilen Weinbergen abwechseln, über denen verwitterte Burgen ihre einstige Macht verkünden, blicke ich hinaus auf das Bild, das ich so liebe. In der Morgensonne glitzert der Rhein.

Trotz des Feiertages schieben sich vollbeladene Lastschiffe langsam Strom aufwärts. Ich überlege noch einmal, was Gott mir da für das Neue Jahr gesagt hat. Was bedeutet es denn, „gentle" zu sein? Wie ein Gentleman? Höflich, freundlich, zuvorkommend? In der traditionellen deutschen Luther-Bibel steht „sanftmütig". Es gibt ja Menschen, die gelten von ihrem Persönlichkeitstyp her als sanftmütig, streben immer nach Harmonie und wagen um des lieben Friedens willen keine Widerrede, nehmen lieber alles auf sich, regen sich nicht auf ... die sind eben sanft von Natur aus. Das trifft auf mich absolut nicht zu. Mein Typ ist eher der, der die Auseinandersetzung liebt, nicht vor Konflikten davonläuft, der schon einmal voller Emotionen für etwas eintritt, das ihm wichtig ist. Was soll das dann mit diesem „gentle"? Wie ist das gemeint? Ich blicke wieder zum Fenster hinaus und mein Blick fällt auf das hoch beladene Containerschiff, das wir eben überholen. Ich kann es kaum fassen: Das Schiff heißt GENTLE!

Wie kann ein Schiff auf dem deutschen Rhein einen englischen Namen tragen – und dann noch mit einer Bedeutung, über die ich gerade nachdenke? Das geht doch nicht mit rechten Dingen zu! Lange bewege ich dieses Erlebnis in meinen Gedanken.

Es ist Frühlingsanfang, und ich sitze mit einer Freundin in einem Restaurant am Rhein. Wir unterhalten uns während des Essens. Plötzlich sehe ich ein Containerschiff. Ich zeige durch die Scheibe und rufe nur: „Da ist ja mein Schiff wieder! Meine ‚GENTLE'!" Meine Freundin versteht meine Aufregung gar nicht, und ich erzähle ihr von der merkwürdigen ersten Begegnung. Zu Hause nehme ich noch mal mein Losungsbüchlein heraus, in das ich den Jahresspruch, den Gott mir gegeben hat, auf die erste Seite geschrieben habe. „Lerne von mir, denn ich bin sanftmütig (gentle) ..." Warum erinnert mich Gott wieder an diesen Vers?

Wieder ein paar Monate später gehe ich mit einer anderen Freundin am Rhein spazieren. Wir sind in ein Gespräch vertieft, als ich auf einmal vor lauter Aufregung nur noch herausbringen kann: „Mein Schiff! Mein Schiff! Meine ‚GENTLE'!"

„Wie meinst du das, ‚dein' Schiff? Bist du damit gefahren?", fragt meine Freundin, die meine Aufregung nicht verstehen kann. Einige Tage später lese ich in der Zeitung, dass auf dem Rhein achtundzwanzigtausend Schiffe unterwegs sind. Die Wahrscheinlichkeit, ein Schiff dreimal in so kurzer Zeit zu sehen, ist mehr als gering. Wieder komme ich ins Nachdenken. Was soll ich nur lernen?

Es ist Herbst, und ich komme wieder durch das Rheintal, mit dem Zug bin ich unterwegs nach Hause. Ich sitze auf der Rheinseite am Fenster und lese ein interessantes Buch. Im Loreleytunnel wird es dunkel, und ich höre auf zu lesen. Am Tunnelende will ich weiterlesen. Da sehe ich in dem Augenblick, in dem es hell wird, aus den Augenwinkeln mein Schiff wieder, die GENTLE. Es ist nur für einen flüchtigen Moment, aber sie ist gerade auf der Flusshöhe und in dem Winkel, in dem ich sie noch im Vorbeifahren wahrnehmen kann. Wäre sie fünfzig Meter weiter den Rhein hoch gefahren, hätte ich den Namen nicht mehr sehen können. Jetzt endlich geht mir ein Licht auf! Ich erinnere mich an die letzte Sitzung, die hinter mir liegt. Eine kontroverse Frage hatte mich herausgefordert, Stellung zu beziehen. Ich hatte mit Nachdruck meine Sicht der Dinge vertreten und war dabei heftiger geworden, als es notwendig war. Im Rückblick kann ich mich jetzt an andere Situationen ähnlicher Art erinnern. Voller Scham und mit reumütigem Herzen bitte ich Gott um Verzeihung, dass ich so lange gebraucht habe, seine Korrektur zu verstehen, die er mir immer wieder durch die Erinnerungen an das Wörtchen „gentle" anbot. „Lernt von mir, denn ich bin sanftmütig …" – Ich bitte Gott, mir bei diesem Lernprozess, mich zu zügeln, wenn wieder einmal mein Temperament mit mir durchgehen will, zu helfen, und mir dieses „GENTLE" weiter über den Weg zu schicken, wenn ich es brauche.

Seit diesem Gebet sind nun schon wieder ein paar Jahre vergangen. Oft habe ich vorsichtig hingeschielt, wenn ein großes Containerschiff in meinen Blickwinkel kam, aber die GENTLE habe ich seither nicht mehr wieder gesehen. Nicht, dass ich jetzt ein Vorbild in Sachen Sanftmut wäre – damit tue ich mir immer noch schwer –, aber Gott arbeitet augenblicklich an etwas Neuem mit mir. Was es ist, das will ich nicht verraten. Aber wenn Sie mir einmal begegnen, dann dürfen Sie mich ruhig fragen: „Wann haben Sie das letzte Mal die GENTLE gesehen?“

***

11. Dez. 2000

Liebe Brigitte,
ich wünsche dir von
Herzen Gottes Segen zu
deinem runden Geburtstag.
Dieses Buch hat eine gute
Bekannte von mir ge-
schrieben. Viel Freude beim
Lesen!

Bleib Gott behütet
deine Inge